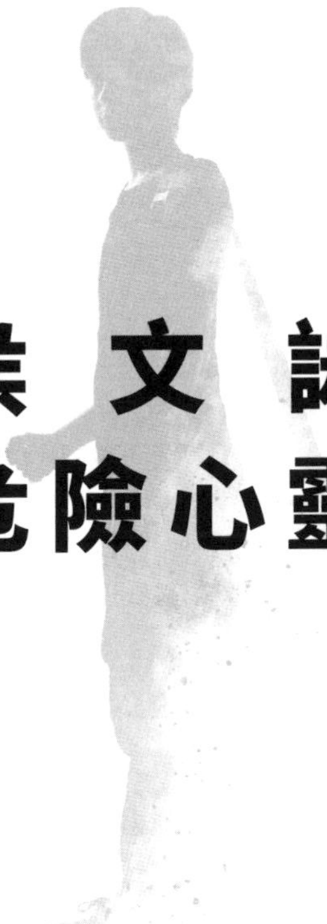

侯　文　詠

危險心靈

寫在《危險心靈》再版前

侯文詠

最早動念要寫《危險心靈》時有朋友勸我，這種學生質疑教育的題材不會有人有興趣的。他給了我很好的理由。從學生的角度來看，考試壓力那麼大，大家準備考試都自顧不暇，不可能對這種題材有興趣。從老師、家長的角度來看，更不可能鼓勵學生去看這種反對體制的書。他還舉了不少過去類似的題材，沒有得到市場迴響為例證，勸我放棄這個念頭。我記得朋友當時這樣說：「真要對他們有幫助，還不如多寫些好笑的、輕鬆的內容。」我已經忘記後來自己沒聽從勸告的理由了。只記得當時有種跟謝政傑一樣——明明知道這樣做下去吃力不討好，卻有種莫名其妙地非做不可的心情。

十多年來，這本書變成了暢銷書，翻譯成了簡體版、泰文版、韓文版……在亞洲不同地方發行，化身成了連續劇、視頻，一路得到各種出版、電視的獎項。透過網路，我聽到父母親的心聲、老師的心聲，曾經歷過、正在經歷那段教育的人的心聲，歷久不衰。二〇一五年反課綱事件爆發時，《危險心靈》連續劇片段甚至被邀請到現場去播放給學生看，在真實世界中事件越演越烈，甚至有學生在抗爭的過程中自殺身亡了，群眾高喊要教育部長下台……虛構的小說成了成了真實的預言。

這一切全都是我所始料未及。

書要重新再版了。這表示同樣的議題仍然受到持續的關注與迴響。對於作者，這固然值得欣慰，但從另一個角度來看，一個像謝政傑這樣的孩子在教育體系承受的痛苦，一個世代又一個世代的孩子仍舊感同身受，作為《危險心靈》的作者，心情其實是矛盾的。

這麼多年過去了，儘管我們的教育體制表面上風貌已經變得不太一樣，但最重要核心的內裡，儘管吶喊、儘管關切，但改變其實是很有限的。

假如有那麼一天，學校成為一個像沈韋所說的「學習思考、體會、尊重、分享，好讓我更懂得享受生命所賦予我的一切，更懂得熱愛這個世界」的地方，假如有一天，國中生、高中生不再能夠感同身受謝政傑經歷的痛苦，假如有一天，《危險心靈》這本書因此不再得到迴響、關注，那時候，我們終於能夠驕傲地說，我們經歷過了一個大家都不滿意，但又不曉得該怎麼辦的年代，但經過一起將心比心的努力，現在已經過去了。

假如有那麼一天。《危險心靈》裡的吶喊、抗爭不再有人能夠理解。曾經為這個過程付出心力，成為這個過程的一部分，或許才是作為一個作者真正的安慰吧。

十多年來，最牽腸掛肚的還是小說終場獨自坐在河畔哭泣的謝政傑。

或許這個心事被看穿了。很久之後，我從網路收到了一封署名謝政傑的信，他告訴我，經歷了那件事之後他想了很多事。他已經好好地讀完了高中、大學，現在已經畢業做事了，過著和一般人沒有什麼兩樣的生活，但在內心世界，他知道，自己已經變成一個不一樣的人了。他寫這封信想告訴我，他很好，請我不用替他擔心。

謝政傑是我虛構出來的人物，當然不可能寫信給我，但看著那封信，我還是熱淚盈眶了。從某個角度來說，謝政傑是書上那個孩子，也是曾經經歷過那樣心情的每一個人。不曉得為什麼，我有一種衝動，很想對他大喊：

謝政傑，不管經歷了什麼樣的體制，不管發生了什麼事。千萬要相信自己，千萬不要放棄。是的。不管發生了什麼事。一定要繼續努力讓自己變成想望中的那個人。

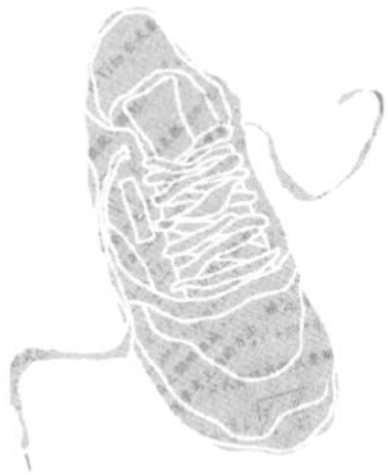

CHAPTER

-1-

我的內心根本就是仙人掌，
不管我試圖說什麼或者是寫什麼、畫什麼，
到最後它們全都變成了仙人掌的刺，
螫得別人哇哇叫。

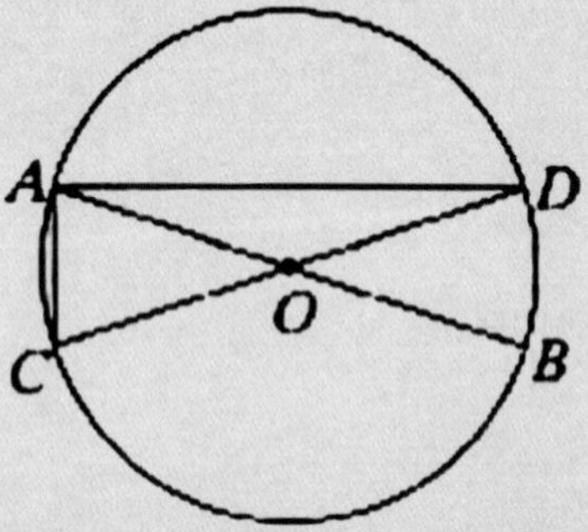

如圖，AB、CD 為圓 O 的兩條直徑，若∠ ACD = ∠ 2AOC，且圓 O 的半徑為 30 公分，則∠ BOC 所對的弧長是多少公分？

(A)10 π　(B)12 π　(C)20 π　(D)24 π

（二〇〇一第一次學測）

先別理會前面的測驗題了，那是學測的考古題。不管你會不會，答案並不重要。我只是想讓你知道大部分的時間，我們過著怎麼樣的生活而已。更精確地說，這些對你來說也許不痛不癢的事情，就是我們最重要的一切。而我們的生活，是過完那些重要的一切之後，剩下來的。

如果可以的話，我試著把事情說得好笑一點。事實上我不是那麼愛搞笑的人，可是你知道的，我們青少年很難體會到，人並不像生物課本寫的什麼界門綱目本科屬種……真的那麼容易分門別類的。剛開始的時候，你試試這種風格，又試試那種風格，結果發現到處都需要會搞笑的人。並不一定你真的多麼會搞笑，可是如果別的人都比你蠢一些，賓果！大家就認定你是搞笑的那一類型的人，如果你自己不極力反對的話，你就真的變成搞笑那一型的人了。

搞笑型的人其實有不少方便。像是校外教學，或者一些什麼的，你很容易就大出風頭。特別如果學校大發慈悲讓你們和別的女生班同行時，搞笑的人更是佔盡便宜。此外，搞笑也是很好的保護色。每次大家講什麼笑話，或者舉什麼例子時，都不會忘了用搞笑的人當男主角，不管那是真的還是假的，久而久之，就算愛搞笑的人真的做了什麼可笑的事，愛搞笑的人看起來也就沒有那麼可笑了。

有時候，不免有一些傢伙會為了好處，像是追女生啦、選班長啦……臨時起意想要冒充搞笑型的人。其實那並不容易，你只要試過就知道。搞笑並不比數學分解因素或者是英文的閱讀測驗容易，這些都得靠長期的累積。說得明白一點，並不是你講的事情好不好笑，而是別人想不想笑。如果你真的是被公認為搞笑那一型的人，大部分的時候，你還沒開講，他們就準備好要笑了。就像最近，升上了國三，課本還沒發下來，老師就喜歡來這一套，讓同學輪流上台報告什麼「新學期新希望」。大家投老師所好，講得昨日之日譬如昨日死，今日之日譬如今日生，一副痛定思痛，唱作俱佳的表情。輪到我時，我才站到台上，老師就警告我：

「小傑，別搞笑。」

我可以發誓，我一點都沒打算搞笑。我安靜了一下，清了清喉嚨，開始說：

「我外祖母……」

我千真萬確只講了那三個字，結果光是三個字就把大家笑得眼淚鼻涕橫飛外帶趴在桌上大叫肚子痛。我一點都不知道我祖母有什麼好笑的，她已經死了那麼久了，還把大家笑成那個樣子。

只有老師不笑。我很懷疑，他為什麼忍耐到那種程度。結果，我被碎碎唸了一頓，就下台了。他其實應該讓我講完的。本來我準備講我祖母臨死之前交代我要努力用功的遺言，這很合老師的胃口。我也覺得這樣的故事一定能夠讓大家感動涕零，了解好好用功讀書的重要性。這至少提高全班第一次模擬考總平均三到五分。可惜他不讓我講。大家新學期都有新希望，只剩下我一個人沒有希望。

不過有希望未必就能怎麼樣。我們班至少有十幾個人希望這一學期能努力用功，模擬考得第一名。再白癡的人隨便一聽都知道，只有一個人會是第一名，而且還不一定出在那十幾個人之中，你知道，真的有本事考第一名的人，常常不會把希望說出來的。很可憐，他們之中大部分人的希望都無法實現。新學期我希望這樣，我希望那樣……一整堂課不能實現的希望就那樣扯來扯去的，簡直是在搞笑，只是大家都不得不裝出正經八百的樣子在聽而已。

我們有一個班級網頁，偶爾我心血來潮，也在那裡的留言版搞笑。在那裡搞笑唯一的缺點是聽不到笑聲。我在留言版匿名留言，也在那裡逛，有時候那裡很精采，我常被搞得笑痛肚子，像留言版第九頁裡面的一篇叫做〈我的家〉的留言就是這樣，我可以按出來給你看：

》小時候我家很窮，有時窮到全家只剩下錢，其他什麼都沒有。爸爸忙著算錢，媽媽忙著掃錢，妹妹睡覺沒有棉被，只好蓋錢。妹妹大便沒有衛生紙，只好用錢擦屁股。我每天晚上只能利用燒錢看書，近視於是很深。晚上睡覺更可憐了！有一次我尿急，不小心尿在床上，因為我家的床太大了，我只好買一台小綿羊放在我睡覺的地方，晚上尿急時可以騎機車去尿尿。我每個月要固定放火將我家的錢燒掉，必要時還要用炸藥；每次想到我坎坷的過去，淚水便忍不住奪眶而出……

這篇作文最後還附有所謂的老師評語：妳娘卡好。我們班是一個特殊又神秘的班級，每個同學的家長都大有來頭。如果你知道我的意思的話，就可以理解為什麼這個留言這麼好笑。此外，我們班另一些同學是屬於家長不太有來頭的那種。我猜想他們真的是常態分班被編進來的。雖然家長不太有來頭，可是他們自己很有來頭，因為他們每個人都是怪咖。所以說到最後，我懷疑根本沒有常態分班這回事。我們班有一半是人情班，另外一半是拿全校三年級怪咖排行榜上的名單拼湊出來的。

網路的好處是很容易讓人現出原形，雖然你不完全知道那個人是誰，可是你很清楚地知道妖魔鬼怪全都在這裡。哪怕我們班看起來溫良恭儉讓，又得了本週全校秩序獎、整潔獎，一副純潔、活潑，健康有朝氣的模樣，可是那都只是表象，只要看看留言版你就知道根本不是那麼回事。我再按第六頁的一篇留言給你看：

》問候一下玩天堂同學ㄉ媽媽。拜託你們上ㄎ別再談天堂ㄌ。操你老娘ㄉ，下ㄎ談，上ㄎ談，談談談談，靠，害老子上ㄎ不能專心。尤其是趙大呆，你整個早上談電動談個不停，我他ㄇ的制止你，你他ㄇ的當我放屁。《你祖宗八代，你是談夠ㄌ沒有？每次上ㄎ就被你們這一堆白爛干擾，搞得你老子數學又退步了。

還有那個莊賤人，上ㄎ一直摸我，你是沒摸過還是同性戀？摸摸摸摸摸摸摸摸摸摸摸摸摸摸摸摸摸摸摸摸摸摸摸摸！我跟你說過好幾次，你是聾子還是白癡？操。有種你再摸一次，我用圓規戳爛你的手（看你再手淫啊？），再用墨汁灌進你的傷口，讓你爽死。我他ㄇ的不愛說髒話，你別逼我，去你家問候你ㄇ……

類似的留言還有很多，不過我不想再按出來給你看了，免得搞得全身都是垃圾的氣味。每次看到這類的留言，我就想起電影上唸唸有辭的神父，一直在畫十字架，神經兮兮地說：主啊，請原諒他，他不知道自己在說什麼……不知道為什麼，我很愛把這些事串起來，神父說別人不曉得自己在說什麼，我看神父未必就曉得自己在說什麼，就好像你一定覺得我才真的搞不清楚自己在說什麼呢。

所以了，我說過，我們能夠選擇的很有限。有時候，我相信我不得不搞笑，是為了保持清醒。活在這個世界當然大家都想發熱發光，可是你只有兩種選擇，要嘛你搞笑，不然你就發瘋發狂。

＊

我得告訴你一件事，我惹了一些小麻煩。

我有一個同學種了一盆仙人掌，養在桌面上。有一天，仙人掌盆栽莫名其妙掉到椅子上去了，我的同學沒注意到，一屁股坐了上去。他立刻跳了起來，不假思索地用手去抓屁股，他不抓還好，這一抓搞得雙手都是仙人掌刺，這已經夠慘了，可是本來他還能哇啦哇啦地叫，可是接著他竟然用舌頭去舔手……

我的麻煩跟他很像。如果可以的話，我很希望一開始我沒有在導師的數學課看漫畫。我當時只覺得自己真是倒楣透了，可是一點都不知道那才只是災難的開始而已。如果我不看漫畫，那麼漫畫不會被沒收，我也不會被罰站在講台前面聽課。如果不是站在講台前面聽課，我就不會搞笑，更不會被踢到教室外面去。如果不是被踢到教室外面去，我不會盯著籃球場上體育課的女生看個不停，也就沒有後來連人帶課桌椅被驅逐到走廊上去的慘狀。

我相信班導的本來意思只是想讓我在教室外面待一會兒，體會一下能在教室上課是多麼幸福的事情。不過我的表現似乎讓許多人誤認為，我坐在那裡是為了示範教室外面有多好玩的樣子。我的罪狀在那之後累積的速度愈來愈快。什麼不專心上課、頑劣不堪、目無尊長、不知悔改啦……我的刑期也從一天變成三天，接著是五天，變成了目前的七天，不知道以後還會變成怎樣？我猜想，我可能是台灣第一個被關在籠子外面的受刑人。

班導似乎對這樣的安排感到滿意。如果沒有記錯的話，我看過一本改寫給青少年看的世界名著《浮士德》，裡面就有一個吝嗇鬼把自己關在籠子裡數錢，意氣風發地說：

「哈哈，全世界的人都被我關在我的王國外面。」

我一點也沒有把班導比喻成那個吝嗇鬼的意思，我只是一看到他得意洋洋的表情時，腦海中不由自主就會浮起那樣的畫面。坐在教室外面上課實在太無聊了，於是我不小心把那個畫面畫成了單格漫畫。後來有個傢伙覺得如果把它貼在公布欄上一定可以引起一番騷動。他並沒有經過我的同意，直接就行動了。果然那一番騷動比他想像的還要大很多。

你大概不難理解為什麼我會把班導惹成這副德行。我並不是存心的，很多時候，連我自己也沒有辦法控制。我的內心根本就是仙人掌，不管我試圖說什麼或者是寫什麼、畫什麼，到最後它們全都變成了仙人掌的刺，螫得別人哇哇叫。

我試圖保持沉默，說服自己我是罪有應得。坐在教室外面上課其實也沒有那麼糟，有點像是電視換成小一點的螢幕或者是你把收音機音量關小了的感覺。除了飛機飛過短暫地干擾了教室內本來就不清楚的聲音，吸引我不由自主地望著天空的白雲發呆外，其他都算還好。

正午之後太陽斜照，教室外面溫度明顯地比教室內高出很多，你得揮汗上課，但偶爾有風吹來，坐在裡面的人就沒有我這麼舒服了。

唯一不方便的是中午吃便當的時刻。平時大家下課，你也跟著下課了，要把自己藏在教室外面並不難。可是一到中午休息時間，事情就不一樣了。你知道，那個時間所有的人都走來走去的。你當然也可以學別人走來走去的，可是如果你打算吃手上的便當，那又是另一回事了。或許你可以大剌剌地坐在教室外面的課桌椅上吃便當。可是，那地方是走廊，除了妨礙交通之外，用那樣的姿勢吃著便當，實在不是什麼值得向路人炫耀的事。只有在那時候你真正地感受到一絲絲的淒涼，啊，你心裡想，終於落得無家可歸了。

要不是汝浩的媽媽毫無預警地闖進來破壞了一切，老實說，這幾天來我甚至對自己在午餐時間時神秘的消失感到幾分得意的。我相信汝浩媽媽一定嚇著了，否則她不會發出像恐怖電影發生命案的現場一樣的叫聲：

「我的天啊！小傑，你在做什麼？」

我也被嚇到了。我並沒有看到什麼血腥的畫面，我的驚嚇比較接近被鄰座觀眾的尖叫嚇到那一類的。我的位置正在廁所門口內側，斜出上半身往外探頭。我一點也沒有預期到會看到汝浩媽媽走過去的腳步，更不用說她回頭的目光，驚訝的表情以及高八度尖叫的聲音。

那時候我一手捧著便當，一手還拿著雞腿，我的情況很狼狽。更悽慘的是，雞腿才只啃了一半。我看見汝浩媽媽義無反顧地踩著高跟鞋喀啦喀啦衝了過來，搞得我不知道該微笑還是怎麼辦才好。

我已經想不起之後的幾秒鐘到底發生了什麼事，就像電視忽然斷訊一樣，滋——滋——很可能我轉身想跑開或者是鑽回廁所，可是想法太多了，根本就是一團混亂。等到我聽到哐哐的聲音時，左手的便當盒已經不見了，只剩下右手還緊抓著半截雞腿。地面到處都是飯粒、菜肴，還有摔得四腳朝天的便當盒以及湯匙。

「天啊——小傑，你在幹什麼？」

我猛然回頭，發現類似電影異形裡面那種軟軟黏黏的怪物，在大紅色的開口裡快速蠕動著。我不完全確定我到底看到了什麼，可是那時候我整個人早已經觸電似的跳了起來。等我癱軟在地上時，我才想起，我看到的應該是汝浩媽媽的舌頭以及嘴巴的特寫。我一點都沒想到她那張臉竟然逼得那麼近，同時她又張著嘴巴不停地大叫著。

我背著汝浩媽媽，總覺得我該做點什麼的才對，於是便假裝出認真負責地收拾著地面上殘肴剩飯的樣子。我看到汝浩媽媽那雙嶄新的高跟鞋，還有她的腳，一起走到我的面前來。我看不到她臉部的表情，可是聲音彷彿是從天而降，威嚴又帶著憐憫。她說：

「小傑，你站起來跟我說話。」

接下來少不了就是一些隱情的窺探、威脅利誘，以及實話實說的部分。當然，還有圍在廁所門口看熱鬧的傢伙不請自來的幫腔，諸如：

「他上課不專心，看漫畫。」或者，「老師沒有罰他在廁所吃便當，是他自己愛搞怪。」這類證詞。這使得許多對我來說難以啟齒的事都有人代勞，更加速了事情的進行。汝浩媽媽似乎愈聽愈激動，她問：

「你這樣上課幾天了？一天？」

搖頭。

「二天？」

搖頭。

「三天？」

搖頭。

「四天？」

點頭。

「天啊！你媽知不知道？」

搖頭。

我本來以為她要給我一些應得的教訓或什麼的，可是她只是從皮包拿出電話手機，喃喃有辭地唸著：「這實在太離譜了，才不過是個國三的孩子，」她開始撥號碼，「我一定得告訴你媽媽……」過了一會，電話似乎沒有接通，跳進了語音留言信箱。

「對不起，我現在不方便接電話……」

那是我老媽的聲音沒錯。汝浩媽媽還沒等問候語說完，立刻對著手機叫嚷著：

「美麗啊，我是麗芬。你們家小傑在學校惹了個大麻煩了，妳知不知道？妳快點跟我聯絡……」

汝浩媽媽一說，四周就發出一片嘖嘖嘖的聲音。他們跟屁蟲似的說著：

「小傑惹了個大麻煩了囉。」

「大麻煩哦。」

「麻煩大了呢。」

「麻煩喔——」

看到他們幸災樂禍的樣子，我實在有股衝動，想掐著他們的脖子，一個一個抓去掄牆。愚蠢、笨蛋加白癡。還用得著說，我當然知道麻煩大了。

＊

下午四點半左右，她們兩個人約在東區見面。本來我老媽一點多就給汝浩媽媽回電了，可是她兩點還有主管會議，所以一切得等她開完會之後再說。

我幾乎是從有記憶開始就認識汝浩了。汝浩現在國二，小我一班。他小學四年級的時候，爸爸去美國做生意，一直沒有回來。讀到國中之後，汝浩才知道原來他們早就離婚了。我記得他開始會寫作文的時候，曾經寫過一篇〈我的媽媽〉的文章，其中一小段說：

我的媽媽很有品味，她只穿貂皮大衣或者是名牌。可是她卻喜歡租一些「阿信」那類的錄影帶回家。她看到別人可憐得沒有衣服穿、沒有飯吃，就坐在電視機前面一直哭，一直哭……

在我看來，他媽媽的穿著打扮，實在不能叫做有品味，了不起你只能說她是擅長亂花錢。我不曉得她哪來的這麼多錢，她拿錢給整形外科醫師抽抽這裡的脂肪、那裡的脂肪，給眼科醫師割割左邊的眼皮、拉拉右邊的眼袋，給皮膚科醫師打打雷射去除臉部的斑、手部的斑，再給牙科醫師冷光美白全部的牙齒……她花錢弄掉所有自己身上看不順眼的東西。

此外，汝浩媽媽還跳有氧舞蹈，參加讀書會、心靈成長團體，聽音樂會，看電影、戲劇，學繪畫、書法，當學校的愛心媽媽，外加交男朋友，泡咖啡店哈啦兼打屁……照說，她的生活應該是充實而快樂的。可是男人搞得她不快樂。印象中，她總是哭哭啼啼在我們家數落不同的男人，我媽則一邊打呵欠一邊聽。其實那些臭男人未必全像她講的那麼差勁，至少汝浩就還滿喜歡其中幾個人。可惜汝浩從一開始就沒有發言權，他連他自己爸爸的事都沒有發言權，更別說那些非親非故的臭男人了。通常我的消息會比汝浩來得靈通一點。因為我老媽是汝浩媽媽的大學同學。

總之，汝浩媽媽和我老媽下午四點半見面了。她那麼熱心，或許是為了回報我老媽那些打呵欠的時光。總算輪到我老媽也有哭哭啼啼的時候了。

於是兩個人在一家類似咖啡店的地方坐下來，先是東扯扯西扯扯，很快切入主題，扯到我的事情上面來。汝浩媽媽先從廁所講起，然後是命案現場，接著是滿地的飯粒、便當盒……偵探推理以及緝兇的過程。

汝浩的媽媽說得愈起勁，我老媽就愈緊張，一直問：

「怎麼會這樣呢？」

我一點都不怪我媽的表現，一方面，過去我沒有給她夠多的機會發展出這方面的專業；另一方面，我惹出來的麻煩，是仙人掌刺那種類型，只要刺中了屁股，毫無疑問，就會一路連鎖反應下去，直到你叫也不是，跳也不是為止……

汝浩媽媽大概跟我媽說了一些該跟我談談，跟班導談談，或者跟校長談談之類的解決方案，我猜想我老媽根本沒有聽進去。那時候，她需要的是一些時間讓自己安靜下來，而不是許多叨叨絮絮的建議。大概也發現自己沒完沒了地太不著邊際了，汝浩媽媽終於安靜了下來。過了一會，我老媽也安靜下來了。她啜了一口快涼掉的咖啡，用一種極力保持客觀的姿態，平靜地說：

「處罰成這樣，實在是有點過火了。」

汝浩媽媽覺得終於是講出重點的時間了。她左右顧盼，傾過身來，壓低聲音神秘兮兮地問我老媽：「我記得小傑好像從上學期開始，課後就沒有去他們班導那裡補數學了？」

「小傑說太浪費時間了……」我老媽說著，忽然醒悟了什麼似的，她反問汝浩媽媽：「不會吧？」

「妳怎麼知道不會呢？」

我老媽沉默了一會。通常那表示她覺得你講的話有道理，才可能發生的事。汝浩媽媽那時候一定覺得很得意。她早把在我們家哭哭啼啼的額度用光了，顯然因為這個回報，現在她又有了新的配額。

「小傑已經國三了，我覺得妳應該多花一點時間關心他的事，」她拍拍我老媽的肩膀說：「我聽說他常去網咖，還交了一些奇怪的朋友……」

我老媽就是那時候打電話回家給我的。我很清楚地知道那是晚上六點半左右。因為同一時間，我正坐在網咖，忽然一陣罪惡感籠罩過來，讓我強烈地感受到應該抬起屁股滾蛋回家了。

電話在我家響了一陣子，上氣不接下氣跑來接電話的是我國小二年級的妹妹。

「哥哥回來了沒有？」我老媽問。

「沒看到。」

「爸爸呢？」

「還沒有。」

「妳現在在做什麼？」

「我在寫功課。」妹妹說著，然後是老媽嘰哩呱啦不知交代些什麼。就在她準備掛掉電話之前，妹妹忽然問：「你回家時，可不可以幫我帶一些桑葉？」

「什麼？」

「桑葉，」我可以想像妹妹用很認真的表情說：「學校自然課觀察蠶寶寶要用的。牠們已經沒東西吃，快餓死了。」

＊

六點四十五分左右，我那好不容易從座位抬起來的屁股，終於移動到了網咖櫃台前面，老闆就坐在櫃台後面收走我的五百元大鈔。

這一小段路雖然只有幾公尺，可是常常舉步維艱，得走很久。有時候你會碰到砍得順手的人跟你分享一點心得，你也可能碰到倒楣鬼跟你一起公幹……很多事都可以把你纏住。網咖讓你覺得自己很重要，你練功時耍賤的手段，你所有愚蠢的意見和看法……每個人都正經八百地當你一回事。你們可以一起公幹不爽的校長、老師、同學、線上遊戲的程式……反正什麼都可以。最神奇的是，有時候公幹的對象根本就是你沒概念的人或事，可是那個氣氛就是讓你義憤填膺。

「不錯嘛，今天很早喔。」老闆對我說。他把五百塊照了照光，東瞄西瞄，然後打開抽屜，慢條斯理地放進那張鈔票。再從格子裡拿出三張一百元現鈔，一個五十元硬幣，一個十元硬幣。關上抽屜，對那幾張沒什麼好數的鈔票數了又數，一百——二百——三百，接著像演算數學一樣把硬幣的面值一個一個加上去，三百五，三百六……

他的頭頂禿光了，全靠著側方一撮留長的頭髮往前斜撥試圖遮掩。因此當他低下頭去數錢時，你就發現到了頭頂上面鮮明對比的標幟，根本就是NIKE的活廣告——，每次我都有一種衝動，想對著他大叫：「Just do it！」可惜今天我完全沒有那種心情。

大概過了三天三夜那麼久吧，他終於把錢算好了，找給我三百六十元，不多也不少。他故意拍了一下我的肩膀，哥兒們似的表示親密，對我說：

「都國三了，用功點吧。」

他從來沒有對我這樣說過話，推心置腹地。我有一點被他嚇到了，完全搞不懂他那顆

NIKE腦袋在想什麼。國三到底是怎麼了？難道國三就變成了蒼蠅或者是什麼怪物？蒼蠅至少還可以快樂地圍著大便飛來飛去，問題是現在連大便都出面趕蒼蠅了？

我把三百六十元分成二百六十元以及一百元。二百六十元裝在我的前面口袋，另外一百元裝在我屁股後面口袋。狡兔三窟，我有種不太好的預感，今天既然發生了那麼多倒楣事，沒有道理不再繼續發生下去。

果然我一出門，汝浩媽媽所謂「奇怪」的朋友立刻就出現了。想起來實在很嗆，我預感的事只要有那麼一絲絲快樂的成分，就一定不會實現。偏偏我剛剛一直想到的都是什麼蒼蠅、怪物、大便啦這類的壞事，果然高偉琦就出現了。他一來就勾肩搭背的，好像跟我很熟的樣子。他嘻皮笑臉地說：

「難得哦，今天這麼早，回家用功讀書？」

我真的開始有一點反感了，很想直截了當跟他說，關你屁事。可是他高我一個頭。再說這傢伙的脾氣火爆，ＥＱ超低。我只好裝作沒聽到的樣子。

「靠，大家都是兄弟，不要板個臭臉好不好？」他說。

我停下來，看著他，拉開一個三秒鐘的笑臉給他看，然後繼續前進。高偉琦有一頭被髮膠搞得像卡通影片觸電時毛髮悚然的頭髮，一張被青春痘炸得滿目瘡痍的月餅臉，一肚子把制服擠出一圈一圈輪廓的肥肉，一身悶騷的怪氣味，外加一個裝滿了糨糊的頭殼。最好笑的是他幻想自己是全世界最帥的男人，每天自我陶醉，穿制服不扣釦子，上衣放在褲子外面。他故意在女生面前裝出說話很酷的樣子，看起來像是難產生下來的怪胎。他還模仿黑人籃球選手走路的樣子，結果只讓別人懷疑他是不是開完包皮手術剛出院而已。

汝浩媽媽的小報告說對了一件事——高偉琦這傢伙的確很「奇怪」。可是我得鄭重澄清，我從來沒有「交」這麼一個奇怪的朋友。他不是我們班的同學，我從來也不想認識他。是他自己跑來自稱是我的朋友的，就像現在這樣，緊緊勾住我的脖子不放。他說：

「兄弟，商量一下。」

「什麼？」

「湊點錢，請你幫幫忙。」

「喂，上次那些錢到現在都還沒還。」

「上次那些是我跟你搶的。不是說過了嗎？現在這次是請你幫忙，」他勒緊我的脖子，「在家靠父母嘛，出外靠朋友。」他故意把靠說得很重，「誰叫你是我的朋友呢？你幫幫忙嘛，這樣我也省得動手動腳的。」

「你放開好不好？」

「大家好朋友嘛，跟你親熱一下嘛，緊張什麼，」他稍稍放鬆，「你到底是幫還是不幫？」

碰到這種事，我知道再怎麼掙扎不過是白費力氣而已，更何況我今天真的得回家了。曾經有個傢伙吃過高偉琦一點虧，跑去訓導處報告。他以為訓導處會大吃一驚地發現學校竟然發生這樣的事情，可是他完全想錯了，訓導處一點都不覺得訝異，這類的事他們知道的可多了。沒有人知道訓導處後來到底做了什麼處置，不過他們教了他一些自我保護的方法和注意事項。可惜後來那些方法沒派上什麼用場。高偉琦和狐群狗黨們第二次把他揍得鼻青臉腫以後，他總算才學會了保護自己真正有效的辦法。

「你先放開手。」我說。

「好了，現在放開了。」高偉琦果真放開了手，「你幫忙還是不幫忙？」

現在球在我這一邊，可是我已經不想再玩了。我從口袋裡面掏出二百六十元現金直接買單。

「對嘛，」他可滿意，把錢拿在手上掂了掂，笑著對我說：「我就說你是兄弟嘛。兄弟本來就應該互相幫忙，將來你有麻煩，我也一樣會照顧你……」

直到我們分開，又走了一個轉彎之後，我才從屁股後面口袋掏出另外那一張百元鈔票傻傻地看著。我拿那張鈔票出來看或許只是為了安慰自己，可是那對已經發生了的事一點幫助也沒有。我的阿Q心情並沒有持續很久。一會兒，我就聽見一陣機車咆哮的聲音。我一點也沒想到高偉琦竟然折返回來了，而且就在我的身後。等我回頭一看，他立刻以迅雷不及掩耳之勢，抽走我手中僅剩的一百元鈔票，叫嚷著：

「這樣不夠意思喔，兄弟。你看我這樣水深火熱，還把錢暗槓起來……」

「喂，那是我坐捷運回家的錢。」我大聲抗議。

高偉琦才懶得理我，自顧甩著那張鈔票，好像真的可以搧出風似的。他大搖大擺走回機車，站在車旁想了一下，忽然大發慈悲說：

「這樣好了，我載你回去。」

說完他拿出一頂安全帽放在我的頭上，用力往下一拍，並且發動機車。老實說，我覺得有點荒謬，可是我並沒有太多選擇，只能繫好安全帽的帶子，跨坐到機車後座，接受他這種自以為是的「照顧」。

很快機車就在大街小巷穿梭著，我們闖了幾個紅燈，還亂按喇叭。兩旁閃爍的霓虹燈，像風景一樣地不斷往後流動。我發現要不是發生了這麼多事，這樣兜風其實也還不算太壞。走了一會兒，高偉琦忽然回過頭來問：

「聽說最近你們導師找你麻煩？」

「怎麼連你也知道了？」

「你整天像個大白癡坐在外面，誰不知道？」

「怎麼樣？」我無奈地苦笑，譏諷地說：「難道你還替我揍他不成？」

「什麼？」風太大了。

「我說，」我靠近他耳邊大喊，「難道你要替我去揍他？」

夜幕低垂，涼風迎面襲來，鑽進領口、袖口，鑽進任何它鑽得進去的地方，把我們身上的制服鼓得蓬蓬脹脹的。

「也許吧，」高偉琦開始傻笑，他說：「等到畢業典禮那天，我想揍的人可多了。」

＊

開門迎接我的是妹妹。她很高興地說：

「總算有人回來了。」

「爸爸還沒回來？」我脫掉鞋子，一腳踩進客廳，瞄了一眼牆上的鐘，七點二十三分。

「他剛打電話說今天會晚一點。」妹妹跟屁蟲似的走在我的後面。

「媽媽呢？」

「媽媽會比爸爸更晚。對了，她特別交代，你今天晚上要等她回來，不可以先睡覺。她有事情要和你談。」

「喔，」我把書包丟在地板，整個人癱在沙發上。「妳吃飯了嗎？」

「媽媽叫你帶我出去吃，她說你身上還有錢。」

「哦——」該死的高偉琦。我坐了起來，問妹妹：「妳現在餓不餓？」

「還好。」

我走進廚房，打開冰箱，快速地掃描了一遍。只剩下兩片吐司麵包了。我拿出來和妹妹各分一片，我們就坐在餐桌上啃了起來。我提議：

「妳要不要先做功課，或者是洗澡，等爸爸回來再一起出去吃晚餐。」

「好啊，」她咬了一口吐司麵包，「那我功課有問題可不可以問你？」

「當然。」

她很高興地放下咬了一個缺口的麵包，咚咚咚跑進自己的房間，又咚咚咚地搬了一大堆教材、作業簿出來。

「你教我數學。」

我看了一眼，是一堆簡單的乘法練習。她有好幾題都做錯了，被老師用紅筆畫了大大的╳。

我指出其中一題說：

「八乘四等於三十二，怎麼會是三十三呢？」

「你好厲害喔，你怎麼知道答案的？」

「妳只要把九九乘法表背起來就好了啊。」

「老師說我們學的是新數學，新數學比較厲害，不可以背九九乘法表。」

「什麼新數學？」我問。

「就是建構式的數學。」

「那妳算一次給我看，讓我們來看看妳的新數學有多厲害？」

她先把八加八得到十六，十六再加八得到二十五，二十五再加八就變成三十三了。

「實在太厲害了，」我說，「妳每次都要用這麼厲害的方法來算乘法？」

「老師說不這樣寫會扣分。」

我指出了十六加八應該是二十四，而不是二十五的事實。她很抱歉地抓了抓頭。我請她再更正另一題算錯的題目。

「九乘以八應該不是七十一，」我說，「妳再算看看應該等於多少？」

她很認真地扳著手指頭，努力地在紙上塗寫著。這種長途旅程實在很恐怖，她先把九加九變成了十九，十九再加九又變回二十七，感謝老天，錯錯得對，一切總算回到正軌。之後二十七再加九等於三十六，然後是三十六加九……她一路有驚無險地加下去，好不容易，終於走到了七十二。

老實說，我必須強力克制，才能忍住不笑。謝天謝地，我開始背九九乘法表的時候，還沒有人動腦筋想要改革數學、改革課程或者是改革任何這個那個的。我怕死了所謂的革命或者是改革。如果有一天，我真的被說服了去參加某種革命或者是改革，我敢保證，絕對是因為那些事情是用來對付別人的。

「怎麼辦？我發現我愈來愈討厭數學了，」妹妹抬頭看著我問：「你會不會？」

「妳還不能討厭數學，至少目前不行。」我說，「妳起碼還要和數學再奮鬥十幾年。」

「不公平，我從來沒有說過我要學數學，怎麼可以這樣……」

「別抱怨了啦，」我拍拍她的頭，在她的頭髮一陣亂撥，「這樣的事以後還多著呢。」

她嘟著嘴，低頭寫了一陣數學作業，忽然又問我：

「哥，你知道哪裡有桑葉嗎？我的蠶寶寶快餓死了。」

「沒事養什麼蠶寶寶？」

「自然課要觀察。」我心裡想，唉，一定又是什麼新式教學，或者九年一貫教育。蠶寶寶脫皮就脫皮，吐絲就吐絲，變態就變態嘛，書上寫什麼就是什麼，有什麼好觀察的？觀察了半天，考試還不是考那些？

「妳哪兒弄來的蠶寶寶？」

「在福利社買的。福利社還賣桑葉，一包十塊錢。可是只賣了兩個禮拜就不賣了。」

「為什麼？」

「因為他們說觀察完了，課程進度結束了。」

「還真夠現實。」

「本來學校還有一棵桑樹。小朋友搶著採葉子，結果低一點的葉子被採光了，大家只好愈爬愈高。昨天有個小朋友六年級的哥哥從樹上摔下來，學校怕發生意外，今天乾脆把桑樹也鋸掉了。」

「哈。夠狠。那蠶寶寶怎麼辦？」

「大家拚命把蠶寶寶送給李巖。他家住木柵，附近剛好有好幾棵桑樹。可是那麼多蠶寶寶他也養不了。現在蠶寶寶送人都沒人要。有些人餵蠶寶寶吃別的葉子，結果拉肚子死掉。還有些人趁別人不注意時把蠶寶寶丟到垃圾桶去。我們去倒垃圾時，就看到一隻一隻白白的在那邊動來動去。」

我皺了皺眉頭，好個具有教育性又有啟發性的自然觀察！聽起來簡直像是二次世界大戰納粹集中營裡面的冷血大屠殺。

「幫我想看看哪裡有桑葉嘛，」妹妹用巴答巴答的眼神看著我說：「我覺得那些蠶寶寶好可憐，我實在不想要那樣。」

「我可能知道哪裡有桑樹，」印象中，有一次假日我和同學去爬象山，似乎路旁有一、兩棵桑樹。我說：「可是實在太遠了。妳先做功課吧，等一下爸爸回來，看他能不能開車載我們過去。」

「真的？」她又變得很高興了，起身過來抱著我。

她就是這個樣子很可愛。不管發生了什麼事，我永遠樂於把她抓起來親親吻吻，或者揉揉捏捏地抱個夠。

*

我們從象山回家時，已經十點多了。要不是老爸一直催促，我們其實還可以多待一會兒的。我發現晚上的象山還滿不錯的，空氣新鮮，氣氛也不差。蒐集桑葉並沒有花掉太多時間，我們很快就找到了幾棵桑樹，我負責採集，妹妹把風，一下子就把問題解決。其餘的時候我們都在浪費時間，像是老爸打太極拳，我看著夜景發呆，或者是妹妹惹怒了狗被追趕，我們得拯救她這類的事情。一路上，妹妹都唱著那首剛學會的歌，強迫我們合音：

「你很高興你就學狗叫，汪汪！」汪汪，「你很高興你就學狗叫，汪汪！」汪汪，「我們一起唱啊，大家一起跳呀，圍個圓圈盡情歡笑學狗叫。汪汪！」汪汪汪汪……

那首歌還可以改成拍拍手，學貓叫，學牛叫，任何你想得出來的聲音。可是妹妹只想學狗叫，一直在汽車裡面汪汪汪地叫個不停。顯然剛剛被狗追趕對她而言是一件頗為得意的事。

汽車停好之後，我和妹妹很有默契地各自豎起枝葉，一左一右尾隨在老爸身後。也許我們試圖著創造出某種熱帶風情吧，而老爸正好像極了南太平洋小島上自命不凡的酋長，我們得花很大的力氣才能忍住不笑。不過搞到最後還是崩潰了，連老爸自己都笑得人仰馬翻。不管如何，我們終於回到了溫暖的家。老爸發現門沒上鎖，顯然老媽也回來了。他把鑰匙又放回口袋，徒手打開大門，宣布什麼事情似的說：

「我們回來了。」

空氣和剛剛出去的時候不太一樣，你可以感受到一種特別的冷冽，說不上來為什麼，好像一門之隔，你就能從熱帶雨林直接掉進北極冰原似的。脫掉鞋子之後，我瞥見了老媽坐在客廳裡面，以及她看著我們的眼神。那眼神回答了所有我說不上來的為什麼。

歡樂的氣氛於是戛然而止。

「幾點了？」老媽問。

牆上的鐘指著十點三十二分，可是沒有人回答。

「妹妹功課做完了嗎？」

「還沒。」

「洗完澡了嗎？」

搖頭。

老爸收起妹妹手上的樹枝，示意她趕快去洗澡。就在這個空檔，老媽的目光瞟到我的身上來了。她問：

「那你呢？你已經國三了，還跟人家採什麼桑葉？」

天啊，又是國三。

「你今天幾點到家的？」

「七點多。」

「學校四、五點就下課了，你在忙什麼，七點多才回家？」

低頭。沉默。空氣冷得簡直就要結冰了。

「妳不要一進門就發飆，讓他先去洗把臉再說吧。」

我可以理解老爸這樣說是為了拉我一把，可是他不知道他這樣做根本就等於是在捅蜂窩。

「什麼叫做一進門就發飆？」老媽問，「我問他們功課做了沒有，洗澡了沒有，什麼時候回到家，這樣也叫發飆嗎？他們一整個晚上待在家裡，如果該做的事情都做好了，需要我發飆嗎？」

「學校要自然觀察，我帶妹妹出去找桑葉。」

「那些蠶上個禮拜就觀察完，分數也打過了，你們現在出去採什麼桑葉？」老媽的火氣愈來愈大，「妹妹功課沒做完、澡沒洗；哥哥在學校惹麻煩、上網咖、交壞朋友，你這個爸爸眼睛瞎了是不是？」

「妳別光說我，」如同往常，一場大戰無可避免地又開啟了。爸爸嚷著：「妳自己幾點回來？」

嘰哩咕嚕，嗚嚕哇啦……他們的模式還算固定，不擇時間地點，從哪裡都可以切入。先是自我防衛，接著責怪對方，彼此推卸責任，然後新仇牽扯出舊恨，沒完沒了。通常這個階段耗時最久，也最沒創意，每次陳年往事的內容都差不多。有時候我很想整理出一個完整的版本讓他們照著快速地唸一次，那一定可以省去許多麻煩。可惜他們只要吵到這個地步，簡直著了魔一樣。

兩個一家之主惡言惡行地在客廳吵著，背景是電視櫃上的那張浪漫結婚照。我相信他們當時的確真心相愛的，否則犯不著惹出後來這麼多事情。依照英文文法規則，如果那張結婚照是過去完成式，那麼唇槍舌戰就是現在進行式。而現在進行式與過去完成式之間強烈的畫面對比是多麼地令人感到……該怎麼說呢？嗯，迷惑。

就像現在這樣，老爸微抬雙手，像被揍夠了似的投降。他邊倒退邊說：

「隨便妳愛怎麼說，妳自己想一想，我不想再談了……」

他一直往房間退，直到關上門，再也看不見人影為止。客廳只剩下我和老媽兩個人。到處都是炮火轟炸過後的煙硝味。果然老媽就坐在客廳的沙發椅上哇啦哇啦地大哭起來。

這種情況之下，再也沒有人比我更尷尬了。大家都有一些事情可做，要嘛去洗澡，再不然就生氣了，或者是哭了，只有我，拿著那枝長滿了桑葉的樹枝傻愣愣地站在那裡，完全說不出什麼道理。我試著混水摸魚，也裝出一副「房間裡應該有些什麼事非做不行」的表情，打算開溜，走不到兩步，立刻就被老媽叫住了。

「你不要走，我有話跟你說。」

結果我就站在那裡，看著老媽哭一陣子。又看著她用衛生紙慢條斯理地把眼淚擦乾淨。她用又濃又重的鼻音對我說：

「你的事汝浩媽媽都告訴我了。」

「噢。」

「你還要被處罰幾天？」

「三天。」

「打算怎麼辦？」

「沒怎麼辦。」

「什麼叫沒怎麼辦？」

「就是沒有怎麼辦。」

老媽又拿出衛生紙擤了一次鼻涕，她說：「要不要我跟你們班導講看看？」

搖頭。

「真的不要？」

我猛搖頭。

老媽沉默了一會兒說：「那你還打算在廁所吃三天便當？」

更長的沉默。

「我看明天中午你去福利社買個東西隨便吃吃好了，」她嘆一大口氣，「你身上還有錢嗎？」

搖頭。

「早上不是才給你五百塊？」

「吃晚飯用掉了。」我在說謊，吃晚飯用掉的是爸爸的錢。還好他們今天吵架。

「你已經國三，馬上就要考學測了。這個時候，每個人都拚死拚活地在用功，你看看你自己在幹什麼？」她一點也沒有懷疑，從皮包裡面又拿出一張五百元的鈔票給我，「你爸爸跟我每天在外面拚死拚活，這一切還不是為了你們。你要多想想自己的前途，不要老是像個小孩子，知不知道？」

我點點頭。她又嘆了一口氣。

洗完澡後，我回到房間，認真準備明天早自習的數學小考，又做了一會兒國文考題練習。

＊

【學力養成評量：第七課　文天祥從容就義】

（　）下列何者不是孟子講的話？

（A）生於憂患，而死於安樂（B）志士仁人，無求生以害仁，有殺身以成仁

（C）君子有終身之憂（D）捨生而取義者也。

（答案，B。解析：文天祥就義時，其衣帶贊詞曰：孔曰成仁，孟云取義，惟其義盡，所以仁至。）

（　）下列各選項改寫後，何者的意思和原意不一樣？

（A）酣觴賦詩，以樂其志↓以酣觴賦詩樂其志（B）南面再拜就死↓再拜，就死南面（C）甚矣！汝之不慧↓汝之不慧甚矣（D）僧之富者不能至↓富僧不能至。

（答案，B。）

（二〇〇一第二次學測）

老實說，這些測驗題寫得我有點心浮氣躁，不知所為何來。

我的意思是說，文天祥的氣節的確很偉大啦，這點沒有人可以否認。問題是，他臨死之前一定沒有想到事情會變成這樣。文天祥如果知道他這件事會搞得世世代代，幾千萬、幾億，甚至幾兆的學生，都得背那一堆和他從容就義完全無關的狗屁倒灶事，他恐怕會改變主意的。看過成吉思汗這部感人連續劇的人就知道，南宋之所以該死跟文天祥一點關係也沒有。再說，就算文天祥死了，也不能改變什麼的。說穿了，所謂文天祥從容就義根本就是文天祥白白去死。更不用說千秋萬世之後，莫名其妙地讀著課文的我們這群可憐蟲，為文天祥的白白去死到底又白白地浪費掉了幾千萬、幾億，甚至幾兆個小時的生命？

（如果以七十年的時間計算一條人命的話，這篇文章白白犧牲掉的人命那才真的叫做驚人呢。）

有時候，我還真搞不清楚弄出這樣的課文到底是什麼目的？難道國文課本期望我們在政黨輪替、改朝換代的時候，大家都效法文天祥去死？這有點太強人所難吧。像台灣這幾年政權輪替來輪替去的，這一黨的人一樣在那一黨的政府裡面做大官，從來也沒有聽過有誰真的南面再拜就死？

說來說去只能怪那時代的人太嚴肅了。如果我是文天祥，我一定同意忽必烈的提議，隨便挑個宰相或樞密什麼的當當，想辦法混到死的。或許那樣對大家都好，將來也不至於連累這麼一大狗票的人全去讀什麼從容就義的課文，假裝非常激賞這種瘋狂的行為，還得感動涕零地做那麼多練習題。當然，少了文天祥從容就義，那些無辜的學子們還是注定要被別的什麼給折騰個半死的。但這至少可就和「如果我是文天祥」的那個文天祥一點關係都沒有了。文天祥臨死之前真應該好好想一想的。唉。

（　）讀完文天祥從容就義一文，你認為這篇文章的風格，用下列哪一項來形容最恰當？（A）文字洗練，層次分明（B）旁徵博引，說理詳實（C）清麗俊逸，語重心長（D）浪漫哀怨，扣人心弦。

（答案，A。解析：背起來。）

＊

等到我讀得接近不省人事，收拾好書包準備要上床時，已經超過十二點了。換睡衣時我忽然摸到口袋裡老媽給我的那張五百元新鈔。

我躺在床頭，看著那張鈔票，反覆地把它翻過來又翻回去。今天發生的許多事一幕一幕在我的腦海裡浮現。我也不知道為什麼，覺得有點恍惚，好像就這樣結束了一天，有點太過於輕飄飄了。有一剎那，我有種想要痛哭流涕的衝動，可是我並沒有真的那樣做。我只是覺得，說不定這次我真的有點過火了。我關上燈，就在那樣的氣氛之下沉沉睡去。

我並沒有睡很久，我一直在作夢，夢中許多人為了不知什麼事情激烈地爭吵著。不知什麼時候，我被一陣聲響吵醒。黑暗中，我惺忪地瞄了一下手錶的螢光指針，一點三十五分。

我發現到我作的夢並不全然只是夢。沒錯，我的爸媽還沒睡，他們就在隔壁吵著。

CHAPTER -2-

我驚心動魄地體會這一段完全不一樣的日子。
我其實一點都不討厭不一樣的日子的，
可是不知道為什麼，這種不一樣讓人有種心灰意冷，
甚至是走投無路的感覺。

隔天早自習考數學小考時，我在抽屜摸到一張卡片。本來我還以為是女生寫來的仰慕情書或者什麼好事，拆開一看，原來只是汝浩寫來的卡片。他用歪七扭八的字體寫著：

小傑：

我從媽媽那裡聽到你的事了。請不要灰心，加油喔，無論發生了什麼事，我們都會支持你的。

汝浩　敬上

雖然有點小失望，我還是翻了一下卡片。上面有一隻大大的賤兔，喊著努力之類的鬼話。到了這種年紀的男生，還用賤兔卡片，未免太過於裝可愛了。不過他們全家，從汝浩媽媽開始，都是這個調調。大驚小怪啦，寫卡片啦，說一拖拉庫沒有元氣的屁話……

由於今天有週會，於是交完數學考卷之後，我們統統都得到操場去排隊。本來我打算考個好成績，讓自己的心情亮麗一點的，就像洗髮精廣告那樣，生活也好重新振作一下。不過顯然我準備的方向有點誤差。我的意思是說，考試的範圍雖然沒錯，可是它考出來的樣子卻完全和我想的不一樣。

整個週會，校長在台上講話，大家也在下面講話。同學全都在討論剛剛的數學題目，根本沒有人管校長在講什麼。我愈聽愈懊惱，對著排在隔壁的趙胖抱怨說：

「媽的，剛剛那張數學超難。」

我之所以找趙胖訴苦，主要考慮到總得找個程度差一點的對象，才容易得到共鳴。搞得這麼紆尊降貴，我其實已經夠委屈了，沒想到趙胖全不領情，一臉死相說：

「不會吧，那些題目大部分不是都考過嗎？」

「都考過？」我嚇了一跳，「什麼時候考的？」

「對噢，」趙胖想起了什麼似的自言自語地說：「我差點忘記了。」

「忘記什麼？」

「沒什麼啦，」他支吾了一會兒，好不容易終於說：「我忘記你已經不去班導那裡補習了。」

一大早的，該怎麼形容這種感覺呢？好不容易睡醒，搞了半天發現自己莫名其妙躺在棺材裡，這已經夠無辜了，可是就在你急忙要掀開蓋子衝出去時，卻聽見他們咚咚咚地全把釘子給牢牢地釘好了。唉，你能說什麼呢？只能怪自己為什麼不真的是個死人。

第一節課考國文小考。陳之藩失根的蘭花大戰琦君故鄉的桂花雨搞得文天祥從容就義然後愚公不爽地也跑來移山。綜合測驗他媽的下列話語何組相同？人生如絮人生如萍……應用性改錯，人應革除奢侈浮靡的不良惡習……解釋操你娘的魂牽夢縈，雲腳長出要賤裝白癡的毛？ＡＡＢＢＣ，ＢＢＣＡＢ，ＤＡＢＣＡ，……ＤＡ靠ＢＡ，（等等，我用立可白把「靠」字塗掉，吹乾，重新寫入Ｂ。）ＤＡＢＢＡ。好，就這樣，交卷。哎，一大早的，你能怎麼形容呢？只能怪自己為什麼不真的是個死人。

第二節數學課。鐘一響，班導就帶著改好的數學考卷和一張蓄勢待發的臉走進教室。他一身邋遢褪色的呢格襯衫，鬆垮的長褲，厚重黑框眼鏡使他看起來稍嫌瘦弱。除了野獸派的髮型看起來有點突兀之外，你很難不相信他是一個舉止合宜的正人君子。一走上講台，他把考卷往講桌上用力一丟，就問：

「你們說，我為什麼那麼喜歡生氣？」

說完，他閉上眼睛，彷彿他正為我們受著苦。他得用很大的力氣，才能壓抑住等一下即將發生的一切。這樣的氣勢讓我想起盧貝松電影《終極追殺令》裡面那個腐敗警察每次殺人前獨特的儀式。嗑藥，播放隨身聽的莫札特音樂，然後仰天舒展，弄得全身骨頭喀喀作響。他隨著音樂的節奏搖晃，指揮，像個感性的詩人似的說：

「我最愛這暴風雨前寧靜的片刻了。」

就在醉人而浪漫的古典樂裡，他深深地感傷並且嘆息。很快地血腥的行動開始了。音樂持續著，大口徑長槍、擊發、驚叫、哀嚎聲、血肉飛濺的暴力，該死的賤女人、該死的小孩、下三濫、倒地、爬行、槍聲、顫抖、血跡……

如果你是觀眾或者爛警察，當然可以陶醉在這種風雨前寧靜的片刻。很不幸，我們正好是該死的賤女人、小孩與下三濫……因此，我們全被丟棄在一片烏壓壓的沉默裡，無助地等待著即將到來的命運與劇情發展。

「李家楨，」班導開始有氣無力地叫著名字，一張一張地發考卷，「趙之齊……」

他故意把聲音壓得又低又小，所有人只好七上八下地尖起了耳朵，好在聽到自己名字時能夠如獲大赦似的立刻衝出去領考卷。通常這代表你考得還不壞，已經被豁免在這場風暴之外，可以買包爆米花坐在靠背椅上當個觀眾，安心地欣賞精采的暴力美學了。

等考卷發到一個段落之後，班導嗯哼地清了清嗓子，緊接著是一段沉默，說明囚犯釋放的名單的確只到此為止了。他用目光掃射全班，又重複了一遍同樣的話：

「你們說，我為什麼那麼喜歡生氣呢？」

只不過這次的口氣比較不像第一次是個問題，反而像是一長串話語的發語詞。那是班導向來喜歡的風格，把同樣的句子當成主旋律，反覆地出現在不同的樂章裡。他很快收回目光，接著又說：

「我一大早辛辛苦苦地來這裡陪你們早自習，陪你們考試。學校有規定導師要來陪你們早自習嗎？別的老師第一節沒課在辦公室泡茶看報紙，討論國家大事，我急急忙忙地改你們的考試卷，一張一張改完還要一張一張登記，登記完還要計算分數，排名先後，然後一張一張輸到電腦網頁上面去。我忙得像個神經病一樣，就怕耽誤了時間，趕不及第二節上課跟你們討論。你們說，我為什麼那麼愛跟自己過不去，沒事找事來讓自己生氣呢？」

沒有人回答問題，教室裡面一片沉默。有多少沒發完的考卷，就有多少沒領到考卷的人。如果所有沒發完的考卷都是確鑿的罪證，那麼所有沒有領到考卷的學生就是不可原諒的罪犯。明擺著這麼清楚的道理，我們還有什麼好說的呢？

「陳亮軒，王明忠……」班導開始把考卷用力甩在空中，丟在地上。講桌前面很快就趴著一群找考卷的學生鑽來鑽去，「你們的家長天天拜託我，送我禮物，有什麼用呢？你們不想讀書，難道我天天生氣，你們的成績就會變好嗎？」

大口徑長槍、該死的小孩。碰，碰，碰——

「你們不想讀書，我為什麼那麼神經病，一定要生氣，一定要跟自己過不去呢？」他愈說愈激動，「別的導師禮拜天早上帶著女朋友去動物園、去植物園、去花園、去茶園、去果園……我是不是在家裡等著接你們電話，等你們數學有問題來問我？為什麼我不等女朋友的電話，等你們的電話？你們比較漂亮嗎？你們家比較有錢嗎？還是我是你的爸爸、媽媽，上輩子欠你們的？到底是你們要考學測，還是我要考學測？我這樣逼你們，我錯了嗎？」

他隨手抓起了在地上找考卷的王明忠，問他：

「你說，我這樣逼你們，我錯了嗎？」

王明忠嚇得低下了頭，一句話也說不出來。可是現行犯是沒有權利沉默的。班導用著很痛苦的表情一路追殺：

「頭抬起來，告訴我，我這樣逼你們，錯了嗎？」

「對不起，老師，」王明忠慢慢地把頭抬起來，臉色一陣青一陣白地說：「是我們錯了。」

班導總算慢慢地放開了他。他瞇著眼睛，痛苦地說：「你們為什麼不能饒了我呢？給我一點快樂呢？」

該死的小孩、下三濫。碰，碰，碰——

整個行動就以這種交響詩般的浪漫風格進行著。「我為什麼要生氣？」這麼生動的主題也就這樣，不斷地在樂章中反覆出現。固然有些惡棍死得冤枉，但難免也有些罪犯僥倖脫逃。畫面看起來很乾淨，氣氛偶爾稍嫌沉悶，可是各種哀嚎、血肉飛濺、倒地、爬行、顫抖、血跡……都在話語交流間忠實呈現，我們心中一樣也沒錯過。

隨著班導手上的考卷愈來愈少，他的聲調愈來愈激昂，節奏愈來愈緊湊，整個儀式漸漸邁入了結尾的高潮。到了最後，考卷只剩下一張。老實說，我一點都不期待。因為我發現所有的人都得到他們該得的報應了，全班只剩下我一個人還沒有拿到考卷。

「最後這一張考卷所以會在最後，並不是因為它的分數最低。老實說，我不怕教到笨的學生。一個人笨並不可恥，只要他願意努力，他還是有希望的。你們說，什麼樣的人比笨還要糟糕，還要可恥呢？」他賣了一下關子，接著說：「那就是不知羞恥的人。人一旦不知羞恥，就徹底完蛋了。無論你怎麼刺激他，他完全沒有反應。」他故意看了看我的那張考卷，左右搖動著頭，好像考卷就是挨罵的對象似的，「碰到這種人連罵他可恥也是白罵。為什麼呢？因為他根本不知羞恥。」他又停了一下，終於轉過頭來看我，喊著：「謝政傑？」

我站起身來，閉上眼睛，深吸一口氣，再睜開眼睛。好吧，我告訴自己，就讓該來的都一起來吧。我振作精神往前走，才走到教室門口，就被喝住了。

「站住，我可沒允許你進教室。」他把我的考卷丟給講桌前面的同學，「你告訴他，他考幾分。」

「七十六分。」

「七十六分你滿不滿意？」

我搖頭。

「別的同學也有人考四十分、五十分啊，你說，你考這麼好，我為什麼要生氣？」

我沉默地低下頭。這使得他很不高興，提高了分貝再問：

「抬起頭，告訴我，我為什麼要生氣？」

我看見我的考卷從張瑜沿著馮德程往門口的方向傳了過來，每個人都看了我的考卷一眼。

「因為我成績退步了。」

「我把你趕出教室，難道是希望你成績退步嗎？」

「不是。」

「我為什麼那麼壞，不讓你進教室上課，嗯？」

「為了要刺激我。」

「對，我就是要刺激你。你不應該是這種程度的。可是我拚命地刺你，你有感覺嗎？你會痛嗎？」

我點點頭。

「你有感覺？我不相信。」班導不以為然地說：「既然有感覺，那為什麼考試的成績一次比一次退步？」

「因為，」我吞吞吐吐地說：「我不夠用功。」

「不對，那不是重點，」他用力搥了一下桌面，發出粗暴的聲音，「別敷衍我。你告訴大家，為什麼你的成績一次比一次退步？」

我大概知道標準答案了，可是我說不出口。

「為什麼？」他緊追不捨。

「因為……」

「因為什麼？」更用力地搥桌面，更粗暴的聲音。

「因為……我不知羞恥。」

「大聲一點！」他瘋狂地大叫著。

「因為我不知羞恥。」

碰，碰，碰，碰碰碰碰……賤女人、死孩子、下三濫。

我低下了頭，接過從門邊傳過來的考卷。我根本無心看考卷上的對錯或結果，我只是好恨我自己，竟說出了那樣的話。我真的一點都不知羞恥。

*

接下來的第三節是理化課，我發現我根本沒辦法專注地聽課。到了第四堂課，我就覺得我已經受夠了。我並沒有在教室上課，也沒有在教室外面上課。那本來應該是輔導課，可是被班導借走了。不上輔導課我倒沒有什麼好遺憾的，我之所以想暫時離開一會兒，主要是因為我已經沒有什麼事情可做了。特別是經過了上一節課，班導嘰哩呱啦地把考卷上的數學題目重新在黑板上演算示範一遍之後，他突發奇想地決定讓我們再重考一遍同樣的題目。

他說：

「我不要看到這樣的成績，我要忘掉這種惡夢。我再給你們一次機會，同樣的題目重新再考，我要看到你們每一個人漂漂亮亮的成績。你們的成績漂漂亮亮，你們的人生也漂漂亮亮。就像當初你們的父母漂漂亮亮地把你們交給我一樣，我的責任就是把你們漂漂亮亮地護送到未來。」

於是，第四節課一開始，我就拿到了一張和早自習一模一樣的空白考卷。拿到考卷時，我有一點手足無措。我的問題是，我錯過了第二節課下半場，也許不是最精采，但卻是最重要的片段。坦白說，經過上半場的碰碰碰之後，我就死了。像電影裡面的賤女人、死孩子、下三濫一樣，徹徹底底地死了。你知道，死人當然聽不到老師上課時在說什麼，更別提死人還要有改過的決心和勇氣了。

所以，在班導離開教室之後，我就開始到處晃來晃去。我得離開一會兒，因為我已用盡力氣演完今天當場被擊斃的重頭戲，實在沒有能源再配合新版的劇情演出了。再說，就算我真的把考卷重寫一遍，肯定也不會高過七十六分的。這類諸如我是白癡，我不知羞恥……的事實，我已經充分地利用剛剛的場合告知過全班，我相信大家都能完全了解，根本用不著我再證明一次。

本來我離開座位，只打算兜個一圈，深呼吸幾下，或者是做做哪類的事情。我以為我應該很快就回到原點，可是我想錯了，我離開教室愈來愈遠。我先到廁所晃了一下，之後經過籃球場，再繞過司令台，穿過行政大樓。每次只要回頭，看到擺在我們教室走廊外那張課桌椅，我就想再走遠一點。我根本不知道我該去哪裡，可是那張空盪盪的課桌椅，卻像黑暗中的燈塔，指引著我朝相反的方向愈走愈遠，直到我再也看不見燈塔，完全沉沒入黑暗中為止。

我走過音樂教室，又經過家政教室，電腦教室。隨著第一次段考愈來愈近，現在這些教室空空曠曠的。該聽到的歌聲，烹飪的香味，或者上網時那種熱鬧的表情，全都因為借課、調課、補課……化成了現在這樣無言的沉默。我試著推推電腦教室的大門，發現門是緊緊上鎖的，我往教室裡面瞧了一眼，陰陰暗暗的，那景象總讓我想起兇殺案移開屍體後，被封鎖的現場，還有那些被謀殺掉了的歡樂時光。

轉個彎，沿著樓梯爬上二樓，我的腳莫名其妙地把我帶進了圖書館。櫃台曹小姐連看都不看我一眼，只當我像平常一樣，趁著體育課又溜進來吹冷氣了。我走進圖書區，隨意挑出架子上的書本瀏覽著。冷氣吹得我很舒服。我記得當年國一剛發現這個地方時，我曾發誓要把這裡的書全都讀完。那時候我比較有空，常來這裡泡著。幾年下來，這裡很多書本的借覽卡都登記著我的名字。我在想，如果有一天，我擁有了很大的權力，可以下令摧毀這個學校的一切時，我唯一想保留的就只剩下這座圖書館了。我愛它的溫度，它的沉默，它的氣味，我愛它愛理不理的態度，愛它愛來就來、愛走就走的懶樣子……愛它一切的一切。

我漫不經心地拿起一本書，坐在桌子前面讀著。那是關於一個叫做荷頓．柯菲爾德的男孩的故事，他被學校開除了，不敢告訴家人，又不想回家，只好到處晃來晃去。這本書我早讀過了，實在算不上什麼了不起的書，可是今天我忽然覺得也許應該找出來看看，於是我就這樣坐在書桌前，津津有味地讀了起來。

讀了一會兒，我忽然覺得我好像開始又可以活過來似的，說不上來為什麼是那樣的感覺。我看著窗外，愣愣地回憶起那些曾經在這裡讀著書的快樂時光。我在想，如果不是考試以及這一切的話，讀書其實還算是頗為美好的事……不知道為什麼，這樣想著，忽然覺得一陣心酸。然後，然後最討厭的事情發生了，我發現自己竟像老媽昨天晚上一樣，一把鼻涕一把眼淚的，不可自制地啜泣了起來。

＊

我直覺到現在實在不是哭哭啼啼的好時機，於是我把書放回架上，走出了圖書館。我就在圖書館門口遇見了校長。

也許我剛從圖書館走出來的緣故，校長很親切地問我什麼名字，哪一班，現在正在做什麼，功課有沒有問題？就像電視新聞裡面首長下鄉，看見了善良的老百姓那個表情。我想校長根本不在乎我怎麼樣的，他不過是想表現出慈祥和藹的樣子而已。可惜我從來就不屬於那種可以為民表率的良民，因此，談沒幾句話，校長就警覺地收回了首長一號的笑容，開始質問我：

「你們導師知不知道你在外面遊蕩？」

我不知道我的腦袋是被剛剛的書弄壞了還是怎麼的，我忽然決定不再說謊了，我甚至覺得如果校長是這個地方的最高首長，那麼他就應該有能力解決這裡發生的所有問題。我心裡想，反正事情已經走到了這個地步，我也沒有更好的選擇。於是我抬起頭問校長：

「我可不可以跟你談一談？」

他說好。於是我們就一起走到校長室，然後坐了下來。我開始把我怎麼看漫畫被抓到，怎麼被罰在教室外面上課七天不能進教室，又怎麼躲在廁所裡面吃便當被汝浩媽媽發現，我們怎麼考試，我又如何當眾被老師羞辱……全都源源本本地告訴校長。

校長很認真地傾聽，這一點絕對沒話好說。他不時插入像是：「其實你們要多想想，導師這麼辛苦，他也都是為了你們好啊。」這類勸撫或者是安慰的話。照說，這種待遇應該夠我感激涕零個三天三夜了，可是我卻愈說愈覺得無力。不曉得為什麼，感覺好像是在跟烏龜國的國王溝通一樣，不管多麼費力，他就是完全不能理解我試圖表達的感覺。我只好把話說得再明白一點。

「我要申訴。」我說。

「你要申訴什麼？」校長問：「他有打你嗎？」

「沒有。」

「他把你趕出教室，那的確是很嚴重的處罰。」校長想了一下，「可是他有說過不讓你上課，剝奪你的學習權嗎？」

「沒有。」

「他無緣無故，隨隨便便就亂罵你嗎？」

「不是。」

「你之所以挨罵，因為你不守秩序，考試成績沒有考好。如果老師連做錯事都不能罵你、講你，你想，他還算是個盡責的好老師嗎？」

我沒有說話。但我可以感覺到自己正節節敗退。

「所以，」校長問：「你到底想申訴什麼？」

他把桌子側面一大疊卷宗搬到正前方，開始翻閱最上頭的一本。我可以感受到他對我的熱情與好奇快速地消失著……他正等著我說些最後的什麼，好拍拍我的肩膀，給我一些不費力氣的鼓勵，然後一腳把我踢出辦公室去。

「別的同學早就做過了同樣的題目，我沒有做過，所以考試成績不好。」我在做最後的掙扎。

「你為什麼不做呢？」他抬起頭，淡淡地笑了笑。

「因為大家放學後都去老師那裡補習，」我理直氣壯地說：「只有我沒去。」

我不知道校長是不是想這麼說：「你為什麼不去呢？」可是校長沒有說，他只是停了下來，臉上表情起了一些微妙的變化。我很難精確地形容。校長的臉色並不是生氣或者驚訝什麼的，而是直接就沒有了表情，好像電動玩具忽然沒電了一樣。校長用那張沒有電的臉對我說：

「我想，我最好還是請你的導師來處理這個問題。」

說完他自顧轉身去撥電話。一切就到此為止。不久，電話接通了，校長拿著話筒說：

「喂，三年九班謝（詹）導師在不在辦公室？嗯。我是校長，你找他過來聽電話，我有急事，我就在線上等著……」他看了我一眼，接著又沉默地玩弄話筒的線圈，好像我根本不存在似的。一會兒，班導過來接起了電話，他又說：「喂，詹老師，你班上是不是有一位學生，叫做什麼傑的……對，他現在就在我辦公室這裡。我在圖書館門口看到他的。嗯。嗯……」

不痛不癢地談了一會兒，校長忽然想起了我的存在，對著話筒說：「你稍等一下。」他摀住話筒，對我說：「我想你最好去辦公室向詹老師認錯。」他看我搖來晃去，一臉不樂意的表情，又強調了一次：「你現在就去。」

我嘛了嘛嘴，轉身就走。我想，他們總得談一些我不應該聽到的話。再說，我也真的想走了，這裡沒有任何值得我留戀的事情。我一直走，走了很久，終於到了老師辦公室，可是班導還在那支電話前面和校長講著話。看來我的壞事還真不是一時之間能夠講完的。於是我只好站在他的面前等了一會。

「對，好。我知道。學生現在已經到了，我會處理。謝謝。」班導一掛上電話，就轉身對我失控地大吼：

「你以為你在幹什麼？」

他一喊，辦公室的老師們都抬起頭看了一下。班導喘著氣，兇狠狠地瞪著我。我一句話也沒說。我們兩個人就站在那裡對峙了一會兒。他幾度伸手指著我，似乎要說什麼，可是又把手放了回去。後來，他終於說：

「我不想跟你說話，你現在就去打電話找家長過來。」

我轉身準備走出去打走廊那支公用電話，走了兩步，想起口袋裡面只剩下老媽給我的五百元大鈔。於是我掏出了那張鈔票，回頭對著班導問：

「可不可以換零錢？」

我其實只想讓氣氛輕鬆一點，完全沒有想到那樣講會惹毛他。一時之間，他簡直像吃了炸藥一樣。

「你還耍寶？」班導猛烈地撥走我手上的鈔票，開始高分貝咒罵，並且對我推擠碰撞，拳來腳去的。我們兩個人就這樣粗暴地拉拉扯扯，直到他把我拖到辦公室電話前，大聲嚷著：「給我打——電——話！」

我站在電話機前面，瞥見那張五百塊的鈔票孤零零地落在我身後的地上。大家都看著，可是沒人動手去撿。我喘著氣，臉上脖子上一陣一陣地發燙。我本來以為我只是面紅耳赤，不久發燙的地方開始痠痛，我總算搞清楚——我是挨打了。

*

我在電話中並沒有多講什麼，只說老師想見她，老媽立刻答應馬上趕過來。聽她慌張的語氣就知道，她一定感受到我又闖禍了。

雖然電話是說給老媽聽的，可是該聽到的事班導也都聽到了。因此，掛上電話，他沒問什麼，我也就沒說什麼。我們就這樣杵著，好像要比看看誰先受不了似的。一會兒，第四節下課鐘聲響，班長送來了教室裡面同學重考的數學考卷，班導接過考卷，悶不吭聲地就轉過身坐在辦公桌前，一張一張改了起來。辦公室裡面很快充滿了上完課，或者正準備出去吃飯的老師。辦公室外面則是下課那種喧嚷嘈雜的聲音。總之，大家都在講話或者移動，只有我安靜地站著。

我很少這麼迫切地想見到老媽，至少在我懂事以後，很少像現在這麼迫切。我老媽是那種有點奇怪的人，你常常搞不懂她到底在想什麼。你很容易就可以搞清楚我老爸，可是我老媽就很不一樣。她常常嚮往某種不可能實現的正義，可是又很容易屈服在現實之下。好比說，她會為了一些和自己八竿子打不著的話題，激動得一定要打電話去電視節目、廣播節目Call in，明明在開車她也要違規用手機打電話。一旦讓她打進去了，那簡直是一場大災難。等她胡說八道亂講一通總算掛掉電話之後，看著我不敢置信的眼神和表情，她又會世故地告訴我說：

「講這些有的沒有的根本沒有用，我其實只是要跟他們鬧一鬧而已。」

如果說這些正義原則來自她大學時代新聞傳播的訓練，那我很能理解。可奇怪的是她從來不把這些原則用在我的身上。我記得從國小開始，我就被她抓去拜託過一個又一個的老師，讀她能打聽到最好的班級。每年春節、端午節、中秋節以及教師節，更是大包小包的禮物提到學校去，用各種硬性、軟性的手段強迫老師收下。我一直以為所有的人讀書都得那樣，直到國小四年級，有人在我的課桌椅上寫了「特權」以及許多不堪的字眼之後，我才曉得並不是天下所有的媽媽都是一樣的。

我記得小學四年級那年她就辭掉了報社的工作，零零星星地只接一些特稿或者是專訪。她還留在報社的朋友替她寫了一篇報導，把她吹捧上了天，說她是回歸家庭，現代婦女的典範之類的……結果三年不到，我爸爸在股市虧損掉很多錢，他們兩個人天天吵架、鬧離婚，搞得老媽愈來愈沒有安全感，又開始找工作了。她想起那篇「回歸家庭」的報導，沒有臉再回報社，只好找了家出版社擔任執行主編。過了一年，老總編退休，大家各升一級，老媽變成了副總編輯，直到前一陣子，新的總編輯不知怎地被股東還是社長弄走，於是我媽就變成總編輯了。

我的個性裡面，如果有一些懶洋洋，或者和藹的感覺，肯定來自我老爸的遺傳。至於其他譏諷的部分，恐怕全拜我老媽之賜。有時候，我會對這個部分感到得意洋洋，因為那讓我有種聰明或者是酷的感覺。可是很多時候，我也會覺得自己這個部分實在令人厭惡。

等了至少一個世紀那麼久之後，老媽終於來了。她冷冷地看了我一眼，一句話都沒有說，就急著轉過身對班導鞠躬，恭敬地喊著：

「詹老師。」

班導回頭冷冷地看了老媽一眼。

「請稍等一下。」說完又轉身回去改他的考卷。他又改了一兩張考卷，讓老媽意思意思罰站了一會兒，才心滿意足地站起來，請老媽過去辦公室側面那個懇談室。懇談室的擺設很簡單，幾張椅子和小茶几，全部是木製材質青紋大理石底座及桌面，上面刻著民國幾年，哪一屆的家長會長誰誰誰敬贈這類的字眼。這個地方雖然不大，可是卻很出名，任何同學只要闖了禍，家長被老師請來，十之八九都是在這裡聯合會審的。
於是他們坐了下來。班導坐在單椅上，老媽坐在側面的雙人椅上，我則緊靠老媽站著。
等大家都就位之後，老媽迫不及待先開口了：
「到底發生了什麼事？」
「你自己說。」班導看了我一眼。
於是我扭扭捏捏地開始輕描淡寫，才說到一半，就被班導粗暴地打斷。
「你到底要不要好好說？」
沉默。
「我問你，第四節課我好不容易才借來輔導課讓你們重考數學，大家都在寫考卷，你為什麼不寫？」
沒有回答。
「第二節課我不是才講解過，為什麼不會？」
我搖搖頭。
「為什麼不聽？」
看我不說話，班導轉向老媽說：
「妳看，考不好被我說了幾句就不高興，叫他重寫他也不寫，整天在教室外面遊蕩，好了，人被校長抓個正著，他還反過來向校長告我……」
看著老媽一直在點頭賠罪，我忽然有一種很荒謬的感覺。這個世界到底是怎麼了？同樣的情節竟然可以說出完全不一樣的道理來。明明被處罰的人是我，考不好的人是我，被羞辱的人是我，挨打的人也是我，不知道為什麼，班導就有本事把自己說得像個受害者一樣，而他所有的痛苦都源自於我這個加害者。我有什麼本事把他害成這樣？

更誇張的是我的老媽，你明明看出來了她完全不信班導講的那一堆，卻拚命地還在賠笑道歉。當別人開始逼你的時候，你可以搞笑，要是他們真的把你逼到角落，你至少還可以選擇沉默。可是一旦他們逼得你必須媚俗陪笑，那你可真的毫無立足之地了。我真的可以感覺到我老媽內心那種悲傷。想到這裡，我開始覺得或許我該把故事用我自己的道理好好地講一遍才對。於是我打斷了班導的話，我說：

「是你不准我進教室的。」

「什麼？」班導睜大了眼睛，顯然被我突如其來的改變嚇了一跳。

「是你先不准我進教室的，」死就死，反正豁出去了，「你沒有資格說我整天在教室外面遊蕩。」我感覺到老媽用力拉扯了一下我的衣服。

「想進教室就要好好上課，如果你要看漫畫，那我只好請你出去了。」班導邊說邊捲起袖子，也許是潛意識吧，否則，我實在搞不懂他為什麼要在這個時候捲起袖子。

「我在教室裡面你不高興，不在教室你也不高興，聽你的出去你不高興，聽校長的回來你更不高興，你到底要我怎麼樣你才會高興？」我發現自己的聲音愈來愈大。

「你不用管我高不高興，」班導生氣地從座位上站起來，用比我大的聲音說：「你已經國三了，你只要把自己管好，把自己的成績弄好就行了。」

天啊，又是國三！我很想大叫「國三就怎麼樣？」可惜話還沒出口，老媽就站起來拉住我，對我大喝：「你坐下，不要講話。」

我只好乖乖坐下。輪到他們兩個人站著。老媽對著詹老師又是一鞠躬，她說：

「詹老師，不好意思，小傑可能這幾天被處罰在教室外面上課，情緒比較不穩定。」老媽停頓了一下，「不過，你真的要把小孩處罰在外面七天，至少通知家長一下吧。小孩子也有自尊心啊，你這樣處罰他，他中午不好意思，躲到廁所去吃便當，恐怕你不知道吧。」

班導意味深遠地嘆了一口氣，他轉過身來對我說：

「一年多以前，汝浩的媽媽帶你們來拜託要進我的班級時，我怎麼跟你說的？」雖然班導看著我，可是我一眼就看穿他只是在表演給老媽看。「我問你有沒有打聽過我帶學生教學的風格，你是不是點頭？」

沉默。

「我說我的管教非常嚴格，你最好要有心理準備，你是不是點頭，嗯？」

我沒回答。

「我帶了這麼多年的升學班，哪一年不是升學率最高？我敢講，就算教育部長、大學教授或者什麼教育專家來，也沒有我這麼了解你們。我為什麼這樣管教你們？那是因為我太了解你們了。如果你受不了，當初何必來拜託呢？什麼學力測驗、推薦甄試、分發入學，那可不是我規定的。你以為每天輕鬆愉快地搞什麼常態編班、愛的教育、人本教育我不會嗎？這樣大家高高興興地混水摸魚，你們就全考得上好學校了。」他看著我問：「嗯？」

我低下了頭，心裡想著，你羞辱我還不夠嗎？你幹嘛這樣拐彎抹角地羞辱我老媽。

「謝政傑，嗯？」他節節進逼，又問了一次，「你媽媽這樣到底是幫你，還是害了你？為什麼別人都可以，你就不行？」

別扯上我老媽。求求你。

「你說啊，嗯？」他沒有注意到我已經不知不覺地站了起來，還不停地追問：「你是被寵壞了還是怎麼樣？」

接下來發生的事情，連我自己都嚇一跳。在大家都來不及阻止之前，我已經衝上去把班導推倒在座椅之上，力道之大，使得他連人帶椅往後衝，撞上牆壁發出巨大的聲響。我發現自己竟然失控地大叫著：

「升學班就怎麼樣？好學校就怎麼樣？我不想被你處罰，不想被你控制……」

我猜想我一定是表現出還想做些什麼的樣子，因此才會有那麼多人，包括我老媽，還有辦公室其他還在吃著便當的老師都衝過來，試圖把我拉開。我就在一團人之中掙扎，動彈不得，可是我仍不停地叫嚷著：

「你羞辱我，可是你別想羞辱我媽，她不是國三，她不是你的人質……」

班導趁著混亂，機警地從座椅上跳開。他站得遠遠地，拍打著自己的衣服，彷彿我那樣一推，真的把他那一身爛衣服弄髒或弄縐了似的。過了一會，他終於拍好了，抬起頭來狠狠地瞪著我還有老媽。他說：

「這件事你們自己好好談一談。我會請訓導處來處理。」

我看見老媽一直對著他鞠躬，可是他就那樣頭也不回地離開了。

＊

走出辦公室時我大概已經恢復了清醒——至少還記得去撿地上那張五百元鈔票。至於老媽簡直是氣炸了。她板著一張臭得不能再臭的臉，老大不高興地對我嚷著：

「你到底在耍什麼脾氣？你這樣算什麼呢？」

我沒說什麼指著頭頸部紅腫的地方給她看，低調地表示：「是班導先動手打我的。」老媽訝異地看了我挨揍的地方一眼。「就算是班導先動手，你也不用去冒犯他啊。」她說完後暫時不再繼續發飆了，顯然挨揍這件事幫上了一點忙。

儘管我挨揍的地方只是紅腫而已，老媽還是堅持帶我去保健室敷藥。護士雖然吃著飯，不過她立刻放下便當，好心地幫我檢查。結果我從保健室走出來時，下巴及脖子後側，全貼滿了沙隆巴斯之類的膠布藥膏。

老媽帶我走出校園，我們就在學校對面的速食餐廳坐了下來。點好餐點之後，我們兩個人就那樣面對面坐著，沉默地吃了起來。過了一會，老媽問：

「你們班導為什麼出手打你？」

「他不是叫我打電話叫妳來？我要去打公用電話，問他可不可以換零錢，結果他就說我耍寶，對我拳打腳踢的，把我拖到辦公室那支電話前面，叫我打——電——話。」

「你就是一副嘻皮笑臉的模樣。」老媽輕輕地搖著頭，又吃了一口麵，一面咀嚼，思考著什麼似的。過了一會，她問：

「你到底跑去跟校長說了些什麼？」

「我告訴校長我怎麼被處罰在教室外面上課，怎麼考試成績不好挨罵……他先是敷衍我，接著不分青紅皂白地開始教訓我，好像我是罪有應得的樣子。我心裡很急，覺得我有必要告訴他真正的情況。」

「什麼真正的情況？」

「別的同學在班導那裡補習，寫過一模一樣的考卷，考得再爛成績也有八、九十分。我雖然沒補習，可是我也有唸書啊。問題是別的沒補習的同學考五十分、六十分沒事，我考七十六分，他就找我麻煩……這根本是違法的事情，我覺得他應該好好管一管。」

「你真的那樣說了？」

「我真的說了。結果他的臉馬上沉了下來，板著面孔對我說：這件事最好請你們導師來處理。廢話，如果要請班導來處理，我何必找他。」

老媽沉默了一下，表情凝重地問：

「你為什麼覺得可以去找校長談？」

「我沒有仔細想過，可能是……」我認真思索了一下，「他朝會的時候常常講一些教育改革、愛心啦什麼的……雖然都很無聊，可是我有一點以為他講的都是真的。」

「唉，」老媽嘆了一口氣說：「昨天晚上我不是叫你要好好想一想自己前途，你也答應過我的。怎麼搞成這樣呢？」

我也在內心嘆了一口氣。她講的事情我當然都知道，可是事情——我也不知道為什麼，就搞成了這樣。我們就這樣各自想著事情，沉默地把餐盤裡面的食物統統吃完。老媽請服務生來把餐盤收走，並且慎重地用餐巾紙擦了擦嘴之後，終於問我：

「你再回去班導那裡去補習好不好？」

「不要。」我猛搖頭。天下哪有這種邏輯？

「再試看看嘛。」

「不要。」我說：「不要！不要！」

「好，好。我知道了。」老媽做了一個夠了的表情，她啜了一口服務生送過來的咖啡，對我說：

「如果不想回去補習，那你自己去跟班導道歉。」

「我不道歉。憑什麼要我道歉？」我忿忿不平地說：「如果我推他就該向他道歉，那麼他打我呢？他羞辱妳呢？」

「你們這一代是不是好命慣了，不能打也不能罵？」老媽的口氣不太愉快，「我們從前讀書，誰沒有被老師打過！更不要說去要老師道歉了，想都沒想過。」

「從前是從前，現在是現在。」我也跟著提高分貝。

「你先別跟我耍嘴皮，」老媽說：「現在你打算怎麼辦？」

「我沒打算怎麼辦，我只是……」我停頓了一下。不知道為什麼，這樣說時，我忽然想起我已經好久沒有坐在教室裡面好好地上課了。

那樣的感覺很恍惚，不知道為什麼，像上學這樣開開心心的事，怎麼會變成這樣？我想著自己在教室外面，漫無目的地沿著籃球場，繞過司令台，穿越行政大樓，走過一間一間的音樂教室、家政教室、電腦教室，不停地晃著，而教室裡面，是更無止無盡的競爭與牢不可破的牢獄……

「我沒打算怎麼辦，我甚至不在乎被打，我只是……」我試著重說一遍，「為什麼生命只是沒完沒了的讀書考試讀書考試，我的人生難道不能有別的了嗎？」一邊說著，我眼前的景象漸漸變得模糊。

吃完中飯，已經過了午睡時間。老媽陪我走到教室，和我一起坐在走廊的課桌椅上。直到第五節上課鈴響，理化老師走過來教室要上課，她才依依不捨地起身離開。大概上了十幾分鐘左右的課吧，我有一種很奇怪的直覺，好像她仍然還在。我回頭看了一眼，她果真就站在騎樓的廊柱前眨巴眨巴地望著我。

我本來以為她只是沒有別的事情好做。後來我很快理解她站在那裡，其實是想要感受我被放逐在教室外面上課的感覺。我在教室外面五天的漂流並不愉快，可是如果要把這些全濃縮在十幾分鐘之內去體會，我相信滋味只會更苦澀。等我再回頭時，果然看到她的眼眶紅紅的。我的老媽是個很有效率的女人，可是她卻浪費時間在感受我所經歷過的事，我的心情變得有些激動，我看得出來她恨不得能替我承受這些……我很想對她說些什麼，可是卻又什麼都說不出來。我對老媽擺了擺手示意她離開，可是她只是定定地站著。我又對她擺了一次手，她才開始擦拭眼眶的淚水，從皮包裡面拿出紙筆，不知寫著什麼。

她走過來把紙條交給我之後，一溜煙似的離開了。我拿起那張紙條，上面歪歪扭扭地寫著：

媽媽不會坐視這一切不管的，小傑安心讀書。

我回頭看時，已經不見她的蹤影了。

*

整個下午我仍然坐在教室外面的走廊上課。沒有了考試，沒有了班導驚心動魄的數學課，一切就顯得有些乏味了。除了放學前，訓導處找我去了解了一下中午的情況之外，你甚至開始懷疑一整個早上的事情是不是真實地發生過？

最好笑的就是我到訓導處去的時候，剛好看見高偉琦和他的狐群狗黨們排排坐在訓導主任辦公室外面，等著被叫進去辦公室挨罵。我不知他又惹了什麼麻煩，可是看那個陣仗，就知道他的事情一定比我還要嚴重。不過，他卻還不知死活地對我做著鬼臉。高偉琦讓我心情稍微好了一點，因為訓導處只派了一個新來的幹事對付我，不像他們幾個人，全部都由訓導主任及生教組長親自接待。

我跟那個新來的幹事處得還算愉快。如果一定要挑剔的話，他實在太笨手笨腳了，與其說我被叫去問話，還不如說我是被派去協助他完成作文的。

該生腦羞成怒，於是開始用力衝撞老師……

他一字一句地在報告書上寫著字，我就逐一地更正他的錯誤。

「惱羞成怒，不是大腦的腦，是豎心旁的惱。信不信由你，我又不會害你……」

他心不甘情不願地拿出立可白把「腦」字塗掉，總算改成「惱」羞成怒，問我：「這樣對不對？」

「字是對了，可是我實在不是惱羞成怒，怎麼說呢……」我又有意見了，「應該比較接近不以為然。」

「可是已經寫上去了。」他面有難色地看著我。

「那是你寫的。是我被調查的，你應該按照我講的話寫報告才對啊，否則你何必找我來呢？我可從來沒有說過惱羞成怒這四個字。」

等他無奈地又用立可白塗掉「惱羞成怒」四個字，用力地在那張報告上面吹氣時，我忽然想到，其實應該改成「大義凜然」的。你看看嘛，該生大義凜然地開始用力推撞老師……嗯，那才叫做真實的情況吧。

我們就這樣搞了半天，眼看時間愈來愈晚，他還一字一句歪七扭八地寫著，我實在是被他打敗了。我決定不再有意見，隨他愛怎麼發揮。過了五百年那麼久，好不容易，總算大功告成。他把報告拿給我看。

「你看一看，是不是這樣？」他指著底下的空白，「看完在這裡簽名字。」

「為什麼要我簽名？」

「這是你的自述紀錄，你當然要簽名。」

我看著那份報告，不要說遣辭用字，很多地方連句子都讀不通。可是現在我實在管不了那麼多了，只希望趕快結束。

「怎麼樣？」他問。

我接過他的簽字筆，二話不說，當場簽名畫押。「我會得到什麼處分？」

「我也不知道。」他抓了抓頭，「大概要等獎懲委員會開會之後，才能決定吧。」他指了指訓導主任辦公室等方向，做了一個天知道的生動表情。

走出訓導處時，放學的人潮已經散了。我回頭看了訓導主任辦公室一眼，高偉琦他們還在挑燈夜戰，不過沒多久他們也結束了。看他們嘻嘻哈哈從訓導處走出來的樣子，你實在很難和剛剛主任辦公室傳出來粗暴的叱罵聲音聯想在一起。我想到高偉琦至少有一個好處，他是少數那種倒楣時，你真的能夠打從心底幸災樂禍，而且不會有任何的罪惡感的人。

一邊走著，我忽然想起自己口袋裡面還有一張五百元鈔票沒有找開，一想到這裡，我不知不覺加快了腳步。可是我走得愈快，那一陣嘻嘻哈哈的聲音就愈靠近我。果然，沒多久，我就感覺到高偉琦那隻大手又勾搭到我的肩膀上。

「哇靠，」他興奮得不得了，一直拍著我的肩膀。「聽說你和你們班導對幹起來了？」

「幹嘛？」我回頭不耐煩地看著他，一手本能地伸進口袋裡面去保護我的五百塊鈔票。

「帥喔。」他說：「給你拍拍手。」

「對嘛，高偉琦不行了，你現在是我們的偶像，」他的狐群狗黨們附和著：「偶像，喔——偶像。」

「閉嘴。」高偉琦對他們做了一個揮拳示威的動作，又回來拍我的肩膀說：「你們班導那種人，你對他不要太客氣，他才會怕你。」我可以感覺到他真的只是拍拍我的肩膀，那種拍法，有一種敬意。不像從前那種擄人勒索似的勾肩搭背。

接著發生的事情從來沒有發生過。高偉琦尊敬地拍了我的肩膀一會兒，沒多久，竟然和他的黨徒們安靜地離開了。我站在那裡愣了一下。說真的，我有點受寵若驚。不過無論如何，能夠讓他們自動滾開畢竟是一件令人愉快的事。

我走回教室，收拾桌面整理書包時，又看到了老媽那張字條。

媽媽不會坐視這一切不管的，小傑安心讀書。

我愣愣地看著那張字條一會兒，這才背起書包。

走出了學校沒多遠，轉個彎，就看到NIKE頭老闆的網咖店，店外面的霓虹燈嫵媚地在對我眨眼睛、招手。你知道，我們家裡沒有裝寬頻，而你總是有一些資料、電子郵件或者是班級網頁上的公布非得上網才看得到。因此，如果說放學後一定要在網咖混一陣子，理由應該是很充分的。不過我想到，如果我真的又掛上去了，少不得又要叫game 出來廝殺一番。問題是，今天光忙我自己的無聊事就已經夠驚險了，我現在需要的是平靜，而不是新的刺激。

更何況，老闆昨天沒事跟我講什麼「國三了，用功點」這類的鬼話，這實在讓人倒盡胃口，難道這是網咖老闆該說的話嗎？光是為了這個，我就應該給他一點懲罰，讓他少賺點錢。

轉個彎，又往前走了一會，我看到了捷運站的入口。我就在捷運前的廣場上坐了一會，看著廣場上走來走去的人，或者是坐著打屁、發呆的人。我不知道大部分的人是不是心滿意足地又過了一模一樣的一天？或者他們之中也有人像我一樣，驚心動魄地才體會完一個完全不一樣的日子？我其實一點都不討厭不一樣的日子的，可是不知道為什麼，這種不一樣讓人有種心灰意冷，甚至是走投無路的感覺。我的意思是說，到頭來事情還是一模一樣的，不管我做了什麼，或者是怎麼回應，事情最後的結果根本就沒有什麼差別。

一個乞丐趴在我前方通道邊上向路人乞討著。看他的便當盒裡面孤單的幾張鈔票和大大小小的銅板，我心裡想，或許他跟我一樣，也覺得今天實在是心灰意冷，甚至是走投無路吧。這樣想著時，我忽然變得熱血沸騰，覺得我應該做一件真的不一樣的事情才對。於是我掏出口袋裡面的五百元鈔票，不顧一切地走向那個乞丐。然而，就快走到便當盒前時，理智讓我猶豫了一下。我想起等會兒搭捷運我還是需要錢。再說，昨天的五百元好不容易才蒙混過關，如果今天又花掉了五百元，恐怕我很難自圓其說……還好我靈機一動，想起，為什麼不能讓乞丐找錢呢？這麼一想我立刻蹲下來，迅速拿起便當盒，把二百元鈔票，還有好幾十塊錢的銅板統統翻過來倒在手上。之後，我再把五百元鈔票連同便當盒煞有其事地放回原處。

如果你在現場看到了我俐落的手法一定為我叫好的。可惜有一段很短的時間，可憐的乞丐以為我要搶劫，露出了驚慌的神色。不過他很快分辨出我是他今天的超級頭號善心人士，立刻又換回了感激涕零的表情，不停地向我磕頭。我那時候第一次理解到乞丐是很不容易的行業。他們不但要選好位置，做出令人憐憫的動作，還要察言觀色，在短時間內對施主的舉動做出快速而正確的反應，難度實在不小。放好錢之後，我立刻站起來轉身要走了，卻聽見乞丐還唸唸有辭地說：

「先生好心好報，將來一定大富大貴。」

我一點也不喜歡我得到的祝福，於是回過頭對乞丐老老實實地說：

「我不要大富大貴。」

他有點迷惑，改口說：

「先生好心好報，將來一定功成名就，娶美女嬌妻，生聰明兒子……」

坦白說，那一連串的願望沒有一個對我有吸引力。我一直搖頭，眼看他急得就要求饒，我才覺得我最好適可而止，別再胡鬧下去了。畢竟他只是一個乞丐。你能期待一個乞丐什麼呢？

我決定放他一馬，於是吹著口哨離開了。直到我走進了捷運站入口，看見了入口那一大面廣告招牌，還聽見乞丐在背後說著我的好話，什麼大富大貴、功成名就……那些根本沒有人在乎的願望，不曉得為什麼他要那樣一直唸個不停。後來我回頭一瞥，看到他的笑容，這才明白他其實只是為自己的好運感到高興而已。

我站在廣告招牌前面看了一會。那是一整面旅遊廣告，有一個穿著泳裝的漂亮女生，背景是台東的海岸，有山巒、海水、天空白雲……看著我開始也覺得心情不錯了。於是我繼續往前走，掂了掂手上的零錢，故意讓它們發出有趣的聲響。我持續那樣做，甚至刻意閉上眼睛，傾聽著硬幣撞在一起輕快而美妙的聲音。莫名其妙地，我發現自己的步伐也跟著輕快了起來。這實在是一整天下來，唯一令人感到開心的時刻。

我心裡想著，天啊，我終於換到了零錢，而且還是這麼一大堆。

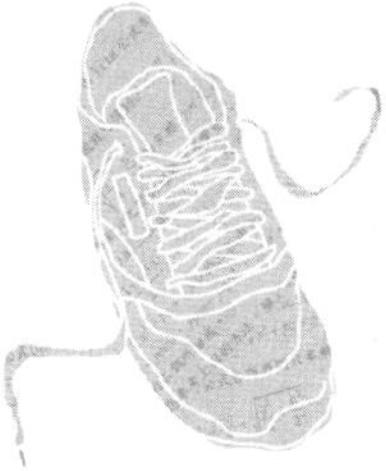

CHAPTER -3-

我一直以為我的生活和墮落之間，
應該會有一道不可逾越的界限把我們分隔開來。
我會是一個好學生，努力地讓自己過著正常的生活。
我只是有點訝異，
這道不可逾越的界限竟是這麼地單薄。

隔天上著班導的課時，我百無聊賴地轉過頭去望著操場。就在那時候，我看到了老媽，一個人穿越空盪盪的籃球場，繞過司令台，往行政大樓的方向走去。如果我沒猜錯的話，她應該是去找校長討論我的事情。雖然我就坐在教室外面，可是她一直低著頭往前走，她一定以為只要她不往我這個方向看，就不會驚動到我。於是我就這麼盯著她看，一直到她消失在行政大樓為止。

我本來以為我會挨罵或者得到一些教訓什麼的，可是我料錯了。班導什麼都沒發生過似的走進教室，告訴同學昨天數學重考成績大有進步。他勉勵大家，重新演算了一次容易犯錯的題目，再問清楚大家懂不懂之後，開始發考卷。他一邊發考卷，還一邊高唱考卷上的名字和分數。很明顯的，這次大家的分數都進步了，不再有上次發考卷那種暴戾的氣氛，班導也表現得像電影裡面那種春風化雨的老師。很快，考卷發完了——當然，並沒有我的考卷。老師也沒有對這件事發表任何評論。他只是翻開了數學課本，繼續上他的課。有一度他曾把目光瞟向窗外和我接觸，我以為他總該說些什麼的，可是他的目光只是一片空白，好像我根本是個隱形人似的完全不存在。

你一定很難體會我的感受。我的意思是說，經過了昨天的事之後，我們兩個肇事者面對面在這裡，像隱形人對隱形人一樣，收不到彼此的訊息，淨講一些X啦，Y啦，圓圈怎樣，角度怎樣的廢話，而遙遠的校長室那邊，卻有不相關的兩個人正為我們的事吵得不可開交。

我就這樣死撐活撐直到下課，班導走了。一下課，趙胖就鬼鬼祟祟跑來教室外面跟我說話。自從我被罰到走廊外面以後，彷彿身上沾了大便似的，除非是一腳踩上了沒辦法逃，否則大家看到我都盡量避得遠遠的。所以儘管趙胖是個如假包換的蠢蛋，我還是願意跟他聊聊。不是有句成語的嗎？那天英文就考了這一題。

Beggars can be no choosers.（乞丐沒得挑。）

趙胖就是塊晃過來的肥肉。不過對乞丐而言，肥肉已經夠好了。

「聽說你昨天和班導幹上了？」他一來就東摸摸西摸摸，把我桌上的每樣東西都拿起來看一看。

「你怎麼知道的？」我問。

「全世界都知道了。」現在他看完了自動原子筆，開始研究我上課時在計算紙上的塗鴉，還有模有樣地把它唸出來，「回溯著，我曾經……走過的路，哇靠，真浪漫，上理化課你還他媽的寫新詩。」

「別鬧了啦，我現在沒心情，」我一把搶回計算紙，問他：「是班導補習的時候跟你們說的？」

「他才不會講呢。被學生揍又不是什麼光榮的事，哪像你一副唯恐全天下的人不知道似的……」

「我那有唯恐全天下的人不知道？」

「你是沒有啦。可是你身上那麼多沙隆巴斯，每一塊都在告訴人家，我揍老師了，我揍老師了……」

「是他先動手打我的，我根本沒有揍他，我只是氣不過推他一下……」

「我聽到的可不是這樣。」
「真的就是這樣，很多人都有看到……」
「就是看到的人說的啊。」
看到的人？我記得除了班導、老媽還有我以外，只有辦公室裡面其他的老師。
「真的就是這樣，信不信由你。」我無可奈何地說：「反正嘴巴長在別人的臉上，他們愛怎麼說我也沒有辦法。」
說完之後我覺得很洩氣，很無力地坐在位置上愣著。
「喂。」趙胖叫我。
「什麼啦？」實在有點懶得理他。
「他們昨天叫你去訓導處，都問你些什麼？」
「就是一些有的沒有的啊……」看他神經兮兮的樣子，我忽然心生好奇，「干你什麼屁事啊？」
「我是說，」他故意靠近我，一副很神秘的表情，「他們有沒有問你漫畫的事？」
「有。」他們沒有，可是我故意逗他，「他們說那是色情漫畫。」
「靠，」他大叫一聲，「他們認不認識字啊，那是《聖堂教父》，怎麼會是色情漫畫？」
「警察局的女副局長的身材那麼好，怎麼不是色情漫畫？」
「拜託，他們如果沒有看過色情漫畫我可以借他們啊，他們要多少我就有多少。搞清楚一點嘛，《聖堂教父》怎麼會是色情漫畫？」

「色情漫畫還不簡單，只要女生多一點，隨便穿個三點式的，或露個大腿、屁股什麼的，他們就認定是色情了。」

「我們學校女生班的女生也很多啊，穿個短裙風一吹還不是露大腿屁股什麼的，怎麼不說我們學校也很色情，乾脆把女生都禁掉，不准她們上學算了。」

「我看不用那麼麻煩，只要把你的眼睛蒙起來就可以了。」我被趙胖弄得笑痛了肚子，「全校就你的眼睛最色情。」

「欸，說正經的啦……」趙胖說：「他們有沒有問漫畫是誰借你的？」

「喂，喂，是誰先不正經的？」

「好啦，好啦，到底有沒有？」

「當然有。」我更用力逗他。「這樣夠正經了吧。」

「那你怎麼說？」

「我啊……」我故意沉默，拖延時間。

他真的開始變臉。「喂，你做人怎麼這麼不厚道？你自己捅樓子，書被沒收，我有沒有找你要過我的損失？你看我怎麼對你。你還白看了我這麼多漫畫，白玩了我這麼多game，你怎麼可以這樣回報我？」

看他氣成那樣，我真的覺得很好笑，於是又開始哈哈大笑。

「有什麼好笑的？」他問。

我還一直在笑，最後我實在受不了了，告訴他：

「你再囉嗦啊……你再囉嗦，我現在就跑去訓導處自首。對不起，主任，我昨天說謊。那些色情漫畫其實全是趙胖借給我的。」

「靠，」他破涕為笑，用力拍了一下我的頭，「你欺騙我的感情。」

我忽然覺得脖子被牽扯了一下。「噢！」我大叫一聲，一手扶著脖子，怨怨地看他，「真的很痛欸。媽的，打人。這是什麼世界……」

「你這種人就是欠扁。」他又在我的胸膛狠狠地搥了一下。

「媽的，你還打！」這個死胖子下手真的很重，於是我毫不客氣地又用力推他一把，「我真的要去自首了，把你們這些妖魔鬼怪全都咬出來，讓你們一個一個現身。」

趙胖被我推得後退兩步，幾乎踉蹌倒在地上，還在笑。「哇靠，你真推。」他又追上來，更用力地在我身上補了一拳。

我們就這樣無聊又愚蠢地推來打去。我已經告訴過你，趙胖是個蠢蛋，沒辦法，碰上他你很容易就退化到跟他一樣的心智，做著這些蠢事。然而，就在這樣推來打去的過程中，我忽然想起，昨天對班導輕輕的一推，如果要和剛剛我對趙胖那幾下相比，實在只能算是小兒科。真要說，不管趙胖或者是我動起手，那還真是不客氣，不過這點，我們兩個超級白癡加蠢蛋彼此心知肚明，就算打得頭破血流也一樣笑嘻嘻的。可見癥結實在不是打與不打，更不是下手輕重的問題。

這麼說，到底問題的癥結是什麼呢？連我自己也覺得很迷惑。

我和趙胖樂此不疲地繼續著我們的ＰＫ大戰。先是趙胖跌在地上弄得雙手髒兮兮的，一下子搞得我的手上、身上，凡是他的手光顧過的地方都留下痕跡。我的手當然也沒閒著，立即還以顏色。這一場混戰搞得我們很忙，根本沒空擦汗，只能用手在頭上、臉上一陣亂抹。當然，我們都極力避免被對方抹黑，不過後來才發現，如果是我們的髒手往自己的臉上抹，那就完全沒辦法計較。等到上課鐘聲響起時，我們兩個人已經搞得灰頭土臉了——我是說真的灰頭土臉。我很慶幸上課鐘聲適時響起，否則真不曉得還要搞成什麼樣子。

直到趙胖看到國文老師抱著考卷從辦公室那裡走過來了，他才依依不捨地走回教室。走了一半，忽然又走回來，沒頭沒腦地跟我說：

「你那件事，說真的……」他還在喘著氣。

「怎樣啦？」

「你最好收斂一點。真的，」他的表情嚴肅得不能再嚴肅，「這樣對大家都好。」

「你來就是為了要跟我說我這個？」

「我只是勸你，」他說：「沒別的意思。」

我停下來看了趙胖一眼，我也沒有別的意思，只是忽然想起，趙胖的老爸正是學校的學生家長會會長。「媽的，」我把那句最沒創意的話又重複了一遍，「你再囉嗦，我真的去訓導處把你咬出來。」

＊

下課時老媽忽然出現在我的身邊，還真把我嚇了一跳。

「妳和校長談得怎麼樣？」我問。

老媽沒說什麼，只是沉默地看著我，一會才說：「中午我約了一些朋友在學校對面那個漢堡店吃飯，你一起過來，知道嗎？」

「誰啊？」

「汝浩媽媽、媽媽以前媒體的同事還有寫書的朋友，你來了就知道。」

說完她就一直忙著打行動電話聯絡吃飯的人，我連插進一句話的縫隙都沒有。好不容易等她電話打得差不多了，廣播忽然傳來：

「訓導處報告，訓導處報告，三年十四班謝政傑，請到訓導處。」

「去吧。」老媽嘆了一口氣說：「記住，多聽少說什麼都別答應，我們中午再說，知道嗎？」

我走進訓導處辦公室，楊幹事對我指了指更裡面的主任辦公室，要我自己走進去。訓導主任就正襟危坐在他的辦公桌後方。他抬起頭看了我一眼，沒說什麼，擺擺手指著辦公桌前的椅子要我坐下。

訓導主任的辦公桌收拾得很乾淨，桌面上只有一份卷宗。他戴著厚重眼鏡，沉默地讀著卷宗，雙手自然下垂並攏在卷宗後方，那神情彷彿有人死了，他正在默哀似的。我很快就知道他讀的正是我的卷宗，因為他看著卷宗裡面的公文，審慎地唸出我的名字，彷彿那是一種神聖的儀式似的。

「謝政傑。嗯？」

「對。」

他從其中翻出有我簽名的那份附件，問我：「這份自述是你簽的名字？」

我看了一眼，點點頭。他又自顧讀了一會那份自述，才抬起頭來，就自述裡面的一些細節跟我再討論、確認。等談得差不多了，他放下了公文，對我說：

「是這樣的，」他把眼鏡也拿下來，「你的行為已經構成了態度傲慢，誣蔑師長。上面說要記你一支大過。」

「噢。」我很想問，所謂的上面是誰。可是我只是保持沉默。

他定定地看了我好一會，好像等我再補充些什麼似的。又過了一會，他才問：「你還有什麼話要說嗎？」

「隨便你們要記我什麼，」我冷淡地說：「可是這件事情是老師不對。」

「是你自己？還是你媽媽教你這樣說的？」

「我自己。」

訓導主任露出了一個冷笑。他問：「你在導師辦公室當著那麼多人的面前動手推老師，難道你不覺得不好嗎？」

我低下頭，沒說話。

「今天早上你媽媽和校長談過，你知不知道？」

我點點頭。

「現在全國在搞教改，講什麼教師自主權，家長參與權，這些權、那些權一大堆，我看是亂七八糟。你不要以為找校長就有什麼用，我告訴你，現在教師會的權力大得很呢，連校長都鬥不過他們。你自己想想，這又是何必呢？你的父母親花錢花時間送你來學校，到底是讓你來讀書，還是來鬧革命，爭取權力的？」他嘆了一口氣說，從抽屜拿出一張十行紙，攤在我的面前：「男孩子自己做的事情自己承擔。錯了就要有勇氣認錯，何必這樣拖泥帶水的，讓老師及父母親替你操心呢？我給你一個建議，你寫張悔過書，證明你真的知道自己錯了。你只要真心悔改，學校有一些輔導銷過的辦法，我保證幫你申請。這樣，校長對你們家長會有個交代，我也好對你們詹老師有個交代。」

我必須承認，乍聽之下他提出來的方案有些動人，可是等到我聽到要對詹老師有個交代時，差點跳了起來。

「為什麼要對詹老師有個交代？」是詹老師違法在校外補習，是他先羞辱我、羞辱我的媽媽，也是他先動手打我的，為什麼不是詹老師向我交代？

「難道你還要老師寫悔過書不成？」

為什麼不呢？可是我想起老媽說過的：「多聽少說什麼都別答應」十字真言，於是咬緊下唇，閉緊了嘴巴。

看我沒有反應，訓導主任嘆了一口氣說：「你知道我為什麼找你來嗎？」

我搖了搖頭。天知道答案是什麼？是不是我好不容易記大過，擠進惡劣青少年前十名排行榜，得到了這個被召見的殊榮？或者我應該起身跟他握手，然後說：幸會，幸會，很高興認識你嗎？

「我跟教務處查了一下你的成績，」他說：「你有兩個學期還曾經拿過第三名，你跟其他的壞學生不一樣，你何必這樣作踐自己呢？」

我不懂，這是什麼邏輯？如果成績好不應該作踐自己，那麼成績壞的同學作踐自己就沒關係了？再說，我們對於作踐自己的看法差距實在很大。老實說，我就是不想作踐自己，才會跟詹老師槓上。演變到後來我說說這個，他就說說那個，我開始說說那個，他又回來說說這個。我們的談話變成了一場零比零的足球賽，雙方追著球跑來跑去，連個射門的機會都沒有，我們全部的心思只化成了白忙一場。

終於他有點不耐煩了。「我們打開天窗說亮話吧，你記過的公文就在這裡，」他攏著手平放在那疊卷宗上面，「明天獎懲委員會就要開會了。獎懲委員除了我、生教組長、輔導主任、教務主任以外，就是教師會的老師，和少數幾個家長代表。老師們對你的行為很不能諒解這是事實，我、生教組長和教務主任的意見我想你也知道，我不管你媽媽有本事說動幾個家長，結果會如何我相信你自己心裡有數。說實在的，搞成這樣我也覺得不忍心，我可以告訴你，只要你真心悔過，你這支大過並不是完全沒有商量的餘地。你要知道，大過以上的處分才需要送到獎懲委員會，如果我和導師商量給你簽懲小過的話，在我這一關就可以解決了，」他一副情深義重的表情，「我已經盡力告訴你我認為對你真正有幫助的事。我想你應該知道，我是把每個犯錯的學生都當成自己的孩子一樣地對待的。」

我點了點頭。儘管我一臉受益良多的表情離開了訓導處，可是我也沒打算把他當成自己的父親就是。

＊

中午我趕到速食餐廳時已經有點晚了，老媽還有汝浩媽媽都在。老媽招呼我入座、介紹了郝老師，還有邱倩讓我認識。郝老師削著短髮，穿著那種班尼頓廣告上很容易看到的襯衫及牛仔褲，一看到郝老師的樣子我就認得她了，她是大學的老師，常常在電視上的Call in節目出現，專講教育改革這類的題目。她很活躍也很敢講。邱倩就坐在郝老師旁邊，看起來很年輕，我本來以為她是郝老師的助理或是學生，結果她遞過來一張名片，一看才知道她是老媽以前的同事——報社的記者。

我並沒有很快就進入情況。她們正談著最近的教育改革，新的教師法、國民教育法、基本教育法，還有什麼教師會、家長會的職權……一大堆我從來沒有想搞懂的事情。直到我用完漢堡和可樂，把盤子和垃圾端到回收桶，又回到座位坐好。現在談話內容已經變成了老媽早上和校長的溝通，顯然那不是一次愉快的談話。

「我真會被這個校長氣個半死。我都還沒開始抱怨，他就抱怨一大堆，說什麼現在的教改搞得校長有責無權，他得和老師溝通、家長溝通，得應付教育局，常常自己也適應不良，覺得很無奈。還說小傑的事情牽涉到老師的尊嚴，如果不給學生適當的處罰，對老師很難交代……唉，」老媽嘆了一口氣，「現在資訊傳播那麼自由，你硬要用威權管教、填鴨教育，小孩不反抗已經很不錯了，還怎麼要求他們維護師道的尊嚴？」

「剛剛訓導處找我去，」我補充說：「訓導主任說如果我願意認錯，寫悔過書，他可以把我的大過改成小過，將來還可以替我銷過。」

「記大過，或者寫悔過書記小過？」老媽不以為然地冷笑：「這哪是教育，根本就是威脅利誘。」

「學生記大過應該經過獎懲委員會才對，這裡面應該有幾個委員是家長。」郝老師皺著眉頭，看得出來她正努力地思考著什麼。過了一會，她問：「這件事，妳跟家長會反應過了嗎？」

老媽指著汝浩媽媽，介紹她是家長會的委員。汝浩媽媽好像有點不好意思，直說她只是幫忙打雜而已。一陣客氣之後，汝浩媽媽才進入正題。

「我早上是打了個電話給家長會長趙先生，」汝浩媽媽看著我說：「趙先生的孩子就和小傑同班。」

「趙胖。」我點點頭。

「趙先生說如果這件事情早一點告訴他，他應該可以幫得上忙。不過，他聽到的是學生仗著家長的勢力，在家長面前打老師，家長也不阻止……」

「昨天明明是詹老師找我過去的，他對小傑動手動腳在先，等我來了之後又當著小孩子的面說我寵壞了小孩，小傑才會氣成那樣，」老媽不高興地說：「妳知道小傑平時不是那樣，再說，小傑推老師時，我有過去阻擋他啊！」

「我不知道趙先生從哪裡聽來的說法，」汝浩媽媽說：「不過我已經把我知道的情況跟他說過了。趙先生的意思也是大家能夠和諧最重要，因此他建議由他陪著家長私底下去給詹老師道歉，大事化小，小事化無。小傑的話，寫個悔過書，至於處分方面，意思意思就可以了。」

「你覺得呢，小傑？」郝老師問。

「趙胖的爸爸和詹老師全是同一國的，他當然那樣說了。」

「什麼意思同一國的？」郝老師不明白地問。

老媽和汝浩媽媽對望了一眼。汝浩媽媽說：

「小傑去詹老師那裡課後補習就是趙先生召集的，地點就在他電腦公司隔壁的小辦公室，地方是他們去租，老師也是他出面找來的。」

「我真的不曉得教改到底在改什麼？」老媽一臉沉重地抱怨了起來，「行政體系、老師、家長這個權又是那個權的，好了，大家權力都增加了，最可憐的是學生，課業壓力愈來愈重，從數學、英文、鋼琴、電腦、游泳，沒有一樣不用補習。現在當家長實在很無奈，你明知道補習這麼多不好，可是不補習小孩子成績不如別人，你又怕他喪失信心……哎，我真的搞不懂，大家不是都說要減輕學生的課業壓力嗎？」

「或許大家不太習慣或者是搞不清楚教育改革，其實教改就是要鬆綁，把過去以國家為主體的教育改變成以學生為主體的教育。」郝老師堅定地說：「而學生主體的教育裡面，最重要的核心就是學習權。所以才會有教師專業自主權、家長參與權和選擇權的設計，這些其實都是為了保障學習權而產生的。」

「妳說的學習權到底是什麼？」

「過去大家可能都以為學習權只是學習讀書、寫字這些事情，其實根據聯合國教科文組織公布的內容，學習權除了學習讀與寫的權利之外，還包括了持續疑問與深入思考的權利，想像與創造的權利，閱讀自己本身的世界而編纂其歷史的權利，使個人與集體發達的權利，和獲得一切教育方法的權利這六種內容。從這個定義來看，小傑對老師教育的方式有意見，這是學習權中『持續疑問與深入思考的權利』。妳想，如果學生、家長甚至是老師對教育的方式和內容沒有懷疑或者思考的權利，我們怎麼能夠確認我們受的教育內容合不合適？是不是受到政黨或特定的意識形態的控制？所以學習權的道理和民主體制其實是一樣的。妳想，如果憲法不賦予人民投票選擇政權的權利，那麼國家怎麼會有不斷地改善、進步的動力呢？」

「我不明白，」老媽說：「既然妳說學習權這和民主體制一樣，學習者有懷疑和選擇教育方式的權利。既然已有法律明文保障，為什麼當我們行使這種正當權利時，會和老師和學校搞得這麼不愉快呢？」

「教育改革才是這幾年的事情，而妳現在面對的卻是一個舊有的龐大文化與習慣。就像妳當初明明知道詹老師是個明星老師，即使他的教學方式不正常，還是想盡辦法請託，把小孩子送進他的班級一樣。同事之間為了彼此的人情以及教師共同的立場，對於這些老師通常都是睜一隻眼閉一隻眼；行政單位為了獲取社會資源擴張行政權，也樂於庇護這些老師，以換取家長的合作。明星老師為了達到教好班、收好學生、增加補習收入的目的，有時甚至樂於屈從學校的行政措施或者是向教師會裡面的某些強大勢力靠攏……大家都為了各自的利益考量，彼此照應遮掩，所以我說妳面對的實在是一個龐大的共犯結構。」

「所以，妳是說我們小孩被這個龐大的共犯結構綁架了？」

郝老師點點頭。「我很不願這麼說，不過，這個共犯結構龐大到恐怕連妳自己都是其中的一部分而不自覺。一旦妳抵抗其中的一小部分，很難不觸怒其他的部分……」

「嗯。」老媽似乎在咀嚼著郝老師的話，過了一會，她看著邱倩，問她：「邱倩，妳有什麼意見？」

側著頭傾聽的邱倩一直沒有說話，也許是太專心的緣故，她左側的頭髮落到額頭前面去了，遮住了一部分的臉。這時候她總算抬起頭來，撥了撥頭髮說：

「剛剛我一直在思考，媒體到底是介入好，還是不介入好？老實說，如果只是老師處罰學生的方式對不對，或者是學生對老師禮不禮貌的爭執，這些事實在是枝微末節，我個人倒不覺得有必要去浪費報紙的版面報導。不過，在郝老師談起龐大的共犯結構這件事之後，我就不這樣想了。我開始覺得，或許過去的許多衝突事件都牽涉到這個共犯結構。問題是這個共犯結構太隱密又太完整了，甚至還包括了我們自己，因此根本無從捉摸，以至於最後事件被報導出來時，往往被引導成類似我剛所說枝微末節的爭執，根本吸引不了輿論，到最後只好不了了之。因此，這類的問題，如果能夠好好地去報導或者討論，對於整個社會，或者整體性的教育環境，或許是正面的。」

「妳覺得我應該開記者會，請媒體來報導這件事嗎？」老媽看著邱倩。

「我不適合做這樣的建議。畢竟我只是從整體面來思考這個問題，如果妳們決定這樣做，這背後必須付出的代價，恐怕不是媒體可以幫忙承擔的，」邱倩想了想說：「還有，一旦妳決定這樣做，我們就變成了報導者與被報導者的關係，雖然我們是老朋友，可是新聞工作應有的客觀立場和分際，我最好不要混淆。」

「先別考慮媒體不媒體了，邱倩。」老媽問：「以朋友的立場，妳會給我什麼樣的建議？」

「從某個角度而言，我覺得記大過，或者寫悔過書記小過根本是同一件事，」邱倩想了一下，她說：「要嘛向這個共犯結構屈服，再不然就是反抗。妳沒有太多的選擇。」

「嗯，」我注意到老媽很認真地沉思了一會，她問：「如果報紙開始報導小傑的事，我應該有什麼最壞的打算？」

「小傑可能會被記大過，被迫轉班或者轉學……」郝老師停頓了一下，「當然，也有人最後是心灰意冷地決定出國去唸書。不過我覺得台灣好的老師和學校還是很多，情況並沒有這麼糟。」

老媽看了看我，我聳了聳肩，沒說什麼。老實說，我還滿喜歡邱倩剛剛說的「對社會、整體教育環境有正面的幫助」這件事情。這使我跳脫了被害者或是弱勢族群的感覺，忽然變成了對社會有貢獻的人。這對我自己也很正面。

「那等一下我就到學校去看看了？」邱倩說。

「我也一起去。」郝老師表示。

我點點頭，老媽也沒什麼別的意見，似乎事情就這樣決定了。

郝老師慢條斯理地從皮包裡面拿出一本厚重的書推到我面前，對我說：

「這是我寫的書，也許對你來說太複雜了。可是你已經碰上了這樣的事情，我想，有空的時候看看，也許不是什麼壞事。」

我瞄了一眼，書名是什麼愛與希望或者是什麼改革之類我平時打死都不會看的書。我沒說什麼，反正收下就是了。

「這是一場硬仗，你自己一定要堅強，撐過去，懂嗎？」她很感性地說：「這不是你的問題，很可能也不是你的老師的問題。」

到底是什麼問題呢？我心裡納悶著。

「這是整個文化與制度的問題。」她說：「這樣你懂嗎？」

說真的，懂才有鬼。不過我只是點了點頭。

＊

午睡的時間，校園裡特別安靜。吃完中飯之後，老媽必須回公司去，因此由我帶著郝老師和邱倩到學校去拍照，順便進行一些必要的採訪。我們一邊走，邱倩一邊問我：

「你為什麼不去班導那裡補習了？」

「我不喜歡他上課的方式，我跟我媽說我可以自己在家裡算參考書。」

「補習費一個月多少錢？」

「四千元。」

「一個禮拜幾次？」

「兩次，每次大約二個小時。」

「有很多學生嗎？」

「除了我們班，還有一些別的班級的學生，」我想了一下，「二十幾個吧。這才只是國三，還有一班國二學生，也在那裡……」

邱倩稍微計算了一下，「一個月將近二十萬元左右的外快，」她吐了吐舌頭，露出驚訝的表情，「你交錢的時候，有拿到收據或者是回條嗎？」

「沒有。」我搖搖頭。「我們把錢交給趙胖爸爸公司的會計小姐。」

「那個會計小姐也沒有給你們任何憑證？」

「沒有。」

我們一路走到了教室，邱倩拿出了她的相機，我就坐在教室外面的課桌椅前讓她拍照。

「不要拍到小孩子的正面。」郝老師在一旁關切地表示。

「我知道。」拍了幾張照片之後，邱倩好奇地看著我的臉及脖子上的藥膏膠布，「會不會痛？」

「現在好多了。」

「我可不可以看一看？」

她輕輕地撕開一部分，拿出皮包裡面的數位相機對準傷口，拍了一張之後，她問：「你們發生衝突時，班導有受傷嗎？」她又撕開另外一塊，繼續拍照。

我搖搖頭。「他只是跌倒而已。」邱倩又撕開一塊膠布，繼續拍照，口裡喃喃地唸著：「要是再腫一點就好了。」

或許是我看了她一眼的緣故，她有些不好意思。我也覺得不好意思，有點後悔為什麼班導當時不打得更用力一點。我相信一定是我們拍照的舉動太過招搖了，就在這個時候，生教組長以及校警伯伯出現了。

「稍等一下，」生教組長叫住我們，「請問有什麼事嗎？」

「我是謝政傑的姑姑。」郝老師回答得就像喝白開水一樣自然，她指著我，「我有一些家裡的事找他。」她說的也不全然錯，至少我家裡的確有一些事，只可惜她並不是我的姑姑。

「謝政傑，」生教組長用狐疑的眼光看著我，「她真的是你姑姑嗎？」

我稍稍猶豫了一下，並沒有說什麼，我看看郝老師，又看看生教組長。

過了一會，他又轉過頭，兇狠狠地看著邱倩，問她：

「請問這位小姐，妳拿著相機拍照，又是幹什麼呢？」

一時之間，我們都替邱倩捏了一把冷汗。邱倩顯然並不熱中加入我和郝老師這種我們都是一家人的接龍遊戲。她從皮包裡面拿出另一張名片，乾脆俐落地遞了過去。「我是記者，我來採訪你們校長的。」她不客氣地說：「可不可以現在就請你替我通報？」

你應該看看生教組長臉上表情的。如果你真的看到了，相信你一定和我一樣，恨不得為邱倩的表現拍拍手。

我不曉得邱倩後來還訪問了誰，都問了些什麼，不過從生教組長的表情，我就可以想像她把他們全惹得雞飛狗跳的樣子。總之，整件事情很令人興奮。如果一定要抱怨什麼的話，那就是在這個偉大的任務中，我分配到的工作。真要算起來，我的工作分量並不算少，問題是我工作的內容——我得把整個下午那麼多的時間殺掉。這很乏味，特別是你只有一個人，坐在教室外的走廊，手邊沒有什麼好的工具，教室裡面地理老師的聲音又愈來愈模糊的時候。我不曉得為什麼有那麼多人一天到晚鬼叫時間不夠，他們真的應該來體會一下時間太多，多到可以變成你的敵人時，那種嗆人滋味的。最初你也許從十五分鐘十五分鐘地殺時間開始，接著是一分鐘一分鐘地殺，再來你必須一秒鐘一秒鐘地殺。搞到最後，時間好像自己會長大似的，就算你一秒鐘殺它個三百六十五次，它還是好好地活在那裡不死，或者是死得比你想像的還要慢很多，很——多，很……多……

幸好下課前發生了一些有趣的事。毫無疑問，我是整個事件最早的發現者，因為當生教組長以及訓導處那個新來的幹事走到三年十六班的教室門口時，我正困窘地坐在三年十四班外面的走廊上和時間廝殺——而即將在隔壁班的隔壁班發生的趣事，無疑地提供了我突圍需要的千軍萬馬。我注意到生教組長把三年十六班的班導叫出來，商量了一會兒之後，走進教室裡面去了。

我猜想生教組長應該是向他們宣布類似：「現在所有同學都跟著楊幹事，到籃球場集合。」這樣的話吧，於是三年十六班的教室起了一陣騷動。

過了不久，我就看到高偉琦從教室裡面張皇失措地衝了出來，老實講，我從來沒有想到他也會有這種表情。本來我還幸災樂禍地欣賞了一下子，不過等他竟然竄過來，蹲在我的座位旁邊，偷偷摸摸地塞給我一小包東西，那可又是另外一回事了。

「幹嘛啦？」我差點跳了起來。

「暫時替我保管一下。」

「我不要。」我睜大眼睛說：「那是什麼東西？」

「你不會想知道的。你最好不要知道，也不要讓別人知道。」

「喂，你不要找我麻煩……」

「拜託拜託啦，」他無奈地環顧四周，「我還能找誰的麻煩？」

「被查到怎麼辦？」我問。

「查到就說是我硬塞給你就好，我不會連累你的啦。男子漢大丈夫。」

說完他一溜煙地跑掉了。我看著他先躲在樹後面，很快混進三三兩兩往籃球場集合的人群之中。不久，三年十六班就在操場排成了升旗隊形。楊幹事帶著十六班班長，逐一檢查著每一個人上衣、褲子口袋裡面的東西。

不用想也知道，在教室裡面的生教組長及十六班的班導一定也正進行著同樣的工作，拉開所有的抽屜，掀開所有的書包……依照我對十六班的了解以及敏銳的直覺，我相信一會兒一定會有精采好戲的。果然過了沒多久，我就看見生教組長和十六班班導一起走出了教室，手裡還多了一包看起來沉甸甸的東西，用報紙包了起來。班導朝著籃球場生氣地大喊一個名字，隊伍中就有一個學生垂頭喪氣地走了出來。我注意到生教組長一直在玩弄著那些報紙。報紙一不小心被他玩鬆了——或者破了，露出了裡面的餡。那餡閃動著金屬般的美麗光澤——我敢說那是一把如假包換的開山刀。整個事情最棒的部分就是下課鐘聲響了。至少有一、二十分鐘的時間，在你絲毫沒有感覺到時間存在的情況之下，自動地消失，死亡，然後鐘聲響了。這很難得。於是，籃球場的學生解散了，被逮個正著的學生連同證物一起被帶向導師辦公室……一場高格調的冷硬派默劇就此結束。等到下課的學生也像電視廣告演的那樣統統跑出來盡情歡笑，一切就不再有什麼看頭了。好好的一個學校再度淪落成追來打去，愚蠢而嘈雜的低水準鬧劇。

我摸了摸褲子口袋裡那包高偉琦託管的東西，終於忍不住內心的好奇。我掏出那包東西，小心翼翼地在桌面下打開。很快，我就看到了好幾十顆中間有著一字線的白色藥丸。

媽的！我差點破口大罵出來。高偉琦這個下三濫！

最後一堂課照例是數學平常考。我相信邱倩的事詹老師已經知道了。果然他一來，還沒走進教室，就怒氣沖沖地來到我的身邊，對我說：

「那個郝老師一天到晚上電視，她根本不是你的姑姑，你以為我不知道？」

憑什麼我姑姑就不能常上電視？雖然沒有道理，可是我還是很想頂嘴。幸好我瞥見全班同學都朝這個方向望過來，只好保持沉默。

「你回去告訴你媽媽，詹老師我這輩子憑藉良心教書，對得起家長，對得起學生，更對得起這個社會，她想用媒體威脅我，我詹某人不吃這一套。」

班導走進教室，又繼續開罵。他不斷地向全班同學闡述知錯能改的道理，還說一個人做錯了事，如果不願意認錯，為了彌補原來的過錯，只好犯更大的錯誤或者是說更大的謊話，結果只落得把自己帶向更無恥或更無可救藥的地步。這實在有點荒謬，本來是要考數學的，結果搞得整堂課都是公民與道德的訓話。這一大番話，雖然沒有指名道姓，可是全班同學都心裡有數——他不是說給「坐在教室裡面」的任何一個人聽的。

他就這樣一直數落了三十多分鐘，那疊考卷還夾在他的腋下沒有放下來過。等他看了看錶，發現時間不夠，跟大家宣布考試延到明天早自習時，我聽見全班發出了一聲哀嚎似的嘆息。

＊

回到家裡時，只剩下老爸在客廳講電話。星期四，老媽大概又帶著妹妹趕去上心算課了。可憐的孩子，我心裡想，幸好我小時候沒有什麼多元、推甄入學方案，我老媽未曾覺悟到要把我推去參加各式各樣折磨天才兒童的課程。

「是，是，趙先生，」老爸一副客服中心接待人員的標準官腔，「我不知道，嗯，我比較忙，小傑學校的事都是他媽媽在處理……」

走過客廳，我本來想向老爸招招手，可是一聽到趙先生，還有小傑、學校這些事，我立刻警覺地停了下來。我又聽了一下，確定是趙胖的老爸沒錯。

老爸抬頭看了我一眼。那樣的眼神很特別，說不上來是嚴厲、不滿、無奈或者只是迷惑。我記得幼稚園時在學校打了同學，老師打電話回家告狀。老爸開車載老媽來幼稚園接我。老媽在幼稚園和老師神色凝重地談論我的行為，老爸就坐在引擎沒有熄火的汽車裡等著。我站在幼稚園門口，透過汽車玻璃，望見了老爸看我的眼神——那是我記憶中的第一次，和現在一模一樣的表情。

那個眼神想要傳達的訊息大概不難猜測。我已經數不清我到底看過多少次同樣的眼神了。或許引發這種眼神的原因，諸如打人、撒謊、賴皮……等行為隨著年齡漸漸地消失在記憶中了，然而我對那樣眼神的震懾卻穿越時光遺留了下來。

我無精打采地踱回到房間裡，放下了書包，坐在書桌前發呆。老爸講著電話的聲音還斷斷續續從客廳傳過來，我的心情莫名其妙地，像攏上一陣烏雲似的暗鬱起來。不知發了多久的愣，直到老爸講完了電話，來到我的房間裡。

「剛剛是你們學校家長會長趙先生的電話。」他說。

「我知道。」

他皺著眉頭，一手放在我的桌上，指頭輕輕地敲著桌面。過了半天，他語重心長地問：

「怎麼會搞成這樣？」

「我也不喜歡變成這樣。」我轉過頭，有點無奈地說。

「我們得談一談。」老爸說。

談就談，反正我也沒什麼不能談的理由。結果，光為了釐清趙先生說的事情和事實之間的差距就花費了我們不少時間。我發現即使就事論事，同樣的事情還是可以因為說法不同有很大的差別。所以事實如何一點都不重要了，重點變成了誰有權利解釋這些事實，或者到底老爸打算相信誰的說明。

這實在很無奈，從楊幹事要我自述那天我就發現這個事實。好比說：「該生惱羞成怒，於是開始用力衝撞老師。」如果改成：「該生大義凜然地開始用力衝撞老師。」那麼該生背後的動機或者是他可惡的程度就會很不一樣。問題是，這變成了一件公說公有理，婆說婆有理的事，沒有人可以證明該生到底是惱羞成怒還是大義凜然，就算是該生自己說的話一樣沒有人相信。搞到最後，儘管你不服氣，趙胖的爸爸硬要說：「學生仗著家長的勢力，在家長面前打老師，家長也不阻止。」我也沒有什麼好辦法。老實說，要不是老師先打我，還暗示什麼老媽把我寵壞之類的，我也不會做出那麼愚蠢的動作，可是家長的確在場，我也真的推了老師，他真要那麼說，你實在也沒有什麼好理由。

唯一必須嚴重聲明的事實是我並沒有「打」老師，充其量你只能說我「推」了老師。「推」其實是一種不以為然的最高級，就像我把趙胖推開，臭罵他：「你嘛好了。」的意思差不多。如果我想「打」老師，就不只是那樣了。你得恨一個人才會揍他，問題是我並不恨他。

「老師打你對不對我不知道，可是你打老師、推老師就不對，無論你再有道理也一樣，」老爸不耐煩地打斷我說：「難道有一天你有道理了，也要打我嗎？」

「是他先逼我的……」

「要不是老師有責任感，何必逼你們呢？我搞不清楚你們在想什麼？你和你媽這種道理講不通的啦。對家長會長講不通，對學校的老師講不通，對校長也講不通的啦。」

我有點懊惱，開始把郝老師那一套教育改革，什麼學習權啦，「懷疑自己受教育的方式和內容」的權利啦，高學歷不再是出人頭地的保證啦，一廂情願地逼迫小孩子讀書考試，喪失了其他生活中創造、想像、與人相處能力的學習啦，長大未必有競爭力等等……所有的教改理論全搬了出來。

「照你的意思，學校專養一些只會喝茶看報紙的老師，整天跟你們嘻嘻哈哈，你們就喜歡了？」老爸愈聽愈火大，「你看現在的教育改革，愈改學生程度愈差，中學生不會算數學，大學生不會寫作文……認真的老師被你們批評得不敢吭聲。整天叫來叫去的，反而是不認真的老師、打混的學生，什麼專業自主權、學習權，這個權那個權的，根本是劣幣驅逐良幣。憲法規定得很清楚：受教育是人民應盡的權利與義務。權利和義務是相對的，在你要求權利之前，有沒有問過自己是不是好好地讀書，盡了義務呢？」

這實在很挫折，你明明不服氣，可是又說不過對方，更糟糕的是，對方還是你老爸，不管在情感或者理智上，你都不能「推」他。我旁敲側擊，譏諷地說：

「詹老師口口聲聲我們的未來啦，前途啦，說穿了他還不是在乎賺錢。我們的分數考高了，他就賺錢了。」

「賺錢有什麼不對？」老爸說：「不然你以為大家出門工作上班，忙來忙去，都在做什麼？詹老師為了要賺錢，認真教書，這合情合理啊。你們只會說老師不要賺錢，要為了理想、教育良心，餓著肚子教書，這種工作誰肯幹啊？」

「可是在校外補習明明是違法的，這不合教育部規定……」

「笑話，你上課看漫畫，就合乎教育部規定了嗎？」老爸不以為然地說：「你如果在乎規定，怎麼會惹出這麼多麻煩來呢？你想想看，家長願意花那麼多錢把小孩送去給老師補習，你以為他們都是傻瓜嗎？你知道為什麼趙先生當家長會長嗎？因為他開的上市上櫃公司動不動幾十億幾百億的資本額，他們台大電機系同學全是上市上櫃公司的董事長、總經理？你再看看我們的總統、副總統，台北市長，高雄市長，誰不是台大畢業的呢？為什麼大家要補習我不用多說，你自己心裡有數。我不相信你天真到認為整天在學校、報紙上吵吵鬧鬧，就能進台大？」講到這裡，老爸嘆了一口氣。他看看錶，開始撥老媽的手機。

「你媽做事情空有理想，從來不考慮現實因素。」他抱怨著。

電話響了半天，轉進自動留言，我聽見了老媽留在手機答錄上的問候，然後是嘟——的聲音，老爸猶豫了一下，心不甘情不願地對著機器說：

「剛剛小傑學校家長會長打電話來。學校老師全都抱怨妳找媒體介入，我覺得小傑的事情不能這樣處理。報社截稿時間就要到了，妳趕快打電話回家或打我手機，我們商量商量。」

關上手機，老爸問：「報社的記者是電視Call in上那個什麼教授找來的嗎？」

「郝教授，」我說：「記者叫邱倩。是老媽找來的，她以前報社的同事。」

老爸又不耐煩地看了看錶。我也看了看我的。六點四十三分。

七點五分，老爸又打了兩次電話，聽過了兩次老媽答錄上的問候語。現在他仍在我的房間裡面踱步，嘴裡唸唸有辭：

「找什麼媒體呢？媒體不害你已經不錯了，你幹嘛去招惹它？」

我拿出參考書，試著讀一點書。可是老爸歇斯底里地在我身後踱過來又踱過去，搞得連我都快抓狂。我想了想，與其這樣折騰，倒不如掀開底牌，聽天由命。於是我從口袋裡面拿出下午邱倩給我的那張名片，遞給老爸。

「你是不是在找這個？」

老爸看了一眼那張名片，又看了看手錶，老大不高興地說：「為什麼不早拿出來呢？」

老爸很快用手機撥通了邱倩的電話。簡單的自我介紹之後，老爸立刻表明來意，並且切入主題。

「因此，我們的意思呢……是希望小傑這件事，我們能夠自行低調處理。」

「我不懂你的意思？」邱倩的聲音很清晰，雖然隔著距離，但還是可以聽得清楚。

「剛剛我和學校家長會長打過電話過來，了解了一下情況，我考慮到報導一旦刊出來之後，小孩在學校可能受到的壓力和副作用，我希望妳可以放棄該篇報導。」

「這是你個人的意見，或者是你太太也同意這樣的意見？」

「今天我還沒有見到我太太，妳知道……因為時間有點趕，所以，我們還沒有談過。」

「所以，」邱倩說：「你同意校方對你小孩這樣的處分？」

「我並沒有說我贊成或反對……等一下，」氣氛立刻變得有些詭異，老爸說：「邱小姐，我把話講清楚，我並不是打電話來接受妳的採訪的。我只是以一個家長的立場，阻止妳刊登這篇報導。」

「謝先生，如果你有什麼意見想表達，我很樂意把你的想法寫進報導裡。但是我不覺得你有權利阻止我刊登這篇報導。」

「或許我沒有權利阻止，可是我請妳想想，這是小孩子的事情，妳不能不考慮報導刊出來之後小孩的處境。」

「小傑的新聞會造成的影響我當然清楚，但是這個影響到底是好的影響或者是壞的影響，老實說，大家的看法都不一樣。再說，除了你之外，我還訪問過許多人，我相信別人也和你一樣，都有表達看法的權利。你的判斷並不是報導刊不刊登的唯一考量。」

「妳怎麼說我不管，我相信妳自己心裡有數，這是道義良心的問題。你們新聞媒體不能只為了賣報紙，為了討好讀者，就不顧別人死活……」

「謝先生，我的截稿時間已經到了，如果你沒有別的意見，我不想再多談。明天報導就會刊出來了，看在過去和謝太太同事的分上，我建議你和謝太太最好趕快好好溝通一下，如果你們夫妻還像現在這樣繼續鬧不同意見的話，對小孩是很不利的，這絕對是我良心的建議。」

邱倩說完，電話立刻斷線了，留下暴跳如雷的老爸，破口大罵著：

「下流、無恥，台灣最大的亂源就是這些媒體，為了收視率和賺錢，什麼沒良心的新聞都做得出來。八卦、緋聞、扒糞、挑撥是非……」

看著他的惡形惡狀，我真的覺得有點惘然。沒幾分鐘前，老爸不是才理直氣壯地宣揚著「賺錢有什麼不對？」的哲學嗎？為什麼現在他又用著完全相反的標準罵起媒體來了呢？

老爸還在碎碎唸個不停時，客廳的電話又響了起來。老爸餘怒未消地走出我的房間，去客廳接電話。

「喂，」這時候講電話，心情當然不會太舒適，特別還是老媽打來的電話。「妳搞什麼？小傑捅了這麼大一個樓子，妳不跟我講，跑去跟媒體講？」

聽不到老媽講什麼，不過顯然老爸沒有耐心聽完就打斷她，提高聲調說：

「我什麼時候沒時間？我手機隨時都開著，妳打了沒有？」

果然沒多久，客廳就炮聲轟轟，所有的火力全轉移到那裡去了。

「妳幹嘛去找媒體？妳自己也是媒體出身的，媒體什麼東西妳也不是不知道，」我聽見老爸的嗓門愈來愈大，嚷著：「妳稍微有點智商好不好？」

現在連老媽在電話那頭大嚷都聽得見了，只可惜聽不清楚她在嚷些什麼。

「我不管教育怎麼樣，社會又怎麼樣，我們小傑是去學校讀書，不是去革命，」輪到老爸了，「妳要自由、民主、博愛，妳去找孫中山，去找黃興，別找我們家小傑，他不是黃花崗七十二烈士。」

接著是老媽，嘰嘰吱吱，哇啦哇啦……

依照往常的經驗，除非老媽的手機正好沒電了，否則這種高科技通訊戰的轟炸形式至少可以持續半個小時以上。

碰——轟！不曉得為什麼，總有一種客廳已經是哀鴻遍野的感覺。

我悄悄地關上房門，又躺到床上，其實也好不到哪裡去。我想起國二園遊會那次，為了替班上賺錢，把自己綁在靶子上，以一個水球十元的代價讓同學砸我。不曉得是我太可惡還是太可笑了，我從來沒有想到那次的生意那麼好，有那麼多人願意為了我花錢。換了別人當靶子還沒這麼熱門。

我只能想像這只是園遊會的遊戲，好讓自己覺得好過一點。上帝一定是跟我開玩笑，賣給老爸老媽很多裝滿聲音的水球，好讓我像現在這樣關在房間裡，無可逃避地承受一個一個往我身上砸過來的水球。

轟！

「我說妳亂搞妳就是亂搞，亂搞，妳亂搞……」老爸的聲音與憤怒像水花一樣四處濺開。

碰——

「妳自己發神經，別把兒子也搞得跟妳一樣發瘋……」

戰事持續進展著，我忽然從床上坐起來，心想，停止自憐自艾了吧，這一點都不好玩，是誰規定我一定要關在這裡挨水球的呢？

我看了看手錶，才只是七點多的夜。幾秒鐘之後，我已經整裝完畢，起身關燈，走出了房間。我想像自己正在炮火流竄的火網之下匍匐前進，一路都是陣亡的屍體。一顆巨大的流彈呼嘯而過，在我身旁爆炸——

「你到哪裡去？」老爸搗住話筒，轉過頭來問。

「我自己出去吃飯。」我裝出若無其事的表情，冷淡地說。

我們彼此對望了一眼，沒再說什麼。我很快走到鞋櫃間穿好了鞋，走出門外，輕輕地帶上了身後的門。

＊

那片美麗的山巒海岸很快地吸引了我的目光，更遠處是無所謂的白雲優閒地在一片無垠的藍天裡掛著，一個穿著比基尼泳裝的美女朝著我走過來，對我招手微笑，於是我也停了下來，對著她微笑。

八點多的夜色，如果你正好經過捷運站地下道出入口，看見一個站在廣告招牌前傻笑的小孩，那個人就是我。我就這樣愣愣地站在那裡，直到背後有人拍了我一下。我回頭去看，立刻看到了大塊頭高偉琦那張嘻皮笑臉。他用一貫誇張的語氣、表情對我說：

「我還以為你死到哪裡去了。我拜託你替我保管的小東西呢？」他邊說還邊在我身上的口袋摸來摸去。

我面無表情地從上衣口袋拿出那一大包藥。

「這麼好的東西有沒有被你暗槓吃掉了？」他接過塑膠袋，像是查點數目似的看著裡面的藥丸。他很滿意地拍著我的肩膀說：「你今天可立了大功。走，我帶你去一個地方。」

「不要啦，」我撥開他的手，皺著眉頭說：「今天心情不好。」

「就是心情不好才要樂一樂啊。走啦，活在這種鳥時代，誰會心情好呢？我們要自立自強，自力更生。」

「你自力更生個屁啦。」說著我也被他逗得笑了出來。

就這樣，高偉琦死拖活拖地把我拖到了魔戒ＰＵＢ。走進ＰＵＢ，到處充滿了電影裡面那種古歐洲魔幻似的氣氛。高偉琦就帶我到大廳側邊一把鑲金邊的沙發椅坐了下來。他給我準備了一杯冰紅茶，就這樣一個人來回在包廂裡忙進忙出的。很快我就知道他大概在忙什麼了。等他好不容易又回來招呼我時，我笑著調侃他說：「媽的，你這個大藥頭，神秘兮兮的。」

「哎，兼個差嘛，弄點錢花花。少跟老頭要一點錢，就多一點自由。」他得意地展示剛剛我交給他的塑膠袋，裡面的藥丸已經剩下沒幾顆了。「小傑你還真是福星高照，旺得不得了。你看，才不到半小時已經賣得差不多了。」他小心翼翼地拿出了一顆藥丸過來，「怎麼樣，來一顆吧？我還好心地留了一些。」

我看著那顆藥，半天不說話。

「試看看嘛，」他把那顆藥放進嘴巴，「我不會害你的啦，你看。」他做一個吞嚥動作，把藥丸吞下了。

「吃了會怎麼樣？」我問。

「不會怎麼樣啦。」他有點輕蔑地笑了笑，彷彿我真的很無知的樣子，「你只是覺得頭麻麻，臉熱熱，心臟撲通撲通一直跳，等一下我帶你到裡面去，你聽見音樂，不知不覺很想跳舞，頭就這樣搖啊甩的……」

「可是我又不會跳舞……」

「誰管你會不會跳舞，到時候你小心別把頭甩掉就是了，」他看著我狐疑的表情，「放心，死不了啦。」

他又拿出一顆藥丸，放在我的手裡。「你坐一下，」他站起來，「我去安排一點樂子。」他走了兩步，想起什麼似的，回頭過來皺著眉頭看著我，他像個魔法師一樣地對我唸著咒語：「吃啊，吃啊，吃下我的聰明丸，讓你的眼睛雪亮，讓你的生命發光，讓你看到全世界最好玩的事情……」

我伸手做了一個夠了的手勢。終於拿起茶杯，把藥丸連同冰紅茶倒進嘴巴。咕嚕一聲，我可以感覺到藥丸通過我的喉嚨，順著食道，無可挽回地掉進胃裡去了。

「這樣才對嘛！」現在高偉琦可開始有些得意了，又開始唸起咒語：「魔力魔力，快點快點，在謝政傑身上發作，發作——」

高偉琦離開後，我在那裡單獨坐了一會，彷彿魔咒生效似的，我可以感到藥效漸漸發作。我本來以為會看到怪獸、神明或者是變形什麼的，結果什麼都沒有。你只是覺得臉熱熱的，頭皮緊緊的，心跳開始變快。原來你只是讓自己亢奮地晾在那裡，空空洞洞地等待著新鮮的事情發生，這實在有點不夠炫，讓我白擔心了。一會兒，高偉琦搖頭晃腦地回來坐在我的身邊，顯然藥物也在他身上發揮了功效。他指著後面遠遠的方向，對我揚了揚眉毛。

「你看，全世界最漂亮的美眉來了。」他說。

順著他指的方向看去，真的有個女生朝著我們走了過來。她的頭髮挑染，一身細肩帶低胸連身裙，露出光滑性感的肩膀。她走到我們面前，大剌剌地一屁股坐下來，把我夾在她和高偉琦之間。

高偉琦介紹她：「艾莉。」又介紹我：「這是傑哥，我在學校全靠傑哥罩著，否則早被踢出來了。」

什麼傑哥不傑哥的？我瞪了高偉琦一眼，可是他就是那樣一臉賤賤的死相。接著高偉琦就開始天南地北地胡扯，編派出我有多酷又多厲害的事蹟。艾莉不曉得信還是不信，只是咯咯地笑個不停。每次她笑，身上的香味到處撲竄，把我們弄得口乾舌燥，暈頭轉向。總之，最後我聽到高偉琦對艾莉說：「傑哥難得今天來，妳陪他樂一樂。」

「那有什麼問題，」艾莉牽著我的手站了起來，對高偉琦說：「給顆糖糖吧。」

高偉琦掏出塑膠袋，從裡面拿出一顆藥丸，像訓練師獎勵海豚似的，把藥丸丟進艾莉張大的嘴巴裡，「來，吃糖糖。乖。」高偉琦說。

艾莉接住藥丸，用力往喉嚨一吞，連水都省了。吃完藥，該是上場表演的時間了，於是艾莉對我說：「我們走。」

「等等。」高偉琦叫住我，脫下他身上的花夾克，「穿上這個。」

「幹嘛？」我問。

「你看你這一身制服……」

我這才注意自己的拙相。於是脫下夾克，交給高偉琦，穿上了他的花夾克。

「帥喔——」艾莉興奮地叫著。她牽著我的手，帶引我穿過有兩個服務生站崗的一扇厚重大門。通過大門之後，我們好像進入了完全不同的國度。光線出奇地陰暗，我像盲人一樣地被艾莉引領，在包廂間的狹窄甬道走著。雖然兩側的包廂全是密閉的，可是仍然擋不住包廂裡面低音喇叭的節奏，低沉而遙遠地，沿著地面傳送過來。

現在艾莉正在我面前忘我地甩著頭，她一張藍臉在慘淡的空中飄忽著，螢光映著她臉上的金粉星光閃爍。音樂是震耳欲聾的機械性電子節奏，不時出現一些救護車蜂鳴器的聲響、爆炸聲，或者是黑人歌手的喃喃自語。我周遭的人全像神明附身的乩童似的，不可自制地甩頭、搖晃。到處是手拿螢光棒、戴著螢光頭圈，還有吸吮著五彩螢光奶嘴的人……偶爾雷射光快速地明滅閃爍，那些痙攣的身體和痛苦的表情便全現出了原形，電影膠捲似的一格一格播放著。

空氣裡充滿了香煙、酒精、香水、汗水還有身體混合的氣味，我一點都不覺得舒服，不曉得為什麼有人花錢來這裡折磨自己。此外，空氣也太熱了，我全身濕透，低音節奏每響一下，我的頭就跟著刺痛一下。

「我要出去透氣。」我傾身向前對艾莉說。

「什麼？」她問。太吵了，我聽不到艾莉的聲音，只看到她的嘴型。

我用手比了比外面，可是艾莉只是搖晃著，看不出來她到底是搖頭還是點頭，弄懂了我的意思沒有。搞了半天，一點用處也沒有，於是我決定就這麼走了出去。我沿著甬道，經過廁所門口時，正好看到高偉琦從裡面走了出來。

「頭痛。」我對高偉琦說。

「第一次很容易這樣。」他笑著說：「走，我們去吹吹風。」

我隨著他走出了那扇厚重的大門，又沿著迴旋樓梯走到二樓，推開玻璃門，到了陽台。他一個翻身爬上陽台外側的短牆，高高地站著。

「很刺激的，」他向外側伸雙手，像特技演員走鋼索似誇張地來回走動，他笑著說：「怎麼樣，要不要試試看？」

我也一個翻身，跨上短牆上。我側舉雙手，也學高偉琦的樣子走動。我瞥了一眼底下那條三米的防火巷——雖然不高，摔死人卻綽綽有餘了。

「你有沒有想過，萬一掉下去會怎麼樣？」我蹲了下來，騎坐在短牆上。

「那表示你的搖頭丸已經過量了，摔死正好，反正你也不會痛。」他嘻嘻哈哈又來回走了兩趟，才回來坐在我的身邊，雙腳向外懸空，晃啊晃地。

難得秋夜的好天氣，滿天的星斗。我們就這樣沉默地坐著吹風。遠方在高架軌道上行駛過一部又一部的捷運列車，我忽然想起日復一日車廂內許許多多匆匆忙忙的臉孔，還有那些著了魔似的被驅使著的表情。

「高偉琦，你有沒有想過，你為什麼會這麼瘋狂？」

「什麼意思這麼瘋狂？」

「有時候我會覺得，我已經很瘋狂了，可是我覺得你比我還要瘋狂。」

「我不是瘋狂，我只是裝瘋賣傻。」

「為什麼要裝瘋賣傻？」

「哎，你看我們的生活，禮拜一，禮拜二，禮拜三，禮拜四，禮拜五，禮拜六，禮拜天，過完又是禮拜一，禮拜二……」

「那有什麼不對？」

「一月過完是二月，二月之後是三月，然後是四月……」

「你到底在說什麼？」

「我在說我們的生活啊，每天八節課，每週七天，每一年十二個月，五十二個禮拜……日復一日都是重複、無聊的日子，等著考上好學校，出社會進一流的公司，找到一流的工作，期待領最多的薪水，再日復一日地工作工作……直到死時辦一個稱頭的喪禮，買一副人人羨慕的好棺材，好讓大家都懷念你。你不覺得這很瘋狂嗎？怎麼能不裝瘋賣傻呢？不這樣裝瘋賣傻，我早就真的瘋掉了。」

我笑了笑，沒說什麼。

「那個艾莉是幹什麼的？」我問。

「她是中輟生。國二就沒有再唸了。」

「中輟生？」

「中輟生有什麼好奇怪的？」高偉琦說：「台灣每年有一萬個左右的中輟生，你隨便走到火車站、ＰＵＢ，滿街都是……」

「有這麼多？」

「報上登的，又不是我說的。」

「他們為什麼要輟學？」

「喂，就算養豬，你給幾百萬隻豬都吃同樣的飼料，也有吃不慣的豬。你說他們為什麼都要上同樣的學呢？」

我笑了起來。高偉琦也跟著笑。「艾莉也跟你一樣，都是藥頭？」我問。

「艾莉賣一些別的，」高偉琦一臉曖昧的表情，過了一會他說：「不過你給她錢，她可以幫你組裝電腦、架設網站或者做網頁。她比較喜歡做這個。」

「她沒去上學怎麼會這些？」我問。

「她本來用伊媚兒做援交，後來還開了一個網站叫做艾莉的異色世界什麼的，有聊天室，也賣盜版光碟。很好笑，她的網站被假冒網友身分上聊天室的資訊警察抓了，後來警察放她一馬，她反而泡上了那個警察。好像後來她又認識了一些誰誰，就像金庸的武俠小說一樣，艾莉的功力愈來愈高，什麼電腦、網站、駭客啦，她統統都會了。真的，比我們學校那幾個電腦老師厲害太多了。」

是我先注意到巷口那道閃過的紅色迴旋光提醒高偉琦的。等第二道紅色迴旋光閃過時，高偉琦誇張地跳過我，緊張地抓著陽台側邊的水管往下攀爬。

「快下來啊！」他抬起頭看了我一眼，「你還愣在那裡幹什麼？難道還等條子衝過來抓你去驗尿？」

我笨手笨腳地跟隨高偉琦往下爬。一會兒，警車的蜂鳴器全響了起來。情況一下子變得很混亂，前門的地方，警察正圍堵著所有想從PUB門口往外跑的人。高偉琦早跳到地面了，我卻還懸在離地二、三公尺的半空中，眼看情況危急，我只好不管三七二十一，慌張地往下跳。我狼狽地從地面上爬起來，不顧一切跟著高偉琦死命亂竄。

ＰＵＢ的窗戶燈光這時一盞一盞先後被打開了，先是一樓，接著是二樓，再然後是三樓。我看見有幾個狼狽的傢伙試圖著從二樓、三樓陽台跳下來，不過警察很快佔領了陽台，控制所有的出入口，把他們全推到裡面去。

我們一直跑到巷口轉彎之後才停了下來，靠在圍牆的牆壁上喘氣。

「你躲在這裡不要動，我去騎機車過來。」高偉琦立刻消失了。一會兒，一盞大燈亮晃晃地照在我的臉上，巷口另一端傳來轟隆隆的引擎聲，等我轉過頭去看，高偉琦的機車已經飛到我面前來了。「走吧。」他興奮地喊著。

我跨騎上後座，正要離開時，忽然回頭瞥見後方有個屁股從ＰＵＢ廁所窗口擠了出來，我一眼就認出那是艾莉的黑色連身裙。

「等一下，」我不顧一切躍下機車，衝出巷口對著艾莉搖手：「艾莉，快點，這裡。」

高偉琦睜大眼睛，一臉不可思議的表情。可是我卻不停地呼喊著。我的聲音驚動了艾莉，也驚動了鎮守在一樓門口的警察。

「別跑！」警察一發現艾莉立刻追了過來。艾莉也不含糊，死命地往機車的方向跑。高偉琦坐在機車上不斷地扭油門，把機車弄得風風火火地吼叫著。我則神經緊繃地死盯著他們，眼看警察愈來愈逼近，我和高偉琦幾乎不約而同地叫了出來：「艾莉，快點！」

艾莉先跨上機車時，警察大概只落後了十公尺不到的距離，「坐好了！」高偉琦嚷著。我自己幾乎是連跑帶跳蹦上後座的。

一放開離合器，機車像脫韁的野馬一樣跳了出去。艾莉被我和高偉琦像三明治一樣夾在中間，我得費盡吃奶的力氣緊緊抱住高偉琦，才能讓我們兩個人不掉下來。跟在機車後面拚命追趕的警察幾乎就要抓到機車尾巴了，幸好高偉琦死命地把油門扭到盡頭，我們才把距離拉開。他又追了十幾公尺，才停了下來。

高偉琦繞過了PUB後門，又轉過幾條巷道，把機車駛上大馬路。等我確定沒有警車或者是摩托車緊追在後時，我再也無法自制地狂笑了起來。也許是藥物的作用還在，或者是剛剛情緒太激動的緣故，我根本停不下來。

「有什麼好笑的？」終於高偉琦也受不了了，回頭問我。

「剛剛你還說我今天福星高照，旺得不得了。」

「媽的，福星高照，哈哈，」好像他也覺得有一點好笑了，「還真旺。哈哈，哇哈哈……」他開始蛇行，然後又唱起了歌，「我是一隻小小小小鳥，想要飛呀飛卻怎麼樣也飛不高，我尋尋覓覓尋尋覓覓一個溫暖的懷抱……」

最初，艾莉只是驚魂未定，奇怪地看著我們。我不知道是蛇行，還是歌聲的緣故。總之，艾莉好像也漸漸甦醒了過來。慢慢，她也開始搖頭晃腦了，高偉琦每唱一句「我是一隻小小小小鳥」時，她就附和地唱著：「我是一隻小小小小鳥。」

看他們這樣好像很好玩的樣子，我也停止了笑聲，加入成為第三隻小小小的小鳥。夜色有點冷清，路上連一個交通警察也沒有，我們三隻嗑藥的大毒蟲就這樣假裝自己是小鳥，囂張地在台北市的大馬路上飛來飛去。

天氣有點涼，我卻一點也不想回家。我唱到小鳥想尋覓一個溫暖的懷抱時，忽然想起艾莉就在我的懷抱裡。她的身體很有彈性，彷彿剛出爐的熱饅頭嫩嫩軟軟的。風把她身上的香味送過來，還讓她的頭髮一陣一陣地撩撥我的臉。就那樣，我褲襠底下，有一隻小小小的小鳥也起了很神奇的反應，我絲毫無法克制。

高偉琦一點也沒有停下來的意思，好像這樣兜著風，可以永遠兜下去似的。我搖頭晃腦地想起今天發生的所有事情。想起過去我曾用著某種眼光看待那些成績不好，或者是那些嗑藥、談戀愛、被訓導處約談、被警察追捕的壞學生……我一直以為在我的生活和那些墮落之間，應該會有一道不可逾越的界限把我們分隔開來。我會是一個好學生，努力地讓自己過著正常的生活。

我只是有點訝異，這道不可逾越的界限竟是這麼地單薄。

CHAPTER
-4-

從小到大，我們不知要經歷了多少類似的獎勵、懲罰。
這些與其說是獎懲，還不如說是某種價值標準的灌輸與規範。
但是，到頭來是誰在制定這個價值標準呢？
這個標準是不是就代表絕對的真理呢？

一大早，我幾乎是被電話吵醒的，我惺忪地看了看手錶，六點半。這時候打電話未免也太早了一點吧。

我伸了一個懶腰，不曉得是沒睡好還是昨天藥丸的緣故，我的頭持續地脹痛著。一整個晚上大部分的時間，我就在床上翻來覆去，只覺得全身軟綿綿地，疲憊到簡直不行了，可是人卻一點也睡不著。這樣的感覺很奇怪，我似乎把ＰＵＢ裡面所有的燈光、音樂全都帶了回來，不管張開眼睛或者是閉上眼睛，我都看得到、也聽得到它們。

我踉踉蹌蹌走到冰箱前，打開冰箱，站在冰箱前灌了三大杯水，已經撐得整個肚子都是水了，可是我還是覺得非常口渴。漱洗完畢，走到了餐廳，早餐已經準備好了，老媽正忙著講電話。她一看到我坐上餐桌，就把話筒傳了過來。

「阿媽從南部打來的，她要和你說話。」她說。

我一接過電話，就聽到阿媽急切的聲音問：「小傑，老師有沒有把你怎麼樣？」老師？差點忘了。一定是邱倩那一篇報導。於是我說：「阿媽，我很好。」

「還說沒事，照片都刊出來了，」話筒裡傳來阿媽焦急的聲音，「你還被關在教室外面嗎？」

「今天是最後一天了。」

「哎喲，這麼小的一個孩子，整天吹風曬太陽的，怎麼受得了……」

「阿媽，妳不要著急，教室外面有走廊，我沒有整天曬太陽，」阿媽大概把我想成二次世界大戰南洋的戰俘了，「再說，我也不是小孩子了……」

「現在的學校，教學生怎麼這麼沒有耐心？」阿媽抱怨著：「天底下哪個小孩不頑皮，一次教不會，多教幾次就行了，怎麼把小孩弄成那樣……」

「阿媽，妳不要擔心，我真的沒有怎麼樣。」我說。

「我跟你阿公一大早看到報紙，土風舞也不跳了，太極拳也不打了，兩個人焦急得一直商量到現在。」阿媽說：「小傑，你別怕，阿媽絕對不會讓你吃虧的。阿媽和阿公今天就上台北去。阿媽帶你去跟學校講道理。要是他們不聽阿媽的話，阿媽就跪在那裡不走，看他們拿我這個老太婆怎麼辦？」

「阿媽，妳和阿公不用上來台北了，我們可以處理。」

「你們怎麼處理？看看你們家，你媽媽忙著工作，要照顧妹妹，還要處理你的事。然後你爸爸……唉，」阿媽嘆著氣，「你爸爸醒來了嗎？你去找他來聽電話。」

「他好像還在睡覺。」我望了一眼他們的房間。

「你叫他起床來聽電話，就說阿媽找他。」

「哦，」我說：「稍等一下。」

我放下電話，看見老媽用好奇的眼神看我。我說：「她要和老爸說話。」老媽沒說什麼，只用手比了比房間的方向。

走過客廳時，我注意到原來桌几上的插花已經不見了，地板上還殘餘幾塊沒有收拾乾淨的破碎花瓶碎片，可能是老媽昨晚回家之後，另一場戰役留下來的痕跡。進到房間時，老爸還在睡覺，我搖了搖他：

「爸，你的電話。」

「什麼？」他翻了個身，睡眼惺忪地看著我。

「你的電話，」我又重複了一遍，「阿媽打來的。」

聽到阿媽，他整個人觸電似的坐了起來。下了床，揉了揉眼睛，像殭屍一樣的尾隨我離開房間，走進餐廳。

「喂。」他拿起了電話。

我坐回餐桌，看見老媽正在讀著看著邱倩那篇報導。

「你要不要看一下？」她問。

我順手接過報紙，邊吃早餐邊看。那篇報導的篇幅不算大，但是我的照片卻登出來了，這使得報導在版面上非常顯眼。相片裡，我滿臉貼的都是藥膏膠布，一個人孤零零地坐在教室外面的樣子，看起來格外可憐。雖然邱倩很謹慎，只拍到了模模糊糊的側臉。不過相片的文字說明卻指名道姓地說出了我們的學校，還稱呼我是謝姓同學。這麼一來，任何認識我的人憑著我們學校的名字，謝姓同學，以及那張模糊的照片，就可以百分之百肯定那的確是我沒錯。

邱倩這篇標題為「看漫畫趕出教室七天？學生向校長申訴反遭老師毆打」的報導寫著：

【記者邱倩／台北報導】台北市禮仁國中謝姓國三學生，因上課看漫畫，被詹姓老師處罰七天在走廊上課，不准進入教室。此一處分，雖經該生向校長提出申訴，沒想到校長罔顧學生申訴，竟然將之交回原導師，導致謝姓學生遭受詹姓導師毆打，謝姓學生不服管教，進一步引發師生肢體衝突。事發後，學生母親雖向校方提出抗議，但校方堅持該生必須依照規定校規接受處分，因而引發學生母親張美麗強烈的不滿。

張美麗指出，謝姓學生自上個月起，由於時間考量，停止參加詹老師的課後補習以後，便常受到詹姓老師冷嘲熱諷，並且給予諸多刁難。學生家長無奈地表示，自從教育改革之後，學生的課業不但沒有減輕，競爭的壓力反而一日比一日沉重。教改的制度一改再改，學生為了爭取升學時較好的入學機會，不但必須應付不同版本的教材，還得參加各種補習，爭取才藝比賽獎項，搞得家長不勝其煩，時間、金錢都不堪負荷。

據悉，詹姓導師係禮仁國中升學班的數學明星老師。諸多政商名流，包括前行政院院長、前台北市教育局局長的小孩，都曾經受教在他的門下。為了提高小孩的成績，家長往往主動向學生收費，並且安排場地，以供詹姓老師補習。據估計，該明星老師每月光是補習收入即高達數十萬元之譜。

陪同家長一起向本報申訴的教育學者郝秀玉教授也呼籲社會大眾應重視此一事件。她認為，謝姓學生事件是功利主義與金錢文化對教育滲透的典型惡例。教育改革就好像民主改革一樣，不管立意再好，制度公正，只要這種惡質文化不改變，家長、教師與學校行政系統向功利及金錢靠攏，就像惡性綁樁、集體買票一樣，不但犧牲了孩子的童年，也造成了整體教育的向下沉淪。

禮仁國中詹姓老師雖不願對家長的指控作出反應，但該校校長盧長鶴則矢口否認詹老師曾經動手毆打學生，並且表示不曾聽過詹姓老師有課後在校外收費補習的情形，如果有這樣的情形他一定會依法處理。他強調謝姓學生態度傲慢，行為已經嚴重地構成了對師長的誣蔑，為了維護教育尊嚴，導正學生的價值，校方將在訓導處及輔導室評估之後，提交獎懲委員會討論處置。至於家長的抗議，目前則透過家長會，正和家長溝通之中。

該校家長會長趙啟仲表示，家長會運作的目的就是希望促進親師之間合作，他認為親師之間的關係應以和諧代替對立，這才是孩子的福氣。他曾和謝姓學生的父親溝通。學生父親表示能夠理解學校的處置，並且承認學生母親確實有反應過當的情形。謝姓學生父親曾透過電話向本報記者表達了低調處理的意願，希望本報不要刊出這則報導。然而，這個意願並未獲得學生以及學生母親的同意。

讀到這裡，我抬頭看了老爸一眼。顯然，他正在阿媽電話的槍林彈雨中困難地匍匐前進著。看著老爸愁眉苦臉的樣子，我想起原來他的老爸老媽也會罵他這件事，開始有點同情他了。

「媽，妳和爸不要麻煩大老遠跑一趟了，我和美麗會好好處理……我當然不是扯後腿的意思，絕對不是……我會多花一些時間關心小孩的事，對，我知道。是。我真的不知道記者會這樣寫，她們這些人很壞……」

我的目光很快就被報紙隔頁市政版上面的另一則標題寫著「掃蕩搖頭店　警方夜襲ＰＵＢ」的報導吸引了：

【本報台北訊】台北市大安分局昨天深夜突擊臨檢位於忠孝東路的「魔戒」ＰＵＢ。發現一百多名男女正在狂歡，半數以上是未成年青少年。所有舞客見警察臨檢四處逃竄，經警方封鎖出入口之後，進入包廂臨檢，當場查獲百餘顆搖頭丸及K他命等毒品，由於沒有人承認持有，警方將全部舞客帶回採尿送驗釐清責任。

昨天深夜十一點多，當警方進入包廂時，許多搖頭客趁著慌亂紛紛將毒品丟到飲料杯或垃圾桶，甚至把藏有搖頭丸的置物箱鑰匙丟棄，以逃避查緝。警方在控制場面之後，隨即展開搜查。在舞池旁邊的座位區地面及椅子上、桌面飲料杯、垃圾桶查獲一共百餘顆搖頭丸及數十顆K他命，以及顯然是被踩碎的毒品……

這種感覺很奇怪。有一天，你參與的事忽然都變成了媒體報導的對象。我相信許多當紅的影歌星或者政治人物被注目的感覺一定就是這種。我當然不是說媒體報導就表示好或者不好，但有好久的時間，你在校園裡面的感覺像在非洲黑暗大陸一樣。幾十萬人集體被罵、被羞辱，青春時光被塞滿了無聊的垃圾，寶貴的時間被莫名其妙地殺掉，不管發生了多少的災難，就像非洲幾十萬人餓死了、病死了一樣，地球上的媒體就是不理不睬，不聞不問，他們只對影歌紅星和政治人物有興趣。

一邊讀著報紙，老媽對我說：

「你看，不只是你的阿公阿媽，大家都很關心你。你的小學級任陳老師、小阿姨，她們看到報紙，立刻打電話過來關心你。還有，郝老師也打電話過來了，她要你堅強，加油……」

「噢。」我說。

聽見二線電話響了，我立刻跑到客廳去接。這次又是誰打電話來關心？我心裡充滿期待地想著。

「喂。」我說。

「我是禮仁國中詹老師，」一聽到那個聲音，我的心臟差點沒從嘴巴跳出來，「我找張美麗。」

「請稍等一下。」我裝出接線生的語氣，最好笑的是他竟也客氣地跟我說謝謝。這實在很荒謬，他是詹老師，我是謝政傑，我們彼此心知肚明，卻在電話裡裝模作樣。我把話筒交給老媽，隨即倚過身去，好奇地貼在話筒外側聽著。

「我是謝政傑媽媽。請問哪一位？」

「我是詹老師。」

「請問有什麼事嗎？」

一陣不算短的沉默，我甚至可以聽到電話那頭班導喘氣的聲音，終於他說：

「妳到底想怎麼樣？」

「我沒想要怎麼樣，」老媽義正詞嚴地表示，「這是是非對錯的問題。」

「我比別的老師付出更多的時間與努力，用我自己覺得最有效的方式在幫助這些小孩。就像當初謝政傑是妳託人拜託進來我的班級一樣，我從來沒有強迫過任何人接受我的想法。如果妳不同意，妳大可有別的選擇，我不知道妳為什麼要和我過不去？妳要談是非對錯？

好，那我老實告訴妳，包括妳的小孩子在內，我這輩子沒有對不起過任何一個小孩。」

「就是因為你從不覺得自己錯了，從不覺得有必要反省，我才必須這樣做。我並沒有和你個人過不去，問題是我們的教育環境只要多一個詹老師，我們就會多一群家長、老師、學校的行政人員，以功利的文化主導教學，以金錢扭曲教育環境，繼續糟蹋小孩子的童年。」

「妳高估我了，」詹老師冷笑著，「這個扭曲的環境不是我造成的，我也改變不了這個扭曲的環境。空喊理想的老師、家長很多，無奈的教育人員更多，我只是務實地教導小孩怎麼在這個扭曲的環境下求生存而已。我敢說，就算換了再多的教育部長、甚至總統，十年內也不可能有人能夠改變這樣的環境。到時候，妳的孩子大學都畢業了，妳還在抱怨教育環境扭曲？」

「這是你的推託、藉口。你在乎的只是錢。」

「妳不認同我的教育理念，妳愛怎麼樣我管不著，可是你們謝政傑已經國三了，成績一直在退步，妳最好多花一點時間在乎他的功課，我實在不知道妳這樣吵吵鬧鬧，到底是幫助謝政傑還是害了他？」

「你根本就是把小孩當作人質嘛，」老媽歇斯底里地說：「你憑什麼威脅我？」

「我沒有威脅妳，我只是請妳不要這樣吵吵鬧鬧的。如果妳真的在乎教育的話，請妳不要影響其他孩子的權益，他們現在已經國三了，需要安心準備學測。妳要謝政傑轉班，轉學，我一定全力配合，悉聽尊便。」

他們繼續吵著，我本來還想繼續聽下去，但看了看手錶，六點五十五分，等一下早自習還有數學平常考，時間快來不及了。我趕忙衝進房間換制服、揹書包。

等我從房間走出來時，老爸和老媽仍分別在餐廳、客廳的電話線上和阿媽以及詹老師左右開弓，腹背受敵。

嘰哩咕嚕，哇啦哇啦……

我小心地閃過地面上的花瓶碎片，走到鞋櫃間。我回頭愣愣地看著這個兵荒馬亂的景象好一會。

我試圖跟老爸老媽道再見，可惜他們並沒有多餘的心情回應。

＊

第三節是電腦課，第二節下課我們全拿著電腦課本，三三兩兩走向電腦教室。走到一半的時候，忽然聽到訓導處廣播找我。我本來以為一定又是推詹老師那件事，無精打采地走到訓導處。

生教組長不懷好意地看了我一眼，懶洋洋地問：「你的夾克呢？」他說著拿出了夾克，在我面前晃了一下。

「你怎麼會有我的夾克？」我嚇了一跳。

「我還要問你呢。好好一件夾克，怎麼會跑到魔戒ＰＵＢ去呢？」

「我也不知道。」我心虛地說著。屋漏偏逢連夜雨。我心想，死高偉琦，一定是昨天晚上脫下來交給他時，他順手留在PUB裡，被警方拿了回來。

「你不知道？」組長譏諷地說：「難道衣服還會長腳，自己跑去跳舞、嗑藥嗎？」

看我沉默不語，生教組長臉上洋溢著得意的表情。

「這種事，你媽怎麼不去跟記者說呢？」他指著桌上一本清冊說：「你在這裡簽名，把夾克拿走。」

看我猶豫的表情，他不耐煩地說：「等一下要開獎懲委員會了，我沒空和你在這裡蘑菇。如果你不想簽名，我就直接把夾克帶過去了。」

電腦課的進度仍然是個人網頁。先畫出架構，決定frame，再去找資料，貼圖片，吹噓一大堆什麼興趣、嗜好、作文或者是豐功偉績之類的玩意兒。本來製作個人網頁還算是滿有趣的事，可是我坐在電腦前，看著自己未完成的個人網頁，忽然開始覺得有點可悲了。

我看過一本書上面記載著成吉思汗建立了歷史上最強大的帝國之後，開始西進歐洲，穿越中亞，打敗了俄羅斯、孛烈兒（波蘭）、馬札爾（匈牙利）……直達神聖羅馬帝國門口才停止。這支遠征軍的主力就是十五歲以下的青少年。歐亞大陸從這頭跋涉到另外一頭再回到家鄉，需要的差不多是十年的時間。大部分成年男子需要養家活口、照顧後代，這些青少年年輕、有創意，而且沒有家累，這一路十多年的征戰與沿途的經驗造就他們的能力與見識，等他們二十多歲回到故鄉時，就成了能征善戰的戰士。蒙古人就靠著這支十五歲以下的少年軍團，幾乎佔領了大半個地球。

看看歷史，再看看我們的網頁，你就知道我們恐怕是有史以來，過著全世界最平淡無趣生活的一群青少年。我們生下來吃足了奶之後開始讀幼稚園，之後上小學，接著開始讀國中，準備考高中、考大學……生命中百分之七十醒著的時間是為了分數讀書考試，百分之八十個人網頁上的榮譽事蹟（如果有的話），無非就是考試或者是體育才藝比賽贏過別人，百分之九十的個人嗜好不外是打電玩、看電視外加睡覺——那實在不是興趣，只能說不讀書時的發洩罷了。所以如果你上了我們學校的伺服器，打開三年十四班的檔案夾，裡面整齊地排列著一頁一頁以學號命名的個人網頁的烘焙雞（Homepage），你真要有空打開來認真地看一看，你實在很難發現每一隻面色蒼白、睡眠不足的雞之間，到底有什麼真正的差別？

這些收在檔案夾裡面的個人網頁，讓我想起小學畢業旅行時參觀過的雞場裡，被豢養在一格一格狹窄籠子裡面的那些雞。從前老媽常常愛數落我們，說我們是幸福的一代啦，不會珍惜現有的環境啦。叫我們不要東想西想，應該好好用功讀書，將來做個對社會有貢獻的人這類的老套。我總覺得這種話應該去說給雞聽才對。你看，你們這些不知感恩的雞，沒有任何雞比現在的雞還要幸福的了。你們不要東想西想，應該好好珍惜雞場的環境，努力地吃飼料，將來長大做個對人類有貢獻的雞才對。

不是有個炸雞店大門口還畫了一隻雞，歡天喜地地邀請大家進去吃牠的同伴嗎？才沒有人管雞高不高興呢，雞只要對人類貢獻那就對了。

發了一堆雞牢騷之後，我忽然覺得有點煩了，於是離開了FrontPage，打開了explore，就掛在網上，到處逛來逛去。不久，我逛到了我們班網頁上的留言版。乖乖，還真是精采。先看這一篇留言好了：

我希望那個犯錯不肯承認的人自己能夠好好反省，別再那麼自以為是了。我相信你每天揹著書包來上學，並不是為了和班導鬧意氣的。我相信，包括本人在內，沒有學生是不喜歡玩的，誰天生就喜歡讀書考試呢？可是事情總有個分寸嘛，就算你覺得很委屈，你也要想想你的父母親，想想班導，想想全班陪著你挨罵的人，別人都不委屈嗎？你自己也不是成績不好的人，我相信你也想考上好的高中，問題是，難道把事情鬧到報紙上，你就可以考上好的高中嗎？我不想責備你或者是怎樣，我只是想說，我們都已經國三了，對我們的前途重要的事以及不重要的事情應該能夠分得清楚才對。模擬考就快到了，我希望這個同學能好好地想一想，別再連累大家了。

這種自以為是神父要我明白自己有罪的留言固然令人覺得不舒服，但如果跟別的留言比較的話，你就知道這已經算是很客氣的了。再看看這個：

那個三十八號你為什麼不乾脆死在教室外面永遠不要進來算了。靠！家醜不可外揚，你看漫畫也不是什麼光榮的事，你到報紙上嚷嚷有什麼了不起？你他媽的不在乎模擬考，不在乎學測，你愛被記大過、愛撞牆，不想活了，可沒有人擋著你，你犯不著他媽的把全班都拖下水……

我數了一下這類對我批評指教的留言，顯然大部分的人都沒有在做網頁，才一下子貼上來了六、七篇，還在不斷增加當中。能這麼迅速地引起如此廣泛的公幹，實在讓我有點受寵若驚。還好立刻有人覺得這樣太沒有創意了，把班導也請了出來。

我認為班導實在沒有必要對全班發脾氣，甚至還影響到考試的時間。班導浪費我們的時間這樣發飆，實在一點意義也沒有。如果這純屬個人的行為，請班導跟他一個人談就好。如果班導怕挨打，不妨找班上幾個身強力壯的男生當保鑣……

這篇留言很快引起了保皇黨的圍剿。

你這樣說，好像在批評班導沒有處理事情的能力。我想你大概不明白吧，班上大部分的人做什麼事班導早就知道了。誰愛說話，誰看漫畫，誰跟誰看不順眼，誰愛玩電動，誰帶違禁品……他只是睜一隻眼，閉一隻眼而已。有人說班導沒有必要對全班發飆，可是班導講的問題真的只是那一個不肯承認錯誤的人嗎？誰敢說你從來沒有上課看漫畫、打電動、講話、下課ＰＫ、回家不讀書……難道自己不應該反省反省嗎？

針對這則留言，立刻有一則不滿的留言出現：

原來抓耙仔就是我樓下那個傢伙。感謝他去告密，我們才能享受到昨天下午班導如沐春風的公民與道德課……

樓下那個傢伙也不甘示弱地回應：

若要人不知，除非己莫為。君子坦蕩蕩，小人長戚戚。根本不用告密，現在我就可以在這裡直接公開。

4、22會談電動，35、41也會談電動，

14和45兩個會ＰＫ，38和21也會，29和7會欺負5，

21的漫畫最多，做錯事情從不承認，

19和24會講話，44和15也會，33和34會講話，但會傳紙條，

6會和34鬧，33和誰都會鬧，30和19會鬧得天翻地覆……

就像火藥庫被引爆了一樣，被點到名的人紛紛上場回應。一時之間，炮火隆隆，流彈亂射。

我回顧教室，除了敲打在鍵盤上的打字聲之外，四下安靜無聲。這種氣氛很詭異，我想起了雞場主人說過關於雞的習性。雞天生有地域性，野生雞常為了佔地盤彼此啄來啄去，就算關在狹窄的籠子裡，這個習性也一樣不改。因此，為了避免造成傷害，飼養場的小雞必須從小去喙。

去喙並不是一個很舒服的過程。不過，儘管如此，去喙的小雞仍然沒完沒了地相互叮啄，透——透——透……沒完沒了地啄著，像極了安靜的教室裡，沉默地敲打著鍵盤的聲音。

＊

第三節下課，汝浩媽媽到教室來，神秘兮兮地把我叫到操場去。我們兩個人就繞著操場的纖維跑道慢慢地走著。

「剛剛開獎懲委員會，委員會已經決議通過記你大過了。」

「噢。」這實在不是什麼好消息，可是我也不至於太過意外就是。

「訓導處主任以及組長的意見你大概知道，你推撞詹老師很多人也都看到，大家對你媽找上媒體這件事很不以為然，雖然輔導主任和我想緩和，可是老師代表的反應很強烈……」

「詹老師在外面補習的事，妳有沒有提？」我問。

「這種事家長會長趙先生做得很隱密，雖然報紙那樣寫，可是很多老師都半信半疑。再說，」汝浩媽媽面有難色地說：「趙先生也在場，我實在不方便多說什麼……」她想起什麼似的，從皮包拿出一張紙，「你最好看看這個。」

那是一份影印機影印出來，標題為〈請大家勇敢地站出來〉的傳單，版面有些粗糙。傳單上面影印了邱倩的報導和相片，報導上被畫滿了圈點、問號以及種種批註。除了相片、批註之外，還附了一篇聲明，寫著：

禮仁國中老師以及家長大家好：

這次媒體受到學生家長鼓動，刊載出對學校負面的報導，全體師生及家長看到，莫不感到痛心疾首。站在關心全校師生教育品質與尊嚴的立場，我們覺得有必要指出真正的事實，駁斥謬誤，以正視聽。

謝姓學生不專心上課，卻看色情漫畫。這實在已經不是純淨的校園該有的東西了。詹老師沒收色情漫畫，並且處罰該生，此乃保障好學生安心上課，不得不採行不得已的措施。事件之後，詹老師為顧及學生的顏面，一再隱忍，避免提及黃色漫畫，不料該生不能體恤老師的用心，一再於上課期間擅自離開，甚至畫諷刺漫畫公開張貼表達不滿，藐視並破壞學校規矩。其家長不但不能配合管教，約束學生，反而一再袒護，導致學生目無尊長與學校法紀。

謝姓同學於上課時間逕自離開教室向校長申訴。此越級報告之行為已屬不當，校長並未追究。細心察其申訴內容，屬於一般管教範圍，因此責交導師處理。詹老師為避免刺激學生，善意以手輕拍學生，要求學生打電話請家長來校商量。詹老師絕對沒有動手毆打學生，反而是學生在家長來校之後，當著家長面前仗勢攻擊老師，將老師推倒在地上。此一過程，辦公室許多人亦曾共睹。不想學生和家長全身貼滿藥膏，召來媒體自導自演，譁眾取寵，誣蔑教師尊嚴。教師含辛茹苦，化育春風，何辜遭受此辱？

該生平時擁有許多零用錢，並與校內許多打架滋事的不良分子結交。許多人亦曾親眼目睹該生於下課出入網咖、ＰＵＢ等不正當場所。學生課業退步、藐視校規、毆打師長……種種脫序行為實冰凍三尺非一日之寒，學生家長不知反省家庭教育之缺失，與學校共謀補救，反而憑藉其過去在報社工作的人脈，發動輿論混淆黑白，一味地把責任推給學校。教育是大家必須一起參與、努力的一個過程。像這樣顛倒是非的報導，不但破壞了學校的聲譽，也踐踏了教育尊嚴，長此以往，更將劣幣驅逐良幣，影響教學品質，也危害了孩子受教的權利。請你勇敢地站出來，發揮你的力量，請你向媒體投書，請你寫信給民意代表，向他們澄清真相，也寫卡片給老師，向他們表達支持。良好的教育環境，需要靠大家一起來努力。

之後是「一群關心教育品質的人」的署名。還附註了幾個大報讀者投書住址，幾位關心教育議題的市議員服務處電話，並且有學校的住址，要大家別忘了寫信鼓勵並且支持老師及校長。

「妳怎麼會有這個？」我問汝浩媽媽。

「不曉得是誰發的，不過好像老師還有與會的家長都有拿到。」汝浩媽媽看了我一眼問：「你們生教組長說昨天警察臨檢一家搖頭丸ＰＵＢ，你也在那裡？」

我愣了一下。「那只是我的夾克。」

「你的夾克怎麼會在那裡？」

「高偉琦穿走的。」我說。

「就是那個高高胖胖的小流氓？」

我點點頭。

「你少跟那種不三不四的人在一起。」汝浩媽媽說。

記大過的公告正式張貼出來是中午的事情。吃過中飯之後，趙胖最先發現的。雖然這件事情我早在第三節下課就知道了，可是我還是好奇地跑去公布欄下面，看看我被記大過的樣子。

「詹老師的補習昨天晚上就停課了，」趙胖沉痛地說：「多虧了你這支大過。」

我被記了一支大過，好不容易有一點悲愴的氣氛，眼看趙胖又要開始耍賤，我實在不知道該說什麼才能讓他閉嘴。

布告上面說我暴行犯上，態度傲慢，目無尊長……依照校規，應予記大過處分，以資惕厲，還蓋上了一個怵目驚心的官防刻印。

「你知道你被記大過真正的理由是什麼嗎？」趙胖顯然也讀完了公告。

我搖搖頭，不曉得他又有什麼偉大的新發現？

「你擋了別人的財路，罪該萬死。」

我看了他一眼。說真的，我很想用力推他，大罵他「去死」。可是我一想到趙胖這個蠢蛋，立刻克制住所有的衝動——畢竟被記大過已經很狼狽了，還被他拖下水在這裡ＰＫ耍白癡，實在不是什麼明智之舉。

趙胖見我沒反應，自討無趣地拍拍我的肩膀，安靜地離開了。

我又在布告底下站了一會。記大過似乎比我想的還要好一點。我的意思是說，我並沒有被綁起來，讓路過的人吐口水、丟石頭，或者被衙門的差役當場打屁股這類的事。唯一讓我感到不安的是和我一起金榜題名的同梯難友，分別有十六班被生教組長抄出開山刀的傢伙，以及二十班的另一個傢伙，他更誇張了，把一把武士刀活生生地弄到學校來。還好有他們的提醒，讓我恢復了一點被記大過的現實感。我想起耶穌基督當年被羅馬人送上十字架的事。我不知道當耶穌看見同梯次被處刑的兩個強盜難友時，他是不是和我一樣的心情？

相鄰的布告欄是教務處的公告，依照班級的次序，貼著許多同學的相片，以及他們的姓名。這些相片的說明比較簡單，只有統一的四個大字：成績優良。我記得有幾次月考成績前三名，我的相片也曾貼在成績優良這個地方。我看了看教務處成績優良公告欄，又看了看訓導處獎懲公告欄。這使我想起從小到大，從父母口中鼓勵責罵到像這樣的公告欄，我們不知要經歷了多少類似的獎勵、懲罰。這些與其說是獎懲，還不如說是某種價值標準的灌輸與規範。遵守這種價值的人得到表揚，違反這種價值的，就得到一定的懲罰。但是，到頭來是誰在制定這個價值標準呢？這個標準是不是就代表絕對的真理呢？

就拿我上課不專心，被處罰在教室外面這件事來說好了。我顯然違反了「上課應該要專心」這個價值標準。問題是，這個標準根本不符人性。這個世界上恐怕沒幾個人能夠做到一年五十二個禮拜，一個禮拜五天，每天八堂課，分分秒秒都專心上課？我敢說像趙胖，還有很多的人，上課絕對混得比我更兇。因此，沒有受到處罰的人只是沒有被抓到，或者是老師故意不抓他們而已。

既然如此，老師為什麼不抓趙胖，偏偏抓我，拿我開刀呢？這麼一想，我開始理解到，我和趙胖最大的差別並不是「專不專心」，而是我們「服從」老師威嚴的程度不同。趙胖和他老爸願意花時間、花錢對老師表示輸誠，而我卻尖酸刻薄地挑毛病，一天到晚懷疑反抗這些規訓和老師的威權。

就像我的記過公告上「暴行犯上，態度傲慢……」的這些形容一樣。如果以「暴行」當作是非標準，那詹老師也對我動了手腳。或者要以「態度傲慢」當作是對錯的準則，我相信詹老師當天對老媽的態度也好不到哪裡去。所以「暴行」或者「態度傲慢」並不是重點，說得明白一點，儘管我上課不專心、態度傲慢，這些都情有可原。但我拒絕認錯，惹來媒體，搶走了校方的裁判權，還威脅了許多人背後說不出來的利益，難怪趙胖說我是「擋了別人的財路，罪該萬死。」

因此，如果可以把這張公告的意圖說得更明白一點，它應該是這樣寫的：

各位同學，謝政傑被記大過的原因是什麼並不重要，大家也不需要知道。但有一件事情一定要謹記，那就是：無論如何，「下」不該冒犯「上」，不管是「上」說的話不合理，或者是「上」既有的好處太離譜了也一樣。從謝政傑的例子我們可以看到，「暴力」也好，「態度傲慢」也好，即使「上」和「下」犯了同樣的錯誤，但因「上」擁有獎懲的權力，而「下」沒有，因此「上」可以以「暴力」和「態度傲慢」種種規範來制裁「下」的冒犯。這是為了避免將來還有一些不知好歹的「下」隨便犯「上」所不得不採取的措施。至於規範合不合理，有沒有必要要求老師或者其他「上」位者一起遵守，那就一點都不重要了。

大家應該認清的是：我們每天在學校努力學習的所謂真理與價值，不過是方便「上」

管理「下」時的藉口罷了。請大家千萬不要信以為真。這樣說起來雖然有點不公平，可是同學們需知，只要大家夠努力，用功讀書，得到更高的分數、考上更好的學校，將來賺更多的錢，或是升上更高的權位，自然就會擁有權力，搖身一變，從「下」變成了「上」，真理自然就屬於你了。這也就是我們教育真正的目的了。屆時同學們擁有許多意想不到的好處，一定會理解到學校的愛心和維護體制的用心，並且恍然大悟，原來這個世界還是公平的。

提醒大家喔，只有「上」位者，才有公平的權利。「下」位者是沒有權利抱怨的。到時候，就算「下」位者要抱怨，也不會有人聽得見的啦。學校冒著和全國輿論媒體對抗的危險，作出這樣決定背後的苦心，同學們懂了嗎？再三叮嚀，千萬不要懷疑，這就是我們活著的無情冷酷相互殘殺的世界。同學們一定要努力、奮鬥、救自己喔……

我愈想愈覺得興奮，連跑帶跳跑回教室前我的座位，把這些想法都寫了下來。我一邊寫時，一邊想起早上那個所謂的「一群關心教育品質的人」印發的傳單。我心想，為什麼不如法炮製呢？於是我仿照同樣的格式，把記過的公告內容謄寫在前面，也學著在上面畫滿了圈點、問號以及「霸道！」等等批註，接著把剛想到的「記過說明書」一字一字地寫了上去。最後，我為這篇文章下了一個標題叫做〈為什麼要記大過？〉，還署名「另一群關心教育品質的人」敬上。我算了算口袋的錢，還有一百多元，於是跑去福利社全部影印了一百多張傳單。我把一張傳單貼在我的記過公告旁邊，其餘的就偷偷地放在廁所、教師辦公室，還有圖書館、福利社入口處，供人取閱。

做完了這些，我本來想回座位睡覺，可是想起記過的事最好還是告訴老媽一聲。於是我利用僅剩的一塊錢打公用電話。公用電話接通時，我告訴老媽：「學校記我一支大過，已經公布了。」

「我知道，汝浩媽媽都告訴我了。」老媽凝重地跟我說：「我現在忙著處理你的事。你在學校好好上課，多聽少說，特別是媒體或者是記者找你時，什麼話都不能說，知不知道？」

「噢。」

我不知道老媽還在忙著處理我什麼事。之後我們陷入了一陣沉默。本來我以為我還有千言萬語想說，可是一剎那之間，我忽然覺得說有什麼用呢？就讓該發生的事都發生了再說吧。

「就這樣，沒別的事了。」於是我掛上了電話。

＊

午休時間還沒結束，我就從睡夢中被班長吵醒了。

「什麼事？」我睡眼惺忪地問。

「班導叫我通知你，」他用著一種敵意的眼光看著我，彷彿此刻班導的靈魂附在他身上似的，「現在就把課桌椅搬回教室去上課。」

「現在？」我有點不解，「可是今天第七天還沒有結束……」

「班導說就是現在。」他沒有多作解釋，立刻急切地動手要替我搬課桌椅。

他要代勞我並不介意。問題是，為什麼要他代勞呢？難道犯了罪，因此我就被褫奪了對自己課桌椅行使搬動的權利嗎？再說，如果他替我搬課桌椅，我該做什麼呢？套上手銬腳鐐，跟隨在他的後面走進教室嗎？於是我說：

「不用麻煩，我自己來。」

他看了我一眼。「隨便你……」他說完立刻跑進教室，用力拍手叫醒所有趴在桌上睡覺的同學。「同學統統起床了，」他大嚷著：「大家聽我說，下午因為督學要來學校視察，所以原訂的理化補課取消。請大家依照原訂課表，帶著音樂課本到音樂教室上課。」

「啊——」我聽到幾個同學慘叫一聲，「昨天說要補課，今天根本沒有帶音樂課本。」

「我替大家查過了，」班長得意地說：「早上八班、十二班還有十三班有音樂課，不曉得他們有沒有帶課本，請大家上課前趕快去借課本。我再宣布一次，一定要帶著音樂課本到音樂教室上課。」

他才說完，教室內立刻起了一陣騷動。

「等等，我還沒說完，」他制止大家，「現在，大家在參考書寫上自己的名字，請各排排長幫忙收過來，我們會找一個地方，暫時替大家保管。」

「請問，是所有的參考書嗎？還是只限於哪幾科？」總是少不了有一些蠢蛋愛問蠢問題。

「全部，所有，一切不是教科書的參考書加S。」班長說：「這樣明白嗎？」

那陣騷動在他說完之後正式登場。教室裡面到處都是跑來跑去的人、搬動參考書的幹部、抱怨的同學，還有桌椅移動的聲音、參考書疊在桌上或掉落在地面上的聲音……很神奇地，差不多同一個時間，我們左右前後的班級，也連鎖反應地發生了相同的現象。在那個本來應該是安靜的午後休息時刻，如果你也像我一樣，搬著桌椅走過走廊，你很容易就可以感受到地面上傳過來，至少是三級以上的有感地震。

於是到了第五節上課，我們就按照教育局或者教育部預期的那樣，全都安安分分地拿著音樂課本，坐在音樂教室裡面等著上課了。

音樂老師不改他幽默的本性，一走進教室就對我們打招呼說：

「真是好久不見了。嗯？」

他說完大家全都心知肚明地綻開了笑臉。於是他在鋼琴後面坐了下來，要大家翻開音樂課本。他開始彈鋼琴，於是我們開始唱著課本裡面的歌曲。

等校長和訓導主任陪著督學，和兩、三個穿著西裝的傢伙走過來音樂教室時，我們正很努力地營造出某種高水準的音樂教育應有的表象。你只要聽到我們全班發出來五音不全的齊唱，就知道我所謂很努力是什麼意思。大部分這類音調忽高忽低的所謂藝術歌曲——如果你曾經唱過的話——你應該不難欣賞我們的努力，並且理解到那並不全然是故意的嘲諷。這類高難度的歌曲讓人很懷疑它最初是不是寫給人類唱的，更不用說是不是給人聽的了。我相信就算把周杰倫、F4、孫燕姿，甚至是安室奈美惠、濱崎步、小甜甜布蘭妮……全都弄到一個班級，唱起來也不過是這個水準。我敢打賭，讓你把玫瑰唱片行翻爛了，你也找不到任何一張這種沒有人要製作，沒有人要唱，沒有人要聽，更沒有人要買的專輯或是單曲。

現在我們全都側著頭，一邊唱著五音不全的歌，一邊好奇地打量著站在教室外面的那一群人。我們假裝那些感動過我們的音樂並不存在，而我們是多麼地陶醉在眼前這些我們應該努力學習，最有水準的好歌曲裡。而那一群人，也就這樣穿著西裝、打著領帶，恰如其分地參觀著，督導著。

就在我這樣尖酸刻薄地挑剔著時，忽然瞥見訓導主任從窗外對我拋過來了一個目光。我認真一看，他甩頭的動作更大了。我疑問地用手指了指自己，他竟然對我點了點頭，還招著手，示意要我過去。

雖然我盡量保持低調走出教室，大家也仍然唱著歌，可是你完全可以感覺得到那些沉默地追隨我的目光，是多麼地嘈雜、好奇。

我走出教室，向長官們鞠躬致意。

「這是趙督學，」訓導主任向我介紹，「他有話想問你。」

「趙督學好。」我說。

「好，好……」我可以感覺到趙督學從頭到腳，上下好好地打量了我一番。

「你是謝政傑？」他問。

「是。」如假包換。

「好，好……」他皮笑肉不笑，有點陰陰的，不知道好什麼好。「就是你被老師處罰在教室外面上課？」

我點點頭。

「你的教室在哪裡？」

我指了教室的方向。「三年十四班。」

「好，好……」他往教室的方向瞥了一眼。「你在教室外面上課，看得見黑板嗎？」

「看得見。」

「好，好……」他又問：「聽得到老師說什麼嗎？」

「外面籃球場有時候有別班同學上體育課，有時候也會有飛機飛過去。」

「如果沒有同學上體育課，也沒有飛機飛過去，聽得清楚不清楚？」

「還可以。」我說。

「嗯。好，好……」他又好奇地看了看我的頭頸部貼的沙隆巴斯，他問：「我可以看一下嗎？」

我撕開了一部分給他看。

「看起來好像還好……」他說著。

同時，訓導主任也湊過來看了一眼，「根本就沒有怎麼樣嘛。這是在保健室貼的，我問過護士，根本沒有怎樣，是他媽媽硬要貼的，」他邊說，還動手把其餘幾塊也撕了下來，「你看，明明就沒有怎麼樣嘛……」訓導主任的行為讓我有種受到侵犯的感覺，於是我狠狠地瞪著他，可是他卻一臉得意洋洋的表情，好像揭穿了我什麼似的。

趙督學沒說什麼，只自顧著「好，好……」地哼哈著，好像什麼事都沒有發生一樣。過了一會，他說：「你因為不滿老師對你的處罰，所以動手打老師？」

「我沒有動手打他。」

「好，好……」他問：「我想知道，你有沒有覺得自己做錯了？」

我望著他，一句話不說。看得出來訓導主任急著要說明些什麼，可是被趙督學制止了。

「好，好……我只是問問。只是問問。」他一貫皮笑肉不笑的表情，「你有沒有什麼話要跟我說？」他問。

「說呀，」訓導主任挑釁地說：「你不是跟記者說了很多話嗎？」

我看著督學，忽然想起剛剛的「記過說明書」還留著一份原稿。

「我寫了一些東西要給你看，但是你要答應我離開學校之後才可以看。」

「喔？」他意興昂然地問：「你怎麼知道我會來？」

我哪知道？可是我仍鎮定地說：「記者告訴我的。」

聽到記者，督學的臉上立刻抹上一層嚴肅的色彩。他深思熟慮地說：「好，我答應你。」

於是我從口袋把原稿拿出來，仔細地做了幾次對摺之後交給他。「一定要離開學校之後才可以看。」我不放心地看著他。

「我答應你的事情一定做到。」他問：「就這樣，沒別的了？」

我點點頭。

「好，」他對校長、主任示意，「這樣可以了。」

等他們一行人走遠了，我才又聽見音樂教室裡五音不全的歌聲還在唱著。我站在那裡聽了一會兒的歌，回味著剛剛的畫面以及對話，就在那時候，我理解到：原來這個下午的歌聲、騷動，以及一切發生的事情，都只是為了我一個人的緣故。

那種感覺還真有點不好意思。我忐忑不安地走進音樂教室跟著大家一起唱歌。幸好督學走開後，大家就唱得有點意興闌珊了。過了不久，我聽見有個坐在窗戶旁邊的同學大喊著：

「督學坐車走了！」

於是音樂老師便開放時間讓同學點歌。過了不久，鋼琴伴奏換成了陶氣。陶氣實在很厲害，他的爸媽是音樂系的教授，偏偏他專彈一些陶喆，或是周杰倫的怪歌。更怪的是，大部分的同學竟然也都會唱。我們就這樣活生生地把音樂教室變成了嬉鬧的ＫＴＶ。

＊

從音樂教室走回來的路上，我又撿到了一張〈請大家勇敢地站出來〉的傳單。一定是到處散發的傳單，被看完了丟在地上的結果。我一抬起頭，就看到高偉琦笑嘻嘻地走過來，衝著我說：

「哇操，我從來不知道你這麼酷，」他也拿出一張Ａ４影印傳單紙出來，「這你寫的對不對？簡直帥呆了。」

我看了一眼那張傳單，的確印著〈為什麼要記大過？〉的標題。

「你怎麼拿到的？」我問。

「剛剛公告欄前面擠了一大堆人看這張傳單你不知道？後來傳單被生教組長撕走了，我聽說福利社那邊還有，趕快跑去拿了一張。」

「有很多人拿到嗎？」

高偉琦搖搖頭。「生教組長帶著楊幹事到處沒收傳單。要不是我眼明手快，連這一張都沒有呢。」他看著那張傳單，好像是很珍貴的紀念品似的。

「你真的覺得很帥嗎？」

「怎麼不帥呢？」高偉琦簡直要手舞足蹈了，「這比課本上什麼文天祥，或者是韓愈、柳宗元的文章都還要好。一腳踩在學校的痛處，把他們踩得哇哇叫。」

可惜我並沒有像他那麼興奮。我把「一群關心教育品質的人」寫的那份聲明傳給他，問他：「那你要不要也看看這個？」

高偉琦接過傳單，他一邊挖鼻孔一邊仔細地看了好一會兒。

「這是什麼時候報紙刊的消息？我怎麼都不知道？」他問。

「今天早上。」哇靠，我心裡想，根本是個狀況外。

高偉琦想了一下，警覺地說：「剛才督學專程來看你的，對不對？」

賓果！我笑了笑。看來高偉琦並沒有想像中那麼笨。「我剛剛已經把這張〈為什麼要記大過？〉塞給他了，請他主持公道。」

「公道？」高偉琦問：「他手上也有這張〈請大家勇敢地站出來〉吧？」

我聳了聳肩膀，無可奈何地說：「應該也有吧。」

「傳單上說的那本色情漫畫叫什麼名字？借我瞧瞧。」

「不是什麼色情漫畫啦。」我說：「是《聖堂教父》。」
「《聖堂教父》？好像聽過。」
「就是兩個從柬埔寨內戰逃出來的結拜兄弟，他們擔心日本太過貪汙腐敗，早晚會重蹈柬埔寨覆轍，決心聯手改造日本……」
「我記得了，這兩個結拜兄弟約定一個走政治路線，一個走黑道的路線，以金錢和暴力對抗腐敗的老人政治底下的金錢和暴力……喂，《聖堂教父》很酷好不好，不過，」他說：「這好像跟色情漫畫沒什麼關係吧？」
「是有幾個比較養眼的畫面啦。」我說。
「媽的，根本就是抹黑。」高偉琦說：「還說你結交不良分子，出入不良場所……你昨天不是才第一次去ＰＵＢ嗎？他們怎麼知道？」
「都要感謝你這個品學兼優的好朋友啊，我問你，」我瞪了高偉琦一眼，「昨天我把夾克交給你，你丟在哪裡？」
高偉琦大叫一聲：「啊——」他抓了抓頭，「等一下我就去幫你拿。」
「不用麻煩了，」我一臉譏諷地說：「今天早上警察已經送回來。訓導處一早就通知我去領了。」
「一件夾克又怎麼樣？也不能這樣就抹黑你……媽的，玩比爛的，實在很低級，」他停頓了一下，「你那張傳單為什麼不多印一點？」
「你還好意思問，我的錢都被你借走了，只剩下一百多塊錢，怎麼多印一點？」

高偉琦把傳單還給我。他皺著眉頭，似乎陷入某種沉思。

「幹嘛啦，」我問他：「那種臉？」

「說真的，」他若有所思地問：「你會不會覺得我真的是個爛人？」

「你沒聽過人家說：爛吾爛以及人之爛。」

「爛吾爛以及人之爛。」他不解地問：「什麼意思？」

「就是說，雖然我們自己很爛，可是我們賭爛別人比我們更爛。這樣懂嗎？」

「哈，爛吾爛以及人之爛。有道理，」他手舞足蹈地說：「衝著這句話，這件事我也拚了。」

「誰跟你拚了？」

「反正這件事我管定了，」他的眼睛露出異樣的光芒，「我告訴你，我們就是《聖堂教父》，你走白道，我搞黑道，我們一起聯手打敗這些腐敗的舊勢力，拯救台灣的年輕人於水深火熱之中……」

「欸，」我說：「你別亂搞，我已經夠煩了。」

「我不會害你的。」又是那句令人害怕的蠢話。他笑了笑，還從口袋拿出了手機開始撥號，「你等著看好了。」

在上課鐘聲的背景底，高偉琦的手機中傳來對方待機鈴嘟——嘟——的聲響。他神秘地笑了笑，遞給我一張名片，拍著我的肩膀說：「上面有我手機號碼，有事聯絡我。」

我目瞪口呆地看著那張印著「天下宇宙第一酷斃無敵超人——高偉琦」的名片，又看看他。然而他只是揮揮手，示意我進教室去上課。

整堂英文課都是什麼過去完成式、現在完成式的文法……上課到了一個段落時，英文老師放下了課本，意味深長地說：「我知道最近學校發生了一些事情，大家心情都很浮躁，定不下心來。剛剛我忽然想起了一件往事。我來說個故事好了，你們想不想聽？」

大家說好，於是英文老師清了清喉嚨，開始說故事。

「我記得我大學剛畢業那一年分發到桃園縣的國中去教英文。剛開始教書的時候很有理想，我記得當時為了提高同學們的興趣，還親自去找道具，扮演大鳥、長頸鹿，也像電視一樣帶領學生唱遊。老師這種愛的教育實施了一、二個月，沒有平常考，也不逼同學讀書，第一次段考英文成績我想你們一定也知道。」

大家心知肚明地笑了笑，老師繼續說：

「老師雖然自覺得很用心上課，可是段考成績公布之後，麻煩統統都來了。先是有學生家長跑去告校長，說我上課不上課，只會帶著學生玩。聽到學生家長這樣說我已經覺得很委屈了，結果接著好幾個班級的班導師找我懇談，警告我教學不顧現實，害得全班平均成績往下拉。一開始教書就得到這種反應，老師自己當然覺得很挫折，可是迫於現實，又不得不威脅學生，說是如果不讀書就要體罰。那時候有一班學生不相信老師會真打，仍然我行我素，結果把我逼急了，第一次體罰就是打他們那班。到現在我還很清楚地記得那班學生挨打時臉上的表情。打完學生以後，老師回家號啕大哭了一場。」英文老師無奈地笑了笑，「會大哭一場，連我自己都覺得很奇怪。可是後來學生的成績真的就進步了。這實在很無奈。現實和書上的理想都不一樣。同學們自己想一想，你們的時間就是那麼多，我不逼你們，其他主科像是數學、理化老師一樣逼你們。誰逼得兇，你們就讀誰的科目。結果要當好老師就得逼學生。所以我只好愈變愈兇，你們說是不是？」

沒有人回答，同學們都露出了會心的微笑。

「大家都曉得教育要改革，可是改革不是在媒體說說，或者是喊喊口號那麼簡單容易的事情。你們有你們的痛苦，老師也有老師的難處。所以，我只是想告訴大家，如果我們彼此能夠多體諒，事情的發展也許會好一點，」英文老師看了看手錶，「好了，就發表這些感想，免得你們又有家長跑去告我上課不上課，只會發牢騷……」

我注意到英文老師拋過來一個目光。我低下頭，有點不知所措地看著那張〈請大家勇敢地站出來〉的傳單。

這種氣氛實在不好受。老實講，我有點心不在焉。如果你殺了人，還在現場留下某種可被辨認的簽名，等待仇家來復仇的心情大概就是我現在的最佳寫照。不用腦袋也猜想得到，現在訓導處一定正討論著我的傳單，或者，說得更精確一點，怎麼對付我。你可以隱隱約約感覺到一股不安的氣氛，儘管說不上來那是什麼，可是它真實而持續。雖說該來的早晚要來，但你一點也不曉得什麼時候，或者真正來的時候會有多麼激烈。

桌上那張傳單，早被我無意識地塗滿了「胡扯」、「抹黑」這些字眼。正要繼續塗鴉時，我注意到影印紙的右下角三分之一處有一小塊灰撲撲的印漬——顯然是影印機的油墨滾筒太久沒有清理的結果。我忽然想起幾天前被叫到導師辦公室，等影印機趕印考卷。印象中，那些考卷似乎也有類似的印漬。我翻箱倒櫃，從書包裡面找出了前幾天發下來數學考卷，果然每一張，在同樣的位置，都有一模一樣的印漬。

沒錯，包括「一群關心教育品質的人」寫的傳單，它們全來自導師辦公室——唯一的那台有待清理的影印機。

＊

這個發現讓我吃下了定心丸似的，以至於第六節下課終於被傳喚到訓導處，面對著一大疊〈為什麼要記大過？〉的傳單，以及生教組長沒完沒了的嘮叨時，感覺理直氣壯了一些。

「總之，你大過記完，也公告了。這個大過呢，是大家開會決定的，要嘛你依照程序填申請表提出書面申訴，我會找大家來再開一次會。否則，你這樣鬧一點用都沒有的。」生教組長低下頭來，翻著那一疊傳單，「這是你印的？」

我點點頭。

「你自己還有什麼話好說？」

「沒有。」我搖搖頭，我想說的都寫在上面了。

「既然無話可說，你寫份悔過書，連同早上夾克的事，我都不跟你計較。」生教組長說：「我可是好心告訴你，你記過記完了，鬧也鬧夠了，我勸你多想想自己的前途，回去定下心，好好用功，準備學測。像你這樣一天到晚跑訓導處，不要說你受不了，連我都覺得很煩。」他從抽屜拿出一疊十行紙，連同原子筆放在我的面前。

我看了一眼那疊十行紙，沒說什麼。

「簡單寫寫就可以了，你文筆那麼好。」他催促我。

「寫什麼呢？」我淡淡地說：「總得有個過錯，才能悔過吧？」

我注意到生教組長開始變臉。「怎麼會沒有過錯呢？」他拿起一張傳單，開始唸著：「我們每天在學校努力學習的所謂真理與價值，不過是方便『上』管理『下』時的藉口罷了。請大家千萬不要信以為真……根本就是歪理嘛！你看看，還有這個……什麼這就是我們活著的無情冷酷相互殘殺的世界。同學們一定要努力、奮鬥、救自己……是不是？學校哪有這樣教同學？這根本就是胡扯嘛。」

聽到生教組長氣呼呼地唸著我的大作，實在很難忍住不笑，特別是他那討厭的怪腔怪調，使得譏諷的效果格外突出。

「因為我寫的是歪理，還有胡扯，所以我錯了？」我問。

「你寫的豈只是歪理、胡扯，你還拿著去張貼、到處散發……」

「我以為就像網路的留言版一樣，只要你有意見，就可以張貼、散發給大家看。」

「誰說可以那樣？」他問。

「如果不行的話，那這張傳單又怎麼說？」我從口袋裡面拿出那張〈請大家勇敢地站出來〉的傳單，「很多同學都拿到了，連地面上都有。」

生教組長看了一眼那張傳單，有點惱羞成怒地說：「人家講得有道理，你寫的算什麼呢？」

「你憑什麼標準說他講得有道理呢？又憑什麼你就有資格裁判別人有沒有道理呢？」

「你不要再跟我扯那一大套什麼『上』啦『下』的一大堆。所謂公理道德自在人心，我憑的就是這種普遍存在人心的道德與標準，對就是對，錯就是錯。這不是權力大小的問題，也不是誰當裁判的問題。」

「那我可不可以也說這張傳單錯了？」

「憑什麼你說這張傳單錯了，你就對了？」生教組長存心跟我抬槓似的，「那你也說個普遍存在人心的道德與標準給我看看。」

「我的傳單至少是我花了一百多塊錢在福利社的影印機印的，可是罵我的這些傳單，全是用導師辦公室的影印機印的。那台影印機髒了，印出來的文件都有這種印漬，」我拿出了幾張平常考考卷，指著給生教組長看，「這張罵我的傳單也有這種印漬。那台影印機是給導師印講義和考卷，不是印傳單罵我用的。學校的東西不應該公器私用，這是普遍存在人心的道德與標準。你為什麼不找他們寫悔過書？」

他猛地站起來，轉過身去踱了二步，我簡直要看到生教組長頭上開始冒煙了。果然他轉身回來又踱了二步，終於按捺不住發作了。他傾身用力在桌面上一拍，發出巨大的聲響。

「別的老師愛怎樣我管不著，我也不想管。」他大罵：「你到底寫不寫悔過書？」

明明說不出錯在哪裡，還要寫悔過書，全世界哪有這種道理呢？說不過人家就翻臉。我嘟起嘴，正想表達一點小小的抗議時，忽然聽見楊幹事在訓導處會客室那邊發出驚慌的叫聲。

「組長！」他高聲嚷著：「快過來看！」

除了失火、兇殺現場，或者是看《七夜怪譚》，我打賭你一輩子聽不到幾次那樣的聲調。尾隨著生教組長的目光轉頭看過去，楊幹事正在會客室的電視機前面，調高了音量。電視機裡傳來新聞主播的旁白：

「禮仁國中師生衝突再度升高，接續昨天學生家長向媒體提出老師管教不當的控訴之後，今天上午禮仁國中召開獎懲委員會，對謝姓同學作出了記大過的處分的決議。今天學生的阿公及阿媽，在父母親以及市議員裘正一的陪同下，召開記者會，為學童請命……」

電視的新聞畫面播著學校的教室，打籃球的學生，還有公布欄上我被記大過的那支公告。生教組長忘了幾秒鐘前他還在生氣，一步一步忘我地走向電視。

緊接在這段旁白的後面是故事敘述，國三謝姓同學因為拒絕老師非法惡補，被老師乘機刁難，把學生趕出教室外面上課，學生心生不滿，發生師生衝突，家長對媒體控訴，學校變本加厲，反而召開獎懲委員會，對學生記過……畫面從教室、公布欄跳到了訓導主任。他一再表示記大過處分是經過獎懲委員會審慎的評估作出來的決定，跟家長對媒體舉發沒有關係。

電視機前現在站著二、三個教職員，全都好奇地盯著電視機不動。我的情況也好不到哪裡去，本來還嘟著抱怨的一張尖嘴，不知不覺張成訝異的大圓嘴，等我看到阿公阿媽也出現在記者會時，差點整個下巴都掉下來了。

「我們把小孩子交給學校，是要學校教育小孩，不是要學校把他當成囚犯一樣管訓啊！」阿媽一把鼻涕一把眼淚地對著鏡頭說話，忽然咚的一聲，在鏡頭前面跪了下來，「我給學校跪下來，給你們磕頭，求求你們行行好，拿出良心照顧我們小傑啊……」

阿媽身後站著阿公、老爸、老媽，他們全七手八腳去攙扶阿媽。最後是站在阿媽身邊的裘議員上場，他信誓旦旦地表示，絕不容許這種罔顧教育良心的行為在國中校園裡發生，他將在稍後的市議會裡向教育局長提出質詢。最後主播請大家鎖定電視新聞，他們將為觀眾播出後續報導。

等這則新聞播完，我們同時都愣了好一會，才回過神來。

「現在該怎麼辦？」楊幹事有點手足無措地問。

生教組長歇斯底里地抓那一頭雜草似的頭髮，又用手在臉上抹來抹去，好像那樣就可以把皺成一團的眼睛、鼻子、嘴巴全都抹回原位似的。他就這樣又抓又抹地搞了半天，才想起我的存在。

我不知道生教組長是否覺得自己有責任銜接剛剛被打斷的「發飆」情緒，他轉身走回來，用一種ㄍㄧㄥ出來的語氣斥責我說：「回去，你回去了。你給我回去好好反省反省……」大概是覺得不夠逼真，他又試圖拉高聲勢，「等我跟主任呈報以後……」

那未完成的句子後面應該接一句狠話的，好比說「看我怎麼處置你」或者是「看你還怎麼狡辯」這類的。可是他已經心智恍惚到無力把它完成。最後，他竟然只對我擺了擺手，有氣無力地說：「回去了。」

*

今天真是一個傳單日。當我擠在放學的人潮中走出學校時，校門口竟然也有一群工讀生似的人，到處發傳單。我順手拿過一張，不經意地瞥了一眼，心想一定又是電腦啦、英文啦，或者是針對學力測驗考前衝刺這類的補習班廣告。

沒想到不看還好，一看我差點跌倒了。不可能，一定有什麼搞錯了。我快速向前走了幾步，向下一個工讀生拿了另一張傳單，仍然是一模一樣的傳單，一模一樣的標題——〈為什麼要記大過？〉

放眼望去，門口四周起碼有十幾個工讀生打扮的校外人士，正散發著〈為什麼要記大過？〉的傳單。正當我愣在人潮中，懷疑到底是夢境，或者是腦袋的幻覺時，我聽到有人用清脆的聲音朝我的方向喊著：「傑哥。」

那個聲音又喊了一次我才回頭過去看。

「艾莉？」我嚇了一大跳，「妳怎麼會在這裡？」

「高偉琦找我來的，」艾莉興奮地說：「他說你需要幫忙。」她的臉上沒化妝，一身樸素的格子長袖襯衫和深色牛仔褲，和昨天簡直判若兩人。

「這些人……」我問：「都是妳的朋友？」一說完我立刻想起，他們一定都是中輟生。

艾莉用一種你應該知道怎麼回事的表情對我點點頭。她側過身對他們大喊：「喂，」她指著我：「這是傑哥。」

「嗨，傑哥。」他們有人對我大聲招呼，也有人只是很酷地站在原地抬了抬手，對我比了一個拇指向上的手勢。

我的臉很快紅了起來，「不要叫我傑哥。」

「你這張傳單寫得太酷了，傑哥，」艾莉的眼神充滿了佩服，「昨天高偉琦說他在學校都是你罩他時，我還不信……」

我被艾莉捧得輕飄飄地，全身像氣球一樣在空氣中搖來搖去，一點也不知道怎麼樣才能停下來。「高偉琦呢？」我問。

「說什麼他還有更重要的任務，神秘兮兮的。我也不知道他在搞什麼。對了，」艾莉問：「你們學校有沒有郵件伺服器？你為什麼不把傳單的內容e-mail 給每一個人？這樣一張一張發，多麻煩。」

「我又沒有address，怎麼寄？」

「一般學校很少花大錢搞防火牆的，要拿到郵件伺服器上面的名單應該不難。你給我你的address，我來試看看。」

「jay2003，小老鼠，lizen，後面應該是點edu點tw。」

艾莉俐落地拿出一枝原子筆，把address記在傳單上，又把傳單摺了起來，放進口袋。

「我來試看看，萬一不行，我就把傳單ＰＯ到你們學校網站的首頁……」她想起什麼似的，又從口袋拿出二千元來，「這個錢是高偉琦拿給我印傳單用的，你幫我還給他，沒有用到。」

「妳用自己的錢影印？」我不好意思地問。

「我哪有錢？」艾莉指著剛才對我比大拇指手勢的傢伙，「他在影印店打工，他的老闆對他不好，所以……」

我笑了笑。說著，身邊忽然響起了汽車的喇叭聲。我轉過頭去看，原來是老爸開著汽車，對我按著喇叭。我還看到了老媽也坐在車內。天啊，今天什麼日子，賢伉儷聯手出動了。

「我得走了，」我說：「你們最好小心。訓導處的人等一下就來了。」

「放心，警察都不怕了，還怕訓導處的人？」她也給我比了一個拇指向上的手勢，「加油！傑哥，我們都支持你。」

坐上汽車，關上車門，我先打了個招呼。

「媽，爸。」我問：「你們怎麼也來了？」

汽車開始前進，老爸從後照鏡看了我一眼，沒有回應。我只能從鏡面反射看到老爸面無表情的眼神。

「開記者會的事，你知道了？」老媽也回過頭來，表情嚴肅地問。

「幹嘛把阿公、阿媽也弄上電視了？」我抱怨著。

「他們執意要去的，我和你老爸勸也勸不住。」老媽問：「剛剛有沒有記者來找你？」

我搖搖頭，「倒是有個督學來過，怎麼了？」

「難怪，」老媽說：「剛剛裘議員在市議會對市長及教育局長發飆。我們怕記者跑來這裡堵你……」

汽車走了一會，我才想起拿出那張影印傳單，交給老媽。「他們今天到處發這張傳單。」

老媽接過傳單，認真地看了一會。

「太卑鄙了。」她咬牙切齒地問：「你知道誰印的嗎？」

「這是用老師辦公室那台影印機影印的。」我指著右下角那塊灰灰的印漬，「這個印漬，我的數學平常考卷上面也有。」

「你是說，這張傳單是你們班導印的？」

「應該是吧，」我沮喪地說：「我想我還是轉班好了。」

「你最好先看看這個，」老媽從皮包裡面拿出一張傳真機感熱紙列印的傳真給我，「這是你們學校老師發給報社的聲明，邱倩剛剛傳給我的。」

那是一張簡單的聲明，上面寫著：

禮仁國中教師會聯合聲明

一、本校謝姓同學因上課看漫畫受到處罰引發之不滿情緒，及其後續發生之脫序行為，係屬學校生活管教範圍，本校一切處置，均依教育部規定處理。不料經學生家長、校外別有居心的組織以及媒體介入，擴大渲染，對該生造成傷害，並且影響老師教學，損及學校聲譽，對此，我們深表遺憾。

二、學生家長指控詹老師涉及課後補習，此一指控是否屬實，尚待進一步調查，依法處理。然而詹老師在校內教學認真，督促學生嚴格，他所帶領的班級成績有目共睹。這樣的教學態度是我們所支持的。

三、家長對於老師管教如有意見，應透過正常管道申訴。如果確實有困難，全校的老師都願意擔任溝通的橋樑。學校的事情，應由學校內部處理。我們希望大家都能夠理性溝通，盡快平息此一事件，讓所有人都能安心上課，不再受到干擾。

我算了算，這個聲明的末尾，不管是我認識，或者是不認識的，一共有七十多位老師簽名。除了班導之外，我們班所有科任老師的名字全簽上去了。

看完聲明，我抬頭看了老媽一眼。

「你想轉班，」老媽指著那些簽名，「你說該轉到哪裡去呢？」

＊

晚飯後不久，聽到電鈴聲，我立刻跑去開門。一打開門，站在門外的意外訪客是趙胖的爸爸、輔導室張主任以及彭老師。三個人同樣是面色凝重的表情。

「小傑，」趙胖的老爸一眼就認出我來了，「爸爸媽媽在家嗎？」

「在。」一說完我立刻回頭大叫：「爸、媽，有人找你們。」

趙胖的老爸微鬈的頭髮剪得很短。他起碼有一百八十幾公分高，穿著體面的西服，一副運動員的身材。一看到老爸、老媽，趙胖的老爸立刻行了一個九十度的鞠躬，就和日劇裡面日本人一樣，客氣得不得了。

「不好意思，這麼晚了，還來打擾，」趙胖的老爸說完又介紹張主任：「這是學校輔導室的張靜瑩主任，還有彭曉如老師。彭老師也是輔導老師，不過她目前還兼三年八班的導師。」

張主任和彭老師也跟著鞠躬。張主任長著圓圓的臉，一身淡粉紅色襯衫長褲套裝。彭老師更年輕些，及肩的長髮燙得微捲，瓜子臉上一付細邊黑絲的眼鏡，也是一身灰色系的套裝。她們的鞠躬倒還好，沒有趙胖老爸那麼誇張。

「啊，」老爸說：「不好意思，麻煩你們親自跑一趟。」

一陣寒暄之後，大家來到客廳坐定。趙胖的老爸先來一段開場白。

「本來我的工作太忙了，不適合擔任這個家長會長的職務，可是又違拗不過大家的好意。我心裡想，既然接了這個家長會長這個職務，就應該盡一份心力……」他稍停頓了一下，接著又說：「我今天的來意，昨天在電話中我和謝先生也談過。在我看來，小傑的事從一開始就是誤會，可是現在卻愈鬧愈大，我身為家長會長，實在是憂心忡忡。剛剛在學校，還聽校長說連教育部長也在關心這件事情了。」

「關於昨天的電話，」老爸堆起了笑臉，急著解釋什麼似的說：「和趙會長講完電話之後，我的確打過電話給記者，試圖阻止她刊出報導，可是你知道，新聞媒體也有他們自己的想法和做法……」

「這我可以理解，」趙胖的老爸笑了笑說：「本來我就主張孩子在學校發生的事情，就應當盡量在學校裡面解決。大家都是熟識的人，不管彼此有什麼期望，總是有商量的餘地。

否則媒體啦、民意代表啦，還有一些激進的教改團體都扯進來，事情愈搞愈複雜，變數一多，事情就很難說了……」

「所以趙會長和我這次代表校長來，」張主任接腔表示：「最主要的意思是希望家長、老師以及學校訓導處相關的人員，大家一起坐下來開個協調會，好好地談一談，把誤會澄清，免得像現在這樣愈鬧愈大，我相信這樣不但對學校的聲譽不好，對小孩子的傷害也很大。」

「趙會長、張主任還有彭老師，」一直不吭聲的老媽這時終於說話了：「老實說，要不是學校不分青紅皂白的記了小傑一支大過，也不會有今天下午的記者會……」

「關於小傑被記大過的事，」趙胖的老爸收斂起臉上的笑容說：「今天早上開獎懲委員會時，包括張主任、汝浩媽媽，還有我，都是反對記過的。這點妳可以去問汝浩媽媽，她很清楚。」

「我很感謝你們支持小傑，可是開會最後的決議還是記小傑大過。我不知道學校到底把我們家長當成什麼？明明家長已經不滿了，向你申訴，你不聞不問，搞得家長不得不去跟媒體申訴。等媒體刊載出來了，你自己不檢討，反而立刻記小孩大過……」老媽搖著頭：「我覺得這個大過與其說是在懲罰小孩，還不如說是在懲罰家長。學校以為這樣家長就會乖乖聽話嗎？」

「謝太太，身為家長，我很能體會妳的感受，」趙胖老爸說：「不過學校其實是由許多不同的團體組成的，不同的團體自然有不同的立場和想法。就拿學校的老師來說好了，事情發生那天，大部分的老師都沒有注意到詹老師拉小傑進辦公室打電話給家長，反倒是妳來了之後，對話聲音愈來愈高，小傑推老師那一下，很多老師都看到了。我希望妳試著了解一下其他老師的想法。很多老師主張處罰小傑，並不是故意跟你們過不去。只是，老師的工作需要尊嚴，如果一個老師不能在上課態度上要求學生，或者是挨打了還不能要求處分學生，連最起碼的尊嚴都沒有，更不要說什麼『尊師重道』的倫理傳統了……」

「難道他們以為所謂的『尊嚴』是靠要求、處分學生得到的嗎？」老媽一臉不以為然的表情走回房間，拿出了一大疊文件。她把〈請大家勇敢地站出來〉的傳單交給趙胖的老爸，問他：「這種誣蔑學生的傳單，也是為了捍衛老師的尊嚴嗎？」

趙胖的老爸看了一眼，面有難色地說：「我早上的確也拿到了這樣的傳單，不過因為是匿名傳單，所以會議上並沒有討論。」

「這是導師辦公室那台影印機印出來的，你看，這裡有個髒髒的印漬，」老媽指著傳單上面的印漬給趙胖的老爸看，又拿出一張我的數學平常考考卷比對，「導師辦公室那台影印機髒了，所有從那台影印機印出來的考卷都有一模一樣的印漬。」

張主任側過身來看了一眼，皺了皺眉頭說：「如果真的這樣，那就不太好了。」

「剛剛趙會長說不希望媒體、民意代表介入，免得事情愈搞愈複雜，聽起來好像是家長單方面把事情擴大，」老媽又拿出了教師會的聯合聲明稿交給趙胖的老爸，「這是今天下午，教師會傳真給各報章媒體的聲明，上面一共有七十幾個老師簽名。」

「我絕對沒有那樣的意思，可能是我表達得不好，」趙胖的老爸焦急地抓抓頭，「所以我的意思是說，大家不面對面坐下來好好地談一談，誤會很容易像這樣愈變愈大……」

「七十多個老師聯合簽名，怎麼會是誤會呢？他們到底是老師還是法官？他們有沒有想過小孩子？有沒有一點教育的熱忱跟愛心？」老媽提高了聲調說：「一個小孩子在七十多個老師抵制他的學校怎麼活下去呢？」

「妳先不要激動，」老爸和事老似的拍著老媽的肩，安撫她說：「現在大家先商量看看，有什麼解決問題的辦法嘛。」

「是誰不想解決問題呢？」老媽不高興地說：「之前我找過他們班導，也找過校長，他們一個一個不理不睬的，現在事情鬧開了，才又要開什麼協調會……」

氣氛變得有點硬。就在這時候，電話鈴響了。我跑去接起了電話，竟然是找我的電話。最神奇的是電話竟然還是從美國奧勒岡州的波特蘭打來的。我根本不記得我有任何住在波特蘭的朋友？

「我就是謝政傑，」我遲疑了一下，「請問，你是哪一位？」

「我叫沈杰，我是從網路的電子報上讀到你的新聞。你不認識我，但我媽認識你媽，她給我你的電話，要我打電話給你加油。」

「你要給我加油？」

「兩年前我還在台灣的時候，也是詹老師教的，我在台灣的時候被他罰跪，還挨打……我就是因為詹老師，才到美國讀書的。你現在還好嗎？」他問。

「還好吧，」我說：「他們說要開協調會，協調我的事情……」

「我以前也是這樣，結果沒有什麼用。我告訴你，你改變不了他們的……到最後，你只能好好照顧你自己，並且想辦法不要被他們改變。」

「想辦法不要被他們改變？」很有趣的想法，我忽然興趣盎然地問：「你在美國還好嗎？」

「剛來的時候英文比較差，現在比較適應了。」

「你覺得美國的教育制度真的比台灣好嗎？」

「看學校吧，」他想了一下說：「不過有些部分美國真的是比台灣好很多。」

「什麼部分？」

「怎麼說呢？」他沉默了一下，「好比說，我的數學比美國學生好，我就可以跳級很快，越級進到適合自己程度的課程。但是如果成績不好，就像我的英文程度一樣，老師不但不會處罰，反而會特別照顧。美國學生很崇拜英雄，你只要有一樣事情厲害，他們就很崇拜你。因此你想學習什麼、發展什麼，老師都會鼓勵你。同學們也不會因為功課不好而看不起你，因此，你不會像在台灣時，每天都活在恐懼裡，擔心發考卷時的分數，擔心老師動不動就罵你、罰你，擔心考不上好學校，或者是擔心同學怎麼看你……」

「你在美國會不會想家？」我問。

「誰不想家呢？只是想家又有什麼用呢？」他無奈地笑了笑說：「我只有一次長大的機會，問題是台灣又不能給我這樣的教育……」他想起什麼似的說：「對了，你有沒有電子信箱，我可以寄一些心得給你，我也認識一些在海外讀書的台灣學生，你也可以問問他們的意見。」

我把電子信箱給他之後，他又給我打氣，我再三謝謝他，就和他告別了。我回到客廳，老媽低聲問我：「誰的電話？」

「沈杰。從美國打來的。他說電話號碼是他媽媽跟妳要的。」

「沈杰？」老媽想了一下說：「喔，對了，沈太太。電話號碼是我給她的。」

老爸、趙胖的老爸、張主任還有彭老師仍然在談論著。等我坐回到沙發上之後，張主任笑咪咪地對我說：「我剛剛和你爸爸和媽媽商量，如果你繼續留在原來詹老師的班級，不但心情不穩定，很可能還會發生新的摩擦。因此，如果你同意的話，我們想把你先轉到別的班級去，」張主任指著彭老師說：「彭老師現在是三年八班的導師，她大學主修教育心理，輔修英文。所以她本身是輔導老師，同時也教英文。我相信小傑如果轉到彭老師的班級，應該比較能夠安心上課。」

我注意到大家都看著我，而彭老師只是笑了笑，沒說什麼。

「小傑，」老爸問我：「你自己覺得怎麼樣？」

我抬起頭看著彭老師，想起上次老媽帶我見詹老師，想進他的班級時，自己的樣子。我記得詹老師當時問我有沒有聽過他的管教風格、有沒有心理準備……我想都不想，只會點頭，自己一個問題也沒發問。這次我決定不再讓自己表現得那麼愚蠢，於是我鼓起勇氣問彭老師：

「我想請問彭老師，妳要是我，妳會怎麼辦？」

問題才問完，我就看到張主任還有老爸臉上都露出了緊張的神色。不過彭老師只是神色自若地笑著，她說：「老實說，你的問題我還沒好好想過……不過，通常我碰到問題時，會先思考看問題的角度。」

「看問題的角度？」我問。

「嗯，如果我是你的話，我會把它當成是一種人生的挑戰與課題，認真地面對。也許你會抱怨，為什麼是你？可是我覺得人生就是這樣，每個人分配到的課題與挑戰都不同。你打過電動玩具吧？」

「啊，電動玩具？」

「電動玩具的設計就是一關又一關未知的關卡與困境，電動玩具之所以好玩，就是因為你把每個困境都當成刺激的挑戰，從中磨鍊並且學習。你說對嗎？」

雖然這一番「電動玩具說」最後還是變成了某種「努力奮鬥」的八股，不過彭老師說話的樣子並不令人討厭。再說，和詹老師比較之下，我能選擇的空間實在也相當有限，於是我聳了聳肩，有點不置可否地說：「我沒有別的問題了。」

「那小傑就從下個禮拜一起到彭老師的班級開始上課好了，」張主任看著我說：「我會跟校長及教務主任報告這件事，至於其他的手續等你到了教室再說，好不好？」

我點了點頭，注意到大家臉上都露出了如釋重負的表情。老媽和老爸則向張主任和彭老師鞠躬點頭，不斷地唸唸有辭說：

「那就拜託張主任，拜託彭老師了。」

大家又談了一下，沒多久，趙胖的爸爸和張主任、彭老師就起身告辭了。

「或許謝先生和謝太太還需要時間再考慮考慮，這我可以理解，不過協調會如果真要開的話，當然是愈快愈好。」趙胖的老爸拿出名片，各發給老爸老媽一張，恭恭敬敬地說：「這上面有我的聯絡方式，我的手機一直都開著，你們隨時可以打電話給我。」

發完名片之後，老爸、老媽很客氣地起身送客。我則默默跟隨在後。一直走到了門口，我看見張主任拉著老媽的手，跟老媽推心置腹地說：

「我很能理解妳的心情，因為我也有兩個小孩。小孩在外面受了委屈，我們做父母的當然很難過，想盡辦法要替他討回公道。父母親如果支持小孩抗爭，小孩當然就會奮戰到底。不過，話又說回來，根據我的輔導經驗，要是父母換個角度極力安撫小孩，並且自己默默承擔這些委屈，到最後小孩多半還是會聽從父母親的話。多半的小孩是被動的，這類的事情其實還是決定在父母親的態度。我這麼說並不是想影響妳什麼。只是，我們做父母的可能得多想想，不同的決定一定會產生不同的後果，而最後往往是小孩自己必須承擔這些後果……」

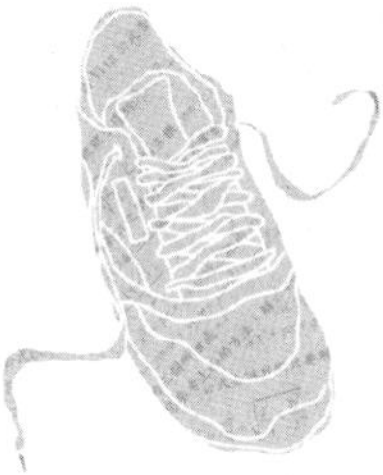

CHAPTER
-5-

我抱著快要斷氣的軀體，死命地往前跑。
四周是會不斷擴大的監獄，
我就在監獄裡面跑著，野獸也在監獄裡面追著。
一切都變成了慢動作似的速度，
我甩不掉野獸，也跑不出這個監獄……

醒來之後，我才意識到自己原來在作夢。

夢中我抱著快要斷氣的軀體，死命地往前跑。各種獸類發出巨大的吼聲在身後緊追，禿鷹也在天空盤旋著。四周是會不斷擴大的監獄，我就在監獄裡面跑著，野獸也在監獄裡面追著。一切都變成了慢動作似的速度，我甩不掉野獸，也跑不出這個監獄。我又喘又累，鬍子愈長愈長，皺紋也愈長愈深。我不知道自己身在何方，更不知道我要跑到哪裡去。回頭看著那些野獸，牠們竟都長著我熟悉的臉，從班導、生教組長、到訓導主任、校長、邱倩，還有郝老師、老媽的臉都有，凌空而下的禿鷹，也都長著同學的臉，趙胖、李家楨、馮德程……我嚇了一大跳，卻叫喊不出任何聲音。雖然我全身冒汗，可是我懷裡的軀體愈來愈冰涼，我狼狽地停下來，拚命搖晃，一低下頭，這才看清楚，那個人竟長著和我一模一樣的臉……

然後我就驚醒了。於是我變成了這一天全家最早起床的人，獨自在屋子裡面沉默地晃來晃去。五點半，早報送來了。比夢境更像夢境的是，打開報紙，竟有一整個版面都報導著與我相關的消息。

我隨手抓起了一片麵包，就坐在餐廳，和著報紙版面，啃了起來。

邱倩似乎把報導當成連續劇的劇本了。報導的內容包括了：學校獎懲委員會決定記我大過。家長召開記者會，學生阿媽還當眾下跪。另外還有市議員在議會質詢教育局長的報導。最厲害的是邱倩還報導中輟生分發傳單「為什麼要記大過」的消息，並且訪問到了艾莉。艾莉一直跟邱倩抱怨，她覺得這樣一張一張發傳單很沒有效率，如果沒有意外的話，最遲明天早上之前，她要把傳單的內容貼到我們學校的網站首頁去。邱倩很好笑，還把我們學校的網址（http://www.lizen.edu.tw）也登了上去。

接著艾莉還吹牛吹了半天，說她的駭客功力有多厲害，抱怨學校電腦老師很混，根本學不到她想要的東西。說什麼學校只會叫她讀那些無聊的國文、數學、理化……全把她當成白癡、笨蛋，還對她冷嘲熱諷。話鋒一轉，艾莉開始數落每個對她不好的學校，說學校教育的內容跟不上時代，一點也吸引不了學生，自己不檢討，反而還要把學生統統抓回去關在教室裡，強迫輔導，還要寫什麼記錄、報告。搞到最後中輟生全被當成超級大麻煩，像皮球一樣被人踢來踢去，一點尊嚴也沒有。接著艾莉就說出了那句歷史性的話，被邱倩用粗大醒目的字體印成標題。

中輟生說：現在的學校教育令人反感。難道我們不能選別的了嗎？

艾莉成功侵入學校的網站了嗎？我忽然很好奇，放下報紙以及啃了一半的麵包，跑到老爸書房去，利用他電腦連結的56K電話線上網。等到一陣煩人的密碼輸入之後，總算網路連線成功。我叫出瀏覽器，鍵入學校網址之後，不到幾秒鐘……我簡直要尖叫出來——艾莉成功了！學校網站的首頁上面禮仁國中的下面，現在已經變成了「**中輟生艾莉到此一遊**」的紅色字體。不但如此，首頁校長那張假裝慈祥和藹的照片已經被換下來，變成了我那篇〈為什麼要記大過？〉，文章被圍了走馬燈似的邊框，閃閃發光。艾莉在文章下頭用紅色字體加底線寫著：下面還有喔。我按滑鼠左鍵，畫面立刻就連結到我們班上留言版。我掃描了一眼計數器，本來我以為我的眼睛看錯了，可是計數器上面的確顯示15836人次。如果我沒有記錯的話，昨天計數器的人數還不到五位數的。換句話，短短的一天，才這麼一大早，至少就有幾千個人瀏覽了這個留言版。

雖然有這麼多人光臨，不過真正留言的人不多，只增加了七、八則留言。這些留言五花八門，有的情緒性地呼應艾莉的那句話：

現在的學校教育豈只反感，簡直噁心透了……

也有對我們的行為不以為然的長篇大論：

這件事情或許大家都有錯，可是從頭到尾錯得最離譜的就是家長。家長不應該混淆孩子的是非價值觀念。需知守法是一個團體不可或缺的條件，為了讓孩子有一個和學校完整一致的管教態度，我一定和老師站在一邊，共同糾正小孩的行為。萬一真有什麼問題，私底下再和老師懇談。如此，親師有一致的共識，孩子才能夠在一個擁有穩定價值觀的環境裡面長大。我相信禮仁國中孩子這個年紀能寫出〈為什麼要記大過？〉這樣的文章，一定是個聰明的孩子。可惜正因為家長這樣的默許、抗爭，助長了孩子不負責任的言論與行為，就像現在這樣，用這種駭客的行為侵入了學校的網站，他們知不知道這是犯法的行為？我們的社會，就是放任太多這種只講權利而不負責任的態度，才會有這麼多的亂象。如果一個社會培養出來的下一代都是這個樣子時，我們會有什麼樣的未來呢？台灣教育最大的悲哀，莫過於這種價值的混亂。

我又看了幾則留言，發現艾莉在三十幾分鐘前，也留下了一段無厘頭話：

呼——總算來到了這裡。我睏死了，要去睡覺了。傑哥，你是對的。我代表我認識的所有中輟生永遠支持你。加油加油加油加油……艾莉。PS. 你們找不到我的。請不要麻煩追查我的i. p. 了，這裡是一家網咖，我只來過一次。

我不自覺地笑了笑。從第一次開始，艾莉就給人一種毫無章法的感覺，毫無章法的打扮，毫無章法地嗑藥、落跑，說著毫無章法的話，寫著毫無章法的留言……儘管如此，可是艾莉有一種本事，讓你覺得自己非常重要。每次你都被她說得很偉大，而且，你也不知道為什麼，愈來愈能感受到她那些毫無章法背後的真誠。於是我叫出了注音輸入法，開始在留言上寫著：

「看到了。給妳拍拍手，啪啪啪啪啪啪啪啪啪啪……謝謝。我會撐下去的。為了我自己，也為了大家。」正要打入落款時，我考慮了一下，終於還是很虛榮地輸入了——傑哥。

螢幕閃動了幾下，問我送出留言「是」或「否」，我把浮標移到「是」，用力按了滑鼠左鍵，留言很快就送上伺服器。我重新整理了一次瀏覽器，想看到留言顯示在網頁上的樣子。或許是線路傳輸頻寬的緣故，我稍等待了一下。過了一會，我才看到了自己的留言：

A. M.　5:54　看到了。給妳拍拍手，啪啪啪啪啪啪啪啪啪啪……謝謝。我會撐下去的。

為了我自己，也為了大家。

幾乎同時，我看到了另一段新貼上去的留言，寫著：

A.M. 5:55 哇哈哈，大家都來了。幹得太棒了！你們看到昨天的晚報和今天的報紙了嗎？有些人真的太可惡了。為了阻止這個國家繼續墮落下去，我已經著手進行一個小小的計畫。你們很快就會聽到有人失聲驚叫的。哇哈哈，太爽了……魔戒的另一隻小小鳥留。

媽的，高偉琦！我差點在電腦前叫了出來。這傢伙，總是在這種最莫名其妙的時刻冒冒失失地冒出來。什麼著手進行一件小小的計畫？這麼一大早的，我敢打包票，他一定是整晚沒睡，不知道幹什麼賊勾當去了。

中斷網路連線之後，我離開了老爸的書房，坐回餐廳，繼續啃我沒完成的麵包和報紙。最好笑的是，我的那篇〈為什麼要記大過？〉還被邱倩用楷體字標出來，全文照登。當然，為了某種保護我的理由，內文中「謝政傑被記大過的原因是什麼……」被改成了「這位同學被記大過的原因是什麼……」

早知道邱倩會把它刊在報紙上，艾莉大可不用那麼大費周章的。可是不知道為什麼，這篇文章被刊載在發行量一百多萬份的報紙上，反而沒有刊登在學校網站首頁那麼令人陶醉。

照說，這個應該遠超出我當年刊登在國語日報的成就，然而一想到有一百多萬人都知道了我被記大過，實在也不是什麼光彩的事。我當然夢想過我的新詩，或者散文被刊載在這樣的報紙副刊上，我只是從來沒有想過，要讓那麼多人都看到我的作品竟是這樣的代價……

針對我的作品，郝老師寫了一篇專欄。她引用了法國一個叫做布爾迪厄的社會學教授的理論，說明教育的功能除了「複製」知識給下一代之外，事實上，教育還挾著政經社會賦予的資源與正當性，「複製」了某種隱藏在教育內容背後的階級與社會結構給下一代。而〈為什麼要記大過？〉這篇文章正好指出了隱藏在教育體系背後的「結構」，正是那種冷酷無情，「上」「下」分明的階級關係與封建結構。郝老師認為，整個社會走向多元開放的民主體制時，如果我們不思考並且設計改變這個隱藏的「結構」，教育改革永遠是徒勞無功的。因為，只要這個封建的階級架構繼續存在，學校永遠會是大家各憑社經人脈資源，競爭分數，爭奪卡位成為「上」位者的生死戰場，而教育的結果，無非也就是一代一代社會和文化不平等的複製過程罷了。

郝老師的評論當然還講了許多更有深度的內容，不過限於我的程度，能理解的大概就是這樣了。我被郝老師講得飄飄然的。我真的很懷疑我的文章真的有那麼厲害？現在我開始有點佩服所謂的學者了，他們就是有本事把你所做的一些莫名其妙的事，解釋成好像你真的經過深思熟慮，很偉大的樣子。

當然，少不了的是禮仁國中教師會全體的聲明，還有針對這些事情，學校的反應。如同預期，校長及訓導主任都是一些依法處理的標準口徑，反倒是一些不願具名的老師為詹老師叫屈，大家一致認為，如果認真的老師反而遭到這樣的媒體暴力與誤解，以後大家都打混就好了，誰還敢真正用心地教導學生？

學校的訓導人員隨後指出，我上課看「色情」漫畫，還越級報告，並且說我出入網咖、PUB，平時家庭疏於管教，一旦發生問題反而把責任全推給學校等等……我有點懷疑，他們是不是拿著昨天發的那張〈請大家勇敢地站出來〉的傳單接受訪問，然後一字一句照著唸出來的？

六點鐘，老媽起床了。她很火大，一大早就打電話把邱倩從床上挖起來，並且抗議。老媽問邱倩明明知道這些老師說的什麼疏於管教、看「色情」漫畫，出入PUB不是事實，為什麼還要登出來呢？邱倩雖然對我的感覺表示關切，可是她卻認為基於平衡報導的原則，她必須採訪學校的訓導人員。邱倩一再強調受訪的訓導人員必須為言論的真偽負責，而她自己，身為一個媒體記者，沒有任何理由不刊登這些站在不同立場發言的談話內容。她也一再保證，絕對會再去查證這些話的真實性。

「等妳查到，報紙都已經印一、二百萬份出去了，」老媽問：「妳為什麼不多採訪一些別的人呢？」

「沒有了。」

「沒有？」

「沒有別的老師或是行政人員願意接受採訪了。」邱倩說。

現在我可有點懊惱了。我不知道走在路上，我們學校的女生怎麼看我？她們會不會真的以為我是一個色情狂？其他的人呢？他們會覺得我是怎麼樣的一個人呢？雖然我認識的同學全都去過網咖或者ＰＵＢ，看過色情漫畫更不是什麼了不起的事，可是我卻是全國唯一被報導看「色情」漫畫（雖然《聖堂教父》並不真的是什麼色情漫畫）的國中生。這實在很糟糕，訓導人員也是老師，老師說的話應該是大家都相信的吧？

六點半，阿公、阿媽起床，接著是妹妹以及老爸。一大早家裡電話就響個不停，除了昏迷的人以外，恐怕誰都沒有本事再睡下去了。不到七點鐘，全家都起床了。大家輪流上廁所、漱洗，排隊看今天早上的報紙。

老爸的反應顯然比較冷靜。當然也可能是他太早起床了，反應還有點遲鈍。他看完報紙之後，只是有氣無力地問我：

「真的是色情漫畫嗎？」

「池上遼一畫的漫畫，在日本很有名，得過很多獎的，」我一臉委屈的表情，「那根本是老師亂講，邱倩也跟著亂寫……」

老爸抓著狼狽的頭髮，不知道在想些什麼？我想起前天晚上老爸暴跳如雷地罵邱倩時，說什麼媒體不能為了討好讀者，不顧別人死活，又什麼這是道義良心的問題……現在我總算能夠稍微理解老爸當時的用意了。或許邱倩真的是老媽的朋友，可是她同時也是一個記者，記者最後還是得站在記者的立場，而記者的立場就是非得那樣不可……

「你有《聖堂教父》嗎？」老爸問。

「漫畫店應該租得到。」

「等一下我們去找看看。」

「等一下？可是今天是星期五，要上學……」

「今天不要去學校了吧，免得又有媒體到學校糾纏，反正禮拜一要轉到彭老師那班去了，」老爸說：「我會幫你去跟學校請假。」

我點點頭。

這時阿公放下手上的報紙，拿開老花眼鏡，嘆著氣說：

「學校的訓導人員怎麼可以隨便公開學生不好的紀錄呢？醫生、律師都曉得要保護病患及委託人的隱私，一個老師怎麼可以這麼不敬重自己的專業倫理？這樣叫別人怎麼敬重他？」

大家附和著阿公，紛紛從不同的角度開罵。一直在忙上忙下的阿媽已經把早餐準備好了，她拍拍手要大家停下來手邊的事，回到餐桌前，一起吃早餐。

「現在讓我們一起來禱告。」她帶領大家雙手合掌，低頭閉目，開始禱告：「主啊，感謝祢賜給我們豐盛的早餐和美好的一天。感謝祢賜給我們困難，讓我們全家團聚在一起，感受到彼此的關懷。懇請祢也賜給小傑和我們大家智慧和勇氣，讓我們在最最黑暗的徬徨無助中，仍然擁有信仰、希望，以及愛……」

雖然說我是個基督徒，小時候也上過主日學，讀過一些聖經。可是說真的，讀過舊約裡面那些上帝創造人類的故事，又考過國中生物課本裡面達爾文的進化論之後，如果一定要相信聖經上面那些故事的話，除了精神分裂之外，你實在沒有更好的選擇了。

不過今天的禱告卻讓我感受到一種從未有過的寧靜與莊嚴。如果聖經的故事只是神話，學校教的才是真正的知識，為什麼這些知識一點也沒有讓我看到真理、看到生命中的道路，或者是黑暗中的光？我不明白，難道只有這些瑣碎的知識才是重要的嗎？否則，為什麼學校從來不教我們思考並且疑惑：人為什麼活著？活著又有什麼價值？什麼才是值得追求的？為什麼學校只要求我們領先，成功，卻從來不教導我們如何追隨內在的價值，如何懂得愛與分享？難道這些也都是神話？

想著想著，阿媽的禱告詞已經結束了。於是我跟隨著大家一起認真地複頌著：「阿門。」

禱告一結束，早餐還沒開始，電話又開始響個不停了。

＊

九點半，我和老爸、老媽全都移師到郝老師基金會的辦公室裡面來了。基金會辦公室雖然不大，只有四、五個工作人員，但各種通訊、網路、傳真、影印設備一應俱全。

這會兒，包括郝老師在內，大家都抱著電話，有人跟趙胖的老爸聯絡（顯然掛上電話之後，他還得再跟學校聯絡），也有人跟張主任聯絡、跟媒體聯絡、跟民意代表聯絡，或者是放下電話，彼此討論著……基本上，這些討論全是繞著「和學校開協調會」這個主題進行的。好比說：要不要開會？在什麼地方開會？如果開會的話要談什麼內容？不應該談什麼內容？出席的成員、時間、地點各是什麼……

在報紙大幅的報導之下，情況進展得比我想像得還要快。雖然看不到，但是你可以感覺得到某種氣氛正在發酵。我們好像坐在一部沒有煞車，卻又停不下來的汽車似的，你有一種感覺，如果你不試著掌握方向盤，它會帶著你橫衝直撞，直到粉身碎骨為止。

十點鐘不到，這些協調碰到了瓶頸。郝老師則堅持協調會應有教育局及媒體代表參與，而學校希望沒有外人，一切只是關起門來的內部協商。雙方僵持不下。郝老師要求大家放下電話，把人馬召集在會議桌前做沙盤推演。她在白板上寫著：

？媒體及教育局代表參加協調會

？媒體及教育局代表不參加協調會

「如果學校堅持不讓媒體及教育局代表參加，我們的底線是什麼？」她問。

「這就是底線了。」老媽說：「大不了不開協調會。」

「好，沒有媒體及教育局代表就不開協調會。」郝老師用白板筆把媒體及教育局代表不參加協調會這個選項刪掉。

做著沙盤推演的過程中，基金會的電話仍然一直響個不停。媒體記者不斷地打電話進來想知道我們對今天報紙上面報導的回應。

「請他們晚點再打過來吧，就說我們還在討論。」郝老師告訴基金會的工作人員。說完，她又回頭問我們：「如果真的不開協調會，我們是不是把記者都請來基金會這邊？」

「這樣吧，」老媽說：「如果不開協調會，我們所有的人全到市政府去拉白布條，向教育局抗議。記者有什麼問題我們就在市政府前面談……」

「到市政府拉白布條？」郝老師在白板上刪刪寫寫，轉身過來問：「謝先生，你覺得怎麼樣？」現在白板上變成了：

？媒體及教育局代表參加協調會

~~？媒體及教育局代表不參加協調會~~——到教育局拉白布條抗議

「嗯，媒體當然比較喜歡這樣，」老爸看著白板，輕撫下巴，喃喃地說：「不過，能開協調會當然還是最好……啊，」他想起什麼似的，忽然從椅子上跳起來，「我知道該怎麼辦了，我來透露一點消息給趙會長，讓學校知道如果不開協調會的話，我們的打算，順便也給他們一點壓力……」

就在老爸打電話的時候，我們忽然想起一個嚴重的問題：包括基金會五個工作人員、郝老師，還有我們家三口，不過只有九個人。我所知道的抗議場面都是熱鬧滾滾外加群情激憤的。真要去市政府拉白布條，九個人抗議場面，未免太過孤苦伶仃了點？

儘管老媽把她在出版社的編輯，還有爸爸家具店的員工也算了進去，可是無論如何，禮拜五這種工作日要動員太多人根本是不可能的事。我把腦筋動到艾莉和那一群中輟生身上，可是我沒有艾莉的聯絡方式，只好打電話給高偉琦。偏偏高偉琦也沒有開機，我只能在他的手機上留言。

我坐回白板前的座位上，托著下巴，遠遠看著老爸抓著電話跟趙胖的老爸談笑用兵的表情，我可有一點煩惱了。虧他狠話撂得那麼有模有樣，萬一協調會開不成，到時候就憑我們這幾隻蝦兵蟹將硬著頭皮去市政府抗議，豈不被學校笑破肚皮？

我把手指扳了又扳，想起阿公、阿媽早上去參加基督教團契，見台北的老朋友，下午應該沒別的事了，如此一來，我的名單應該還可以再增加兩個人……想到這裡，我立刻撥手機給阿公。如同預期一樣，阿公阿媽很爽朗地答應了我的邀請，同時間，手機傳來陣陣團契的爺爺奶奶們合唱聖歌的聲音，美好得宛如天使一般。就在那時候，我忽然靈機一動，問阿公：

「你可不可以邀請團契的爺爺奶奶們下午也一起過來幫忙？」

「就剛剛他們還在關心你的情況呢！至於拉白布條嘛……」阿公稍停了一下，「好，等一下禱告結束我來問問他們。」

緊接著電話之後，是漫長的等待。我心裡想著，趙胖的老爸都怎麼和學校溝通呢？所謂的學校又是指誰呢？詹老師？訓導主任？校長？或者還有更高的層級？他們會怎麼回應？是同意讓媒體及教育局代表參加協調會？或者是等著家屬到教育局拉白布條抗議？

十點二十分左右，阿媽打電話過來，興奮地說：

「團契裡面的爺爺、奶奶都說學校這樣太沒有愛心了，他們全都非常激憤，下午如果你們真的要去拉白布條抗議的話，他們四十幾個人全部都要過去，也要陪我一起下跪。」

四十多個爺爺奶奶？我吐了吐舌頭，他們的年紀加起來超過三千歲了吧。三千多歲的爺爺奶奶全跪下來了，場面一定非常壯觀。

十點四十分，艾莉也回電過來了，一副有氣無力，沒睡醒的樣子。她答應幫我找一些人，還留下了她的聯絡方式。

趙胖的老爸仍然還沒有回電。時間一分一秒地過去。我下意識地在紙上寫著抗議的標語，像是：「抗議學校漠視學生的學習權」、「給我們愛的教育」或者是「給我們有尊嚴的學習環境」之類的……

十一點鐘左右。趙胖老爸的電話打過來了。這通電話沒幾分鐘，只見到老爸隨手抄起一枝筆，邊說邊在紙張上面塗塗寫寫，又記了幾個電話號碼之後，才掛上電話。

「他們同意了。」老爸看著手上那張紙，像宣布什麼似的說：「下午四點鐘，地點在趙會長公司的會議室。原則上，雙方只能各邀請一名平面媒體記者，教育局相關人員由學校出面邀請。我們把出席的人員以及想談的議題傳真到學校去，他們也傳真他們的出席人員及議題過來。」

郝老師沒說什麼，我看見她用筆把到教育局拉白布條抗議畫掉。現在白板上變成了：

？媒體及教育局代表參加協調會

~~？媒體及教育局代表不參加協調會　到教育局拉白布條抗議~~

於是大家開始討論開協調會的大綱以及準備資料。我被分派到的工作是影印老媽拿來的國一下和國二上的成績單——兩學期都是全班第三名，做為我不是壞學生的重要佐證。

看著掃描器綠色的光線掃過成績單，我心裡想，我不就因為受不了天天考試、分數……這一大堆事，才惹來這麼多麻煩？怎麼到頭來，還是得靠著成績單才能證明我自己？

等影印得差不多時，老爸走過來對我說：「我們出去走走吧。」

「啊？」

「我想看看《聖堂教父》是什麼樣子。」

於是我們走出基金會，在附近的巷弄中梭巡漫畫店。我記得我小學時代是漫畫的全盛時期，印象中漫畫店到處都是，那實在是很令人懷念的時代。這些年或許是掌上型電動及線上遊戲普及的緣故吧，看漫畫有點退流行了。我從來不在上課時打電動，真要比較的話，我還是比較偏愛漫畫的，再怎麼說漫畫安靜又不吵人，不像電動，發出嘟嘟的聲音，搞得周遭的人心神不寧。

想想，漫畫以這麼快的速度沒落實在有點令人欷歔，這幾年要找到漫畫店已經不容易了。過去很多批評漫畫沒水準的人大概很難想像，我們班專打電動或者是上《天堂》的那些傢伙，竟連漫畫都嫌字太多，內容太難了。照我看來，只要科技一代比一代發達，人就注定往更沒水準的方向退化。人可以蠢成那樣，真不知該從何說起。

好不容易找到一家漫畫店（還兼營樂透彩券投注站）走了進去。老闆搬了《聖堂教父》全集十二冊出來。老爸一看到封面上印著：「限——內容不適合未成年閱讀」的字樣，皺了皺眉頭，看了我一眼，又問老闆：「這是限制級的書？」

「限制級是出版社自己加上去的，當時應該還沒有實施分級制度。」

「出版社自己加上限制級？」老爸問。

「你不知道啊，」漫畫店老闆如數家珍地說：「民國八十四年時《聖堂教父》鬧過很大的風波，當時台南、台中好幾家漫畫店的老闆還連人帶書被警方查扣呢。」

「因為色情被查扣？」

「色不色情恐怕見仁見智了，」他興奮地從抽屜中找出一本剪報夾，找出一份陳年的剪報，指著剪報說：「你看，台中三件，台南二件，一共五件扣書扣人案中，有三件被檢方駁回，剩下的二件中，一件偵察後不起訴處分，另一件則被判有罪，處罰拘役四十天。」

「怎麼差別這麼大？」

「判刑的這個是因為：《聖堂教父》有描繪男女性行為等足以使人發生性衝動的內容，而書店負責人出租這些猥褻書刊供人觀賞，因此有罪。而不起訴的這個判決理由是：一部作品是否涉及猥褻，自應由整體的內容觀察，故不宜從中抽出一段文字或圖片加以認定。」漫畫店老闆說：「反正這種事，公說公有理，婆說婆有理，全看你遇到的法官或檢察官懂不懂漫畫囉。」

老爸看著那份剪報半天，問老闆：「這份剪報可不可以借我影印？」

「好啊，」老闆把剪報從透明夾袋中拿出來，「記得印完要拿回來還我。」

結完帳之後，我們到附近便利商店影印好那張剪報，再走回漫畫店，找了一個角落坐了下來。整個漫畫店只剩下我們父子兩個人，安靜得很。漫畫店的座椅雖嫌稍小，可是坐在上面看漫畫，不管年紀大小，看起來卻神奇地恰如其分。陽光穿過落地窗，在窗前的地毯上畫出明亮與陰暗的界限。我注意到老爸蹺著腿，整個膝蓋以下的部分都落在明亮的區域裡不自覺。陽光正好映在他晃動的皮鞋上，發出閃閃動人的光澤。他每翻到暴露些的畫面就皺著眉頭，從陰暗中發出「嗯？」的聲音表達不滿，後來「嗯？」的聲音愈來愈少，顯然他也被劇情吸引，看得津津有味了。

我並沒有打算再看一遍《聖堂教父》，因此只是隨意翻動著漫畫。文案上面寫著：一對從柬埔寨難民營逃出來的難兄難弟，因看不慣日本安逸腐敗的社會與政治，本著他們年輕的理想與熱忱，各自利用黑道和白道的資源，決心和日本的舊世代展開一場翻天覆地的革命……看著看著，我忽然想起一切的事情都是從這裡開始的。很好笑，事隔一個禮拜，我已經從當時那種一本接著一本，停不下來的瘋狂中跳出來了。我甚至有點想不起來，到底是什麼魔力，把我吸引成那樣。劇情？筆觸？或者只是年輕人的理想？

漫不經心地翻著，書頁正好落到北條彰與他的手下田中在餐廳窗口的對話。

「你希望你的兒子將來成為什麼樣的人？」北條彰問。

田中看著窗外，嗯啊地思索了半天說：「只要，他長大後不要和路上那些行人一樣就好了……」

「啊？什麼意思呢？」

「你看那些行人的眼神，充滿了無力感。」田中說：「孩子的眼神一直是閃耀著光芒，但是看到那些人無精打采的眼神，卻使我想到死亡，彷彿世界即將消失不見了……」田中喝光了飲料，看著杯子，不解地問：「是什麼原因，讓原本靈活的眼神成為那種無力感的樣子？」

就那麼短短的一頁畫面，漫畫上面畫的那些路上走過的行人茫然的表情，忽然讓我想起同學們一對一對死魚般的眼神。彷彿我又回到了枯燥沉悶的課堂上，承受著無聊的講解，沒完沒了的考試，成績不好以後就沒有前途之類的疲勞轟炸……

我忽然想起在一本旅遊雜誌上看到金邊一個中學的故事。這個中學在赤柬統治時期變成了全國最大的監獄（S—21），酷刑逼供並且處決為數眾多犯人。戰後這裡變成了博物館，蒐集當時的種種照片、數據以及刑具。我記得雜誌上還用著感性的語氣類似這樣地形容著：一間間應該傳出學生嘻笑聲的教室，在這裡卻全都成了酷刑迫害的場所；應該充滿健康活蹦身軀的操場，卻成了堆埋屍體的墓地……

中學變成酷刑迫害的監獄？這是多麼生動的聯想啊。有沒有人想過，有沒有可能監獄禁錮的只是無形的思想？能夠酷刑迫害的也不只是看得見的刑具？小學六年，國中三年，高中三年，如果一間間應該傳出學生嘻笑聲的教室，聽不到嘻笑的聲音；應該充滿健康活蹦身軀的操場，看不到活蹦亂跳的身影，那麼它跟長達十二年的監獄刑期有什麼差別？十二年的禁錮會怎樣改變一個人？如果那一對一對無精打采、死魚般的眼神讓人聯想到死亡的話，S—21監獄堆積如山的屍體至少還有一張一張的照片可供紀念，而孩子們逝去的那些閃耀著光芒的眼神，我們將要去哪裡憑弔？

我抬起頭看見老爸正專心地啃著《聖堂教父》。陽光移動得很快，他整個人已經沉沒到陰暗裡面去了。彷彿間，我似乎又回到了偷看漫畫被老師抓到的那個下午。我好奇地想著，如果有機會從頭再來一次，我會不會在第一時間就選擇屈服呢？

我瞇著眼睛看向窗外，光線變得有些耀眼。窗外的行人，不知怎地，竟和漫畫裡面的行人無精打采的眼神交疊在一起。就在那一剎那，我終於想通這一切加諸在我身上的麻煩，是怎麼地無可避免地開始的了。

走出漫畫店，陽光照著巷弄，映得路面亮晃晃的。走在冬日的街道，空氣裡有種暖和的感覺。我忽然問老爸：

「你希望你的兒子將來成為什麼樣的人？」

「啊？」老爸問：「你是說，希望你將來變成什麼樣的人？」

「對啊，就像漫畫裡面北條彰問田中的問題一樣？你是不是也期望我將來跟路上那些行人不一樣？」

「老實說，你這個問題我現在也不曉得該如何回答了，」老爸自我解嘲似的笑了笑：「做父母的當然都希望孩子能夠比別人卓越，可是內心又覺得很矛盾，逼你們讀書，怕你們現在不快樂，不逼你們讀書，又怕將來對不起你們……」

「可是，天下的父母親如果可以停止對孩子的期望和擔憂，不是就沒有矛盾了嗎？」

「人生很多事情好像很難那麼截然分明吧。要是父母親可以只是愛自己的孩子，而不用擔憂，沒有期望，那就好了，」老爸淡淡地說：「時間過得真快，剛剛在漫畫店，忽然發現你長那麼大時，我還嚇了一跳呢，我竟然從沒有注意到！你知道，你們小時候，我和你媽天天盼望你們趕快長大，我們好無憂無慮地到處去旅行……可是剛剛我忽然覺悟到，要是有一天盼望真的實現，你們也真的長大，其實我們也就老了。唉，人生還真麻煩，搞不好像現在這樣，能為你生氣、擔心……或許也是一種幸福吧？」老爸走了幾步路，又喃喃自語似的說：「我也搞不懂，我這樣想算是一種自我安慰？還是自我欺騙……」

我瞇著眼睛看著老爸，陽光透過側面建築的缺口，映著明暗的光影在他頭上跳躍著。我們就這樣安靜地並肩走了一會。我開始想，其實學校都應該停課一天的，好讓天下老爸帶著自己的孩子去看漫畫、散步，或者隨便做些什麼，只要他們可以好好地聊聊天，那一定會是全世界最有意義的課程了。我有一種感覺，我一輩子都會記住老爸剛剛的話，以及我聽他說話時內心的感受。

轉了一個彎，陽光仍然還在頭頂上，遠遠地已經可以看到基金會所在的那棟大樓。我忽然拍著老爸的肩膀，斬釘截鐵地說：「老爸，我相信你永遠不會老的。」

老爸就那樣意味深遠地望著我，對我露出了一個難以理解的笑容。

回到基金會，大家正吃著便當。老爸和我各自挑了一個便當，在會議桌前坐了下來。一坐下來，老媽便迫不及待地跑過來問起漫畫書的事，和老爸兩個人熱烈地討論了起來。

我抬起頭看到白板上原先「？媒體及教育局代表參加協調會」的下方又加上許多新的註記，現在白板變成了：

~~?小傑現身~~

?媒體及教育局代表參加協調會——?小傑不現身（匿名）——?小傑不參與

?小傑全程參與——?小傑發言

~~?小傑不發言~~

從白板上密密麻麻的文字和刪節號看來，在我們離開期間，大家對於我參與會議的方式著實有過一番討論。郝老師見我在看白板，側身過來說：

「雖然協調會只允許兩個記者參加，可是這條新聞正在風頭上，我相信場外一定還有別的記者，為了保護你的隱私權，又考慮能讓你發言，我們想過了幾種你可以參與會議的方式。」她指著白板說：「第一種是把你的發言預先錄音下來，我們在協調會上播放。另外一種是我們在協調會的現場用電話call out的方式讓你發言。這兩種方法技術上都很容易，不過考慮到你沒有全程參與協調會，因此你的發言和整體會議的互動性會比較小。第三種方法是讓你戴上面具，這樣一來，雖然你可以全程參與，不過你得面對學校的老師，我們怕臨場的壓力會影響你的表現。這三種方法各有利弊，你自己覺得怎麼樣？」

老實說，前兩種方法我根本不考慮。第三種方法雖然可以全程參與，可是一想到我必須從頭到尾戴著可笑的面具我就全身無力。倒不是什麼臨場壓力的問題，我只是覺得，我又不是罪犯，或者做了什麼見不得人的事，為什麼要戴那個可笑的面具呢？

「三種方法好像都不太理想，我再想看看……」說著，腦海中突然浮現出在班導那裡補習時，趙胖老爸公司的影像，「對了，那裡好像有一套視訊會議設備，如果可以使用的話，我就可以從外頭連線進去，收看會議全程，你們再利用電話call out，讓我發言。」

老爸本來還在跟老媽講著那一番「限制級與色情差別說」，一聽到我的點子，立刻停下他的精采演講，起身去幫我打電話，詢問趙胖的老爸有關視訊會議的事情。講了半天，果然視訊設備可以使用，我們可以從外頭透過網路連線進去全程觀看會議進行，不過似乎有一些細節必須處理。

「趙會長說遠端還需要一些設定什麼的，我也不太懂，不曉得有誰做過視訊會議的設定？」老爸邊說邊看著大家，可是大家只是面面相覷，沒有人回應。

正好這時候找我的電話響了起來。我從基金會的工作人員那裡接過電話，還沒弄清楚是誰打來，電話中的聲音便連珠炮似的，興奮地嚷著：「傑哥，你們下午不是要去拉白布條嗎？我幫你弄到了快十個人。到底幾點鐘，在哪裡集合？」

艾莉！我嚇了一大跳。天啊，拉白布條，我自己差點都忘了找過艾莉求救。

「白布條……啊，現在暫時不拉白布條了，」不請自來的救兵，賓果！我簡直興奮得快跳了起來，「艾莉，我問妳，妳有沒有弄過視訊會議？」

＊

「哎喲，人家哪知道？你們家的播放器太另類了，跟別人都不一樣，」艾莉歪頭夾著電話，用著撒嬌的語氣說：「你的防火牆本來就得要開給我這個位址，不如你就再給我一組密碼，讓我進伺服器抓播放器的程式嘛，這樣你也省事。哥哥，我發誓，我絕對不會讓你們老闆知道，這個秘密，只屬於我們兩個人，好不好？」

艾莉和趙胖老爸公司的工程師，用著這種最高科技又最幼稚退化的對話形式，已經在電話上哈啦快半個小時了。一邊說著電話，艾莉的雙手忙得不得了，她不停地在鍵盤上鍵入指令與數字。我看見液晶螢幕上一會兒跳入ＤＯＳ畫面，一會兒又跑出一長串的執行檔案與結果，不停地變動著。

好不容易，艾莉終於掛上電話。一會兒，她指著螢幕上一大排目錄，對我眨眼示意。

「那是什麼？」我問。

「哈，這傢伙，」艾莉比了一個腦袋有問題的手勢，對我說：「隨隨便便就大門全開，讓我闖進他們家伺服器裡面，」我看見螢幕上，艾莉不停地在目錄以及子目錄之間進進出出。她抓著頭，喃喃自語地說：「原來是這種舊式的視訊系統。」

「怎麼樣，可以嗎？」我有點緊張地問。

「沒什麼問題，只是，嗯……」艾莉專注地看著螢幕，一邊嗯啊地應付我，她的手在鍵盤上忙得不得了，「我必須先下載一些東西過來……」說著，艾莉又鍵入了一些指令，螢幕變換了幾個畫面，最後她單手用力敲下Enter鍵，再高高舉起，像鋼琴家熱情地彈下最後一個音符似的。我看見電腦螢幕上出現了兩個資料夾，從一個資料夾不斷有文件跑出來，飛到另外一個資料夾裡去。

「現在怎麼辦？」

「現在在傳輸檔案，先把伺服器上的東西抓過來，」艾莉看看錶，「可能要等一下。」

「噢。」三點四十五分，我也看了看錶，離四點鐘還有一個多小時，時間應該來得及。

趁著空檔，我跑去跟網咖的NIKE頭老闆買兩杯冰咖啡。

「帶女朋友來啊？」NIKE頭老闆一邊沖泡咖啡，得意地問我。

「不是啦，」我虛榮地笑著說：「今天來辦正經事的。」

「你最近很紅喔，報紙上寫那篇文章的人是你對不對？」

我笑了笑沒說什麼，把咖啡端到艾莉電腦前的桌上，拉了一把椅子坐在艾莉旁邊侍候著。我喝了一口冰咖啡，還要艾莉也喝。

「艾莉，我問妳一個問題。」

艾莉啜了一口咖啡，抬起頭問：「什麼事？」

「妳為什麼要幫我？」我一臉正經八百地說：「我不曉得妳為什麼願意幫我，可是我真的很感激……」

「談不上什麼幫忙，前天在ＰＵＢ是你先幫我的，」艾莉停頓了一下，「本來高偉琦要我發傳單時，我只是想還你人情，可是昨天我看了你寫的傳單，不知道為什麼，眼淚流得滿臉都是……」

「〈為什麼要記大過？〉那篇文章？」

艾莉點點頭。「我很感動，覺得好像你講出了我很想講，卻又講不出來的話。我覺得學校的一切，好像只為了能夠達到他們需求標準的那些好學生而存在的。你只有達到他們的標準，長大才能變成了和他們一模一樣的勢利眼。如果你達不到標準，或者不想當勢利眼，你就活該被當成失敗者、垃圾，永遠不會有人在乎你……」

「艾莉，我問妳一個問題，如果妳不想回答就算了，」我又啜了一口咖啡，「妳怎麼會開始逃學的？」

「啊？」

「逃學。」我說：「怎麼開始的？」

「你問這個……」艾莉咬著下唇，用著一種游移不定的目光看著我，她一隻手玩著手機上的吊飾，說不上來她想確定，或者是想逃避些什麼。

——我不知道爸爸和媽媽之間到底發生了什麼事，聽祖母說，媽媽是因為爸爸做生意失敗，受不了他整天喝酒、大吵大鬧，才會跑掉的。那時候常常有債主上門來要債，爸爸為了躲債，把我交給祖母和叔叔，自己跑到大陸另起爐灶去了。

自從五年級開始寄人籬下之後，我的世界全都改變了。剛開始，叔叔還對我不錯，後來爸爸不再寄錢過來，嬸嬸開始對我冷言冷語，說爸爸怎樣沒有良心，把母親和女兒丟給自己的弟弟不管，自己跑到大陸去享受……沒完沒了的。我有一個表姊，兩個表弟，學校開學時，我的表姊和表弟有新衣服和鞋子，我只能撿表姊穿過的，明明太大了，嬸嬸也不管，就讓我那樣穿著怪裡怪氣的衣服去上學。我和表姊、表弟吵架，一定是我錯，家裡只要有好吃的東西也沒我的份。祖母心疼我，有時候會偷偷拿東西給我吃。她並不怪爸爸，只說這一切都是我媽害的，她還說媽媽是個狐狸精……

叔叔在一次意外中壓斷腳以後，就不再工作了。他在賭場賭光了保險金，家裡全靠嬸嬸開早餐店，以及打零工維持生活。嬸嬸要我獨立自主，因此家裡的孩子只有我要去早餐店幫忙，每天早上五點鐘，天還沒有亮我就得起床了。看到人家父母親帶著小孩，漂漂亮亮地在店裡享受著早餐時，心裡很難過，不知道爸爸、媽媽到底在哪裡？我看到報紙上刊載著劉德華幫得癌症小孩完成他們最後心願的消息，我心裡就想，為什麼我不得癌症呢？如果我得了癌症，也許爸爸媽媽都會回來，我只要和他們在一起，無憂無慮地吃一頓早餐，我就算死掉，也覺得心滿意足了。

我很怕在早餐店碰到班上的同學。我不喜歡他們用那種我很窮、很可憐的目光看我。偏偏只要學校有補助，嬸嬸就要我去申請，什麼清寒補助、教育補助、家長會補助……從註冊費、校外教學的費用到中午的便當，我所有的東西全是補助的。我每次拿補助單去蓋章，看到總務主任，雖然他不說話，可是從他皺眉頭的樣子我就可以感覺到他心裡一定在想：又是妳這個麻煩鬼來了。有時候上課老師講到應該幫助別人，又拿我當例子。我也幫過別的同學打掃、搬東西啊，可是不知道為什麼每次舉例時，我都是被幫助的人？我又自卑又自傲，總覺得同學們都一副高高在上的樣子，他們都看不起我。我很不甘心，難道只因為同學們領爸爸媽媽的補助，而我領的是學校的補助，我就不如他們了嗎？

我愈來愈彆扭，朋友也愈來愈少，同學都覺得我是一個稀奇古怪的人。小學六年級時，有一天學校上體育課，我不想和男生打躲避球，又不想和女生窩在一起聊天，就一個人坐在教室前面的樹下休息。後來班上同學丟了錢，有同學就謠傳說體育課都沒有看到我，錢一定是我偷的。老師來了，問過丟錢的同學，又把大家的書包都搜遍了，還是沒有什麼結果。下課的時候，老師把我叫到辦公室問話，先是講了一堆誠實的故事，接著又跟我說：「家裡有什麼困難可以說出來，老師可以幫忙解決啊，可是偷錢是不對的行為。」總之，說好說歹，他們就是要我承認錢是我偷的。後來辦公室其他的老師也一起加進來了，叫我要勇於認錯什麼的。我很不高興，難道只因為窮，我就一定是小偷了嗎？我對他們大吼：「你們拿出證據來啊！」搞得老師翻臉給我一個巴掌，罵我不知好歹，還把嬸嬸請到學校來。

嬸嬸到學校來，當然也不肯相信我，還一直跟學校老師抱怨我有多難管教，她有多麼倒楣……彷彿她這一生的不幸都是我造成似的。嬸嬸平時最計較了，可是那一次她竟然不分青紅皂白主動替我還了錢，好像她多富有似的。回到家裡，嬸嬸大發脾氣，苦苦地追逼我錢跑到哪裡去了，還把我毒打一頓，一直說：「這個小孩子不好好地教，以後像她爸爸一樣，就沒救了。」我最難過的是連平時最疼我的祖母也不相信我，她也要我把錢拿出來還給嬸嬸，還告訴我：「我們雖然人窮，可是志氣不能窮。」那天晚上我一直哭，一直哭，不曉得哭了多久，不知不覺睡覺了。隔天醒來，才發現我竟然睡在客廳裡，根本沒有人理我。

忙完早餐店的事，要去上學時，我想到嬸嬸這麼一賠錢，等於跟人家默認錢是我偷的了。我不曉得要怎麼去面對老師那一張一張的臉，更不用說同學了，那個地方根本沒有人相信我，也沒有人在乎我，我去學校做什麼呢？那天早上和平常沒有什麼不同，大家都穿著乾乾淨淨的衣服去上學，只有我穿著邋邋遢遢的制服，和大家的方向完全相反。我記得很清楚，那時候我根本不在乎，班上同學問我要到哪裡去？我就告訴她們：我要逃學了。

——這就是妳第一次逃學？

——也是第一次離家出走。我在百貨公司、網咖晃來晃去。本來我還很高興，心想我自由了，從此不用再看那些人的臉色。可是到了晚上我又開始害怕了。我在外面晃了兩天，肚子餓的時候我利用下午關門時，溜回嬸嬸的早餐店偷東西吃，晚上就躲在公園的空屋子裡面睡覺。第三天我找到一家早餐店，店老闆是一對夫婦，他們看起來很善良，於是我鼓起勇氣問他們要不要請人？我告訴他們，所有早餐店的事我都會做。他們問我幾歲，雖然那時候我才十二歲，可是我告訴他們十五歲，我以為十五歲已經很大了。他們兩個人聽完以後請我稍等一下，還好心地給我早餐。等我吃完早餐以後，警察就開著警車過來了。我那既荒謬又好笑的第一次離家出走，就這樣結束了。

——於是妳開始常常逃學？

——前因後果好像也不是這麼清楚。這中間還發生了一些事，有些連我自己也記不得了。反正祖母在我升上國中那年過世，到了國中以後，我更是常常缺課。我受不了大家看我異樣的眼光，更受不了學校那種沉悶的氣氛，常常整天在外面晃來晃去了。自從祖母過世以後，嬸嬸也不再管我了。我在網咖以及公園認識的人慢慢也多起來了。他們有的在外面租房子，有的人自己一個人住在父母親的房子裡面。他們每個人都有自己的家庭問題，大家同是天涯淪落人，我去投靠他們，他們也不太過問我私人的事。有時候，玩得太晚了，我也在他們那裡過夜，隔天再去學校。

那時候，我一心以為只要有錢，就能擺脫嬸嬸，得到自由。一開始人家介紹我去速食店打工，後來我上網咖、去ＰＵＢ唱歌、跳舞開銷變大，開始覺得速食店打工賺錢實在太慢也太辛苦了。後來只要能夠賺錢，什麼方法我都去試……

聽著艾莉敘述那些在網咖、公園晃蕩、賣盜拷光碟、援交、和警察捉迷藏的故事……你有種很奇怪的感覺。你很難把艾莉跟墮落的成人世界聯想在一起，好像她只是夢遊仙境的愛麗絲，不小心闖進了一個自己無法理解的世界裡面而已。

——妳的電腦怎麼學得那麼好？

——在網咖混啊，認識了一票打game打到被學校踢出來的人，雖然他們全是電腦高手，可是他們比我更慘，只會電腦，一點用都沒有，根本沒什麼謀生能力。後來我們就聯合開網站，把我認識的人，那些亂七八糟的勾當全部都e化，網路化，利用網路賣大補帖、盜拷、賣藥、援交……只要你講得出來能賺錢的事情我們全都幹過。所謂道高一尺，魔高一丈，後來網站還被資訊警察破獲，電腦全被沒收了。警察看我們都是小鬼，放我們一條生路，後來我們變成了好朋友。等到我們打算東山再起的時候，那個警察還用朋友當人頭投資加入我們。我們的規模愈來愈大，不但技術水平愈來愈高，一有風吹草動，還有人給我們通風報信。我學東西學得很快，又很著迷，整天在啃C++，PHP，以及CGI的書，我忙著修改網站程式，根本忘了學校這回事，連考試也不回去考了。學校還派過老師來勸我，我也不聽。後來校長就叫同學來告訴我，要我不用再回去學校了。我後來很後悔，覺得自己那時候真的是玩瘋了。

——為什麼會覺得後悔？

——我後來電腦學愈好，就愈明白我懂的都只是皮毛。我只會用，卻完全不知道為什麼。我發現如果我想再精進的話，一定要去讀技術學校或大學，可是我連國中的畢業證書都沒有，於是我下定決心想回去復學。我以為全世界的人都會很高興，張開雙手歡迎我。可是回到學校以後我才知道我已經變成登記有案的中輟生了。學校的主任罵我說：「學校是妳說來就來，說不來就不來的地方嗎？」我想轉學到別的國中，別的國中的教務主任也說：「回去原來的學校就好了嘛，何必跑這麼遠來唸書呢？」再找另一個國中，他們乾脆直截了當地拒絕我，說我：「一定只是一開始興致勃勃，最後又給學校帶來困擾。」……我很挫折你知道嗎？我雖然看起來不在乎的樣子，可是我的內心卻很在乎，我這一生為什麼都像個皮球一樣給別人踢來踢去？難道只因為妳的父母親，妳就一輩子都被貼上標籤？是不是一旦妳被貼上壞學生或者是中輟生的標籤，就不再有人相信妳也想要努力向上？是不是就沒有人願意再給妳機會了？

一邊說著，淚水不知不覺沿著艾莉的面頰滑落了下來。

「你會不會覺得我很差勁？」她問。

我搖搖頭，沒說什麼。我去找來一包衛生紙，抽出一張遞給艾莉。艾莉接過衛生紙，擦了擦眼淚。我又抽出一張再遞給她……她一邊說一邊擦眼淚又擤鼻涕的，弄得眼眶、鼻尖紅紅腫腫的。

「對不起，我不知道為什麼會跟你說這麼多，」艾莉說：「也許是因為我很痛恨自己現在的生活，可是我覺得周遭的人都不能理解我在想什麼……」

「妳不要難過，這本來就不全是妳的錯，」我慢慢地點頭，用一副很能理解的表情說：「我覺得妳這麼聰明，一定會有機會的。」

「你真的這樣覺得？」

「當然。」我說。

聽我這樣說，艾莉淡淡地笑了起來。

三點半左右，螢幕上的資料夾不再飛出新的紙張，檔案似乎已經傳輸完畢了。現在艾莉坐回了螢幕前。她一抓住了滑鼠或者是鍵盤，就像觸動了什麼魔法似的，搖身一變，立刻又恢復了「電腦小魔女」那種酷酷的自信模樣。艾莉熟練地解開壓縮的程式，在電腦上重新建立，還幫我設定了聲音影像轉檔儲存以及自動燒錄。

「對了，」艾莉忽然說：「有件重要的事情我一直想提醒你，差點忘記了。」

「什麼？」

「我感覺他們正想盡辦法要給你貼上壞學生的標籤。」

「妳說學校？」

「對，就像我當初不知不覺被貼上標籤，到現在都還擺脫不掉一樣，」艾莉慎重地說：「你最好還是要小心一點。」

「嗯。」

一會兒，艾莉把一切都弄好了，開始撥手機給趙胖老爸公司的工程師，要他把電腦視訊系統打開，並且到鏡頭前打招呼做測試。幾分鐘之後，螢幕的播放器上清楚地呈現出趙胖老爸公司會議室的影像，還有那個前額劉海幾乎蓋住眼鏡的工程師在鏡頭前打招呼的模樣，不知怎地，聲音的傳送比影像稍微慢了一些。

「嗨！」等到打招呼的聲音出現時，工程師已經在鏡頭前興高采烈地做著鬼臉了。

螢幕那張滑稽又興高采烈的鬼臉讓人有點不知所措。它像是不搭調的廣告，夾雜在艾莉沉重的眼淚與協調會的肅殺氣氛之間，硬生生地切開了本來應該是連續的過去與未來。我皺了皺眉頭。電腦網路實在是很奇怪的發明，它改變我們理解這個世界的方式，強迫我們同時接受更多的時空與心情。

艾莉又調整了一些參數與設定，總算讓影像和聲音同步出現在螢幕上。艾莉按下不同的按鈕，螢幕上立刻出現不同角度的畫面。

三點四十五分，一切就緒。我打了一個電話給老媽。現在工程師走開了，螢幕上只剩下空盪盪的會議室，像極了一座等待好戲上場的舞台。

*

協調會開始得比預定的時間還要晚些。現在大家都到齊了。會議由家長會長——也就是趙胖的老爸主持。

趙胖的老爸先一一地介紹與會的成員，坐在ㄇ字形會議桌正中間的包括了趙胖的老爸、校長，訓導主任以及教育局的官員。坐在右側的則包括了老爸、老媽、郝老師、汝浩媽媽以及邱倩。另外，坐在左側分別是詹老師、教師會的代表劉老師、輔導主任，以及另一位學校邀請的媒體記者。

當然，我也到了——為了慎重起見，趙胖老爸還特別撥通了老爸借我的手機與我通話，確定一切沒有問題。他特別向大家宣布：我將會在線上以列席的方式，全程參與會議。趙胖的老爸還對大家說明，之所以選擇這種方式讓我線上參與，是為了保護我的隱私。他感謝報紙媒體這幾天來的合作，這次也請大家配合，不要提到學生的名字，或讓學生的名字曝光。

主持人客氣地請校長先致辭。校長很高興有這個協調會，也歡迎大家參加協調會。他希望大家對學校有意見盡量發表，有批評也不要客氣，由於教育改革的衝擊，辦學校愈來愈辛苦，校長懇請大家提出建設性意見，而不是破壞性的攻擊，他強調學校要大家一起來參與才會進步，最後他祝這次的協調會能有圓滿的結果。校長簡短的發言之後，主持人又請教育局的長官說話，教育局的代表沒有致辭，他一再拱手推辭，只強調教育局長雖然分身乏術，可是還是非常關心這件事情，他沒有什麼意見要表達，他強調是來跟大家學習的。

長官們例行的開場白結束之後，主持人接著報告會議進行的程序。依照大家先前同意的方式，第一階段先由家長、詹老師及訓導處就事件分別發言。第二階段再就有歧異的部分提出問題討論。等充分討論之後，大家再進入第三階段，就達到共識部分，提出協調的辦法。趙胖老爸問大家有沒有別的意見？沒有人發言，於是直接進入第一階段的議程。最先上場發言的人是老媽。

——我知道這件事情是禮拜一中午，小孩子已經被罰在教室外面第四天了，還是汝浩的媽媽打電話告訴我才知道的。我聽到小孩一個人躲在廁所偷偷吃便當當然很難過，十五歲的孩子當然很在意別的同學怎麼看他。上課偷看漫畫書，我相信這種事大家都做過。我第一個反應就覺得處罰七天在教室外面未免太離譜了，可是一想到詹老師帶班級的風格，我們家長當然也不方便多說些什麼。禮拜一晚上我還安慰小孩，要他忍耐，給他錢讓他隔天中午去福利社買東西吃，沒有想到禮拜二中午不到我就接到小孩打來的電話了。

我一接到小孩電話，就直覺反應一定發生了什麼事，等不及跟公司請假坐了計程車就匆匆忙忙趕到學校來。一進辦公室，我還不曉得之前老師已經對小孩動過手打他了，那時候小孩情緒已經有點不穩定了，我一直跟老師道歉，試著安撫小孩。沒想到老師當著我的面，又繼續刺激小孩，說什麼當初他是拜託進去的，還問他你媽媽這樣到底是幫你還是害你……詹老師可能罵小孩子罵習慣了，自己沒有感覺，不知道這種話我們當家長的聽起來多麼刺耳，可是老師還不自覺地繼續罵下去，說什麼我們家長把他寵壞了之類的話，難怪小孩會情緒失控，把老師推倒在椅子上。

我們家小孩從來沒有打人或者是暴力傾向的紀錄。他推老師那一下，純粹是表達憤怒與不滿，在場的人也都看到了，小孩並沒有進一步追打、踢人，或者是傷害老師的意圖。我本來很生氣，要小孩跟老師道歉，後來才發現是老師先動手打小孩的。並不是說老師不可以打學生，問題是你打學生要有道理啊！學生不同意老師的處罰，跑去找校長申訴，這有什麼好打的？學校以及老師一再否認動手打孩子，可是我帶小孩去保健室的時候，護士小姐也有看到，從下巴、脖子到背部這裡全部紅紅腫腫的都是印子。如果只是拉拉扯扯的，哪會變成這樣？

小孩推老師當然不對。問題你得弄清楚為什麼會這樣啊？任何一個大人，把你逼到這個地步，恐怕都會發狂，更何況是心智不完全成熟的小孩？我想找老師溝通，老師也不理我，只說要找訓導處處理。禮拜二晚上回來就聽小孩說訓導處把他找去問話，準備記他大過了。我當然也很著急，隔天找校長，校長也跟我打太極拳。現在教師會的聲明反咬我們沒有依正常管道申訴，又說家長勾結校外組織、媒體，損及學校聲譽。我不懂，到底是誰不想溝通的？難道一開始我不是透過正常管道申訴、努力的嗎？

禮拜四新聞一見報，馬上就公布小孩記大過。訓導處說記過一切都是依照規定辦理。問題是所謂的規定到底有沒有一定的標準？禮拜三訓導主任告訴小孩，如果他可以寫悔過書，認錯了事，就可以改成小過，還可以銷過。禮拜四學校生氣了，小過立刻又改成了大過。就算小孩推老師不對好了，一夜之間，處分從沒事到小過又變成大過，處分的標準到底是什麼呢？聽我的，你就小過，不聽我的，你就大過。難道說對錯還可以這樣條件交換嗎？

我不知道學校是什麼樣的心態，這是給我們下馬威，還是懲罰家長不乖乖聽話呢？有什麼意見大家光明正大地來說，你別把大人也當小孩子一樣威脅利誘嘛。你看這一張什麼〈請大家勇敢地站出來〉，用這種不光明的匿名傳單自我漂白，誣賴學生看色情漫畫、結交打架滋事分子、出入網咖、ＰＵＢ……大家看看我發給大家的附件上的成績單影印，這個小孩曾經有兩個學期是班上前三名的學生，竟還被用這樣的手段抹黑。從事教育的人為了自己的利益，不惜造謠、挑剔、出賣自己的學生，這多麼地匪夷所思？如果發這種傳單的人是個老師，他還有資格從事教育工作嗎？

老媽愈說情緒愈激昂，簡直就要開始破口大罵。大概是為了不讓協調會一開始就太勁爆，老媽在老爸的安撫與勸說之下暫時坐了下來。她沒有說完的部分，就由老爸補充。

——現場邱倩小姐也在，大家可以向她求證，禮拜三我曾經打電話給她，試圖阻止新聞發布，可惜她並沒有同意。我想強調的是，我們做家長並不像別人說的那樣不明事理，喜歡吵吵鬧鬧。我們願意溝通，也很在乎和諧。問題是這個和諧與溝通必須站在合理的基礎上才行。就拿小孩記過的事情來說，儘管學校一再說是依照規定。可是這個事件有爭議，開會時也有委員持反對意見，當天都見報了。大家看法差距這麼大的案子，依照規定也應該請家長來談談或者聽聽學生的意見啊？就算法院也可以委任律師辯護，難道小孩的罪過大到連在獎懲委員會申辯的機會都沒有？

另外這份〈請大家勇敢地站出來〉的傳單上面，每張都有影印機滾筒髒掉的印漬。這種印漬和導師辦公室印出來的考卷一模一樣，大家可以參考我們發出來的附件。這種骯髒的印漬就像是影印機的指紋一樣，你不可能在別台影印機上找到一模一樣的。我相信只有辦公室裡的導師才有權使用那台影印機。這一點，我想等一下或許有人可以給我們一個說明，所謂〈請大家勇敢地站出來〉這份挖人隱私的傳單，到底是怎麼一回事？

老爸說完之後，我看見訓導主任跟校長在交頭接耳，座位底下也傳來竊竊私語的聲音。不過當主持人問大家有沒有補充意見或者是問題時，大家都沒有說話。於是，依照既定的程序，主持人請詹老師發言。詹老師站起來，如同他以往製造某種聲勢的習慣，默哀什麼似的沉默了半分鐘，才開始說話。

——我想說的是，從來沒有一件事對我的人生造成這麼大的傷害。大家知道，老師並不是一個高收入的行業，如果沒有榮譽感、使命感，根本撐不了這麼多年。可是自從這件事發生以後，電視、報紙上面討論的都是學生的權益怎樣怎樣，教育的改革應該怎樣怎樣，講了半天，從來沒有人關心老師的權益，好像這一切活該都是老師錯了一樣。

我教書也快二十年了，沒有結婚，沒有成家，我把學校當成家，把學生都當成自己的孩子。如果大家到我家裡來，看到櫥櫃擺滿的無非是一屆一屆畢業學生的畢業紀念照、感謝牌。很多學生現在都已經是醫生、法官了，還每年給我寫卡片。老實說，他們很多人以前都還被我打過，可是愈打，反而感情愈好。這幾年我已經不體罰學生了。我覺得現在的學生很難教——數學沒有變得難教，而是學生變難了，我也說不上來為什麼。我不曉得大家能不能想像那種感覺？平白無故，昨天明明還是家長學生最愛戴的老師，今天忽然又變成了報紙上形容的十惡不赦人人喊打的老師。老實講，我這輩子教書從來沒有這麼灰心過。我常常在想，我到底在幹嘛，幫這些孩子幫得自己變成這副德行……

詹老師說到這裡被螢幕畫面外的聲音打斷，我聽得出來那是郝老師的聲音，她說：「我們很尊重詹老師的心情，不過現在是開協調會，可不可以請詹老師針對事件本身發言？」我把小畫面切換過去時，郝老師已經說完了。主畫面中，趙胖的老爸正皺著眉頭，他做手勢安撫郝老師，好讓詹老師繼續說下去。

——我很堅持個人教書的風格，這一點我不想多說什麼，就算媒體、學校或者教育局要審判我，我也沒什麼好害怕，我相信我教過的學生將來會用他們的成就替我說話。我想說明的是，我並不是像媒體說的，學生光是看漫畫，就被我罰在教室外面七天不准進教室的，我絕對不是那種瘋狂的老師。

說起來，這個學生上課不專心、愛在台下抬槓，已經不是一天兩天的事情了。我承認這個小孩的確有一點小聰明，很叛逆，愛挑毛病。他們國三的階段課業壓力本來就大。我不知道是不是我個人的因素，我覺得這個孩子把對課業壓力的不滿，全都發洩到我的課堂上來。他不但跟我抬槓，還會帶動班上其他同學，搞得全班嘻嘻哈哈的。這個年紀的小孩子很不穩定，壓力這麼大的情況下你要他們靜下來本來就不容易，有這樣的一個學生帶頭，我更是頭痛。

他看漫畫被我請到教室外面去，其實只是權宜之計。請他至少反省反省，不要再影響到別人。沒有想到他到了教室外面去，不但不反省，反而花樣更多。今天看人家打球，明天畫漫畫、貼大字報……你可以感覺到他分明是故意挑釁。我也曾利用晚上打過電話到學生家裡去，或許現在的家長都很忙碌吧，結果連續兩個晚上家裡都沒有人接電話。我不曉得換成各位會怎麼處理這件事情？給他應有的處分？還是視若無睹，讓他繼續鬧下去？我請大家想想導師的立場，這是一班國三的學生，很多家長把孩子交付給你，如果學期一開始秩序管不下來，這個班級的成績也很難帶好了。這是為什麼學生犯了錯，我一定要堅持處分的理由。處分小孩子家長心痛，我也很心痛，可是這一切都是為了小孩。如果家長真的不能接受這種管教，我也曾建議家長可以轉班，這樣他們愉快，我也輕鬆。可惜家長不願意跟我溝通。

剛剛家長提到老師先打小孩，這個部分我也想澄清一下。那天我請小孩打電話找家長來，的確是在去找校長之後。可是重點並不是小孩找不找校長申訴。我請家長來，主要是因為小孩上課時間故意不寫考卷，自己到處閒逛，還是校長發現的。學生這麼脫序，我只好請家長來商量了。糟糕的是在這樣的情況下，小孩自己一點也不在乎，竟還嘻皮笑臉地要跟我換零錢打公共電話，你說你能不生氣嗎？我請他直接打導師辦公室電話，他不肯，或許是因為這樣，我們有些拉拉扯扯，他才會下巴脖子紅腫的。我必須強調，我並沒有動手打學生。

最後我想講的是學生對我推撞的部分。老實講，那天我很幸運，跌到椅子上去，所以現在沒什麼事。可是如果那天是跌到地上，或撞到牆上去呢？本來這件事我也不是非追究不可，可是我的同事們全都忿忿不平。我不想說學生仗勢媒體、或者家長這麼難聽的話。可是大家看看，從出事到現在，學生自己給我道歉過沒有？如果老師上課不能管學生，如果學生打了老師還不能要求道歉，那以後我們的教育會變成什麼？我很感謝教師會那麼多老師簽名，對我的支持。

我想，學生這一撞，撞倒的不只是我個人，他還撞倒了老師的尊嚴以及師生之間既有的倫理傳統。所以，這是我還願意站在這裡說話的原因。我覺得這整件事情的價值統統扭曲了，我覺得自己對於班上其他的同學、家長，還有老師們負有重大的責任，這是對與錯的問題，無論如何，我必須對他們有所交代。

詹老師坐下來，就看到郝老師起身走動，一邊發著類似照片的資料給在座的每一個人。主持人詢問大家有沒有意見時，郝老師回到座位上來，按下了桌前麥克風的發言鍵，開始說話。

「詹老師的心情感言唱作俱佳，我們非常感佩。不過針對你發言的內容，我有一些疑點想要釐清。首先，關於剛剛謝先生提到的那篇〈請大家勇敢地站出來〉，你知不知道？」

「我看過。」詹老師回答。

「那是你寫的嗎？」

「不是。」

「不是你寫的？」郝老師想了一下，「那你知道是誰寫的嗎？」

「我不知道。」

「那份傳單明明是在導師辦公室印的，你怎麼可能不知道？」

「我有四個班級的數學課要上，我不一定都會在導師辦公室裡面。」

「所以你說這份傳單和你完全沒有關係？」

詹老師沒有說話。

「好，那我再請教你，」郝老師說：「我想請教詹老師，照你剛剛所說，你只是和學生拉拉扯扯，你確定沒有動手打學生嗎？」

「那時候場面很亂，」詹老師想了一下，接著又說：「學生也跟我推推拉拉，手來腳來的，我不是記得很清楚……」

「不是記得很清楚是什麼意思？」

「我不記得我打過學生。」

「有沒有可能你打了學生，你忘記了？」

「我或許有試著安撫學生，輕輕拍他……可是，我沒有打學生。」

「好，既然你這樣說，請大家看我剛發的照片，」郝老師高舉手上的照片給大家看，「這是星期三中午，邱倩小姐拍的照片。大家可以看到，事隔一天，小孩子皮膚以及皮下組織還有這麼大片的紅腫，仔細看周邊還有一些瘀血。我想請問詹老師，你認為輕輕拍打，會有這樣的紅腫和瘀血嗎？」

「我又不是醫生，我不知道。」

詹老師講到這裡，我注意到老媽已經按捺不住了。果然她按下了發言鍵，打斷郝老師的問話。「原來只是拉拉扯扯，現在又變成輕輕拍他了？我想請詹老師把話說清楚，你到底有沒有打小孩？」

詹老師低頭沉思了一下，「沒有。」他說。

「好，既然詹老師自己都沒有錯，什麼都不承認，把罪過都推到小孩身上，說什麼小孩小聰明、叛逆，故意跟你過不去，拖累其他想讀書的學生……那麼今天我們在這裡把話說明白，」老媽說：「我們的小孩並沒有跟你過不去，是他沒去你那裡課後補習之後，你才刁難他，跟他故意過不去的。」

「我從來沒有故意刁難過任何一個學生。」
「你滿嘴仁義道德，可是做的卻是違法的課後補習……」
趙胖的老爸站起來，面有難色地說：「謝太太，今天是協調會，這件事情沒有那麼直接相關，是不是先不談……」
「為什麼不談呢？今天教育局的人也在，我希望詹老師在這裡把話講清楚，你有沒有違法課後補習？」
「謝太太，妳先不要激動，現在只是各自表述，就各人發言的部分提問題而已，」趙胖的老爸說：「如果妳想談這個新的議題，等一下還可以提出來。我們是不是讓還沒發言的人先說話？」
老媽顯然還想多說些什麼。可是老爸一直在拉扯她，還對著她的耳朵耳語，好不容易，她終於安靜下來。
主持人宣布接著是訓導主任發言。
——謝謝趙會長。這件事情的來龍去脈及前因後果，剛剛在座諸位有許多陳述，相信大家都已經很清楚了，因此我不再多談，在這裡我僅就訓導處業務以及獎懲相關的部分有三點向大家報告。
第一點要向大家報告的是，禮拜四的獎懲委員會是本來已經既定的會議行程，這點我們訓導處的行事曆計畫本來就有，學生記大過也是依照規定，經過仔細的討論才做出來慎重的決定。這個決定，和媒體消息的報導絕對沒有關係。

剛剛家長提到獎懲委員會沒有找家長出席或讓學生申辯，這點我們可能稍有疏忽。不過依照規定，委員會只在有必要的情況下才會邀請學生的家長出席。另外，我在禮拜三就和學生談過這件事情了，因此也就沒有特別安排他到委員會裡面來。目前的教育強調輔訓合一，我們給學生記過，目的是希望他能夠悔改，而不是要給他留下污點。我找他來談，主要也就是希望安排他輔導銷過的事宜。學生家長說我和學生談條件交換，其實是誤會。這是第二點要向諸位報告的。

最後一點我要報告的是，學校的獎懲公告張貼之後，這個學生又到處張貼傳單、海報，公然藐視學校的決議，傳播負面的思想，不但如此，今天早上還找了駭客入侵學校的網站，破壞學校的網頁，任意張貼自己的言論……這些行為，其實都已經嚴重地違反校規，甚至是社會上的法律。如何處置這些脫序的行為，我們目前也非常頭痛。這一點，是不是請家長也能要求小孩自我克制？

訓導主任說完之後，主持人問：「大家有沒有什麼問題？」

「今天的報紙上寫著，學校的訓導人員指出，學生上課看的是色情漫畫，還越級報告，出入網咖……」郝老師問：「這些都是你說的吧？」

「我沒有說過這些話。」訓導主任回答。

「是生教組長說的。」邱倩補充。

「我想，他只是陳述事實而已。」訓導主任說。

「你知道《聖堂教父》這套漫畫的內容嗎？為什麼你說它是色情漫畫？」

「我沒看過這套漫畫，我也沒有興趣看漫畫。不過我問過詹老師，他告訴我漫畫封面上的確寫著限制級的漫畫。」

「是限制級的漫畫沒錯。」詹老師附和著說。

「你知道色情和限制級之間的差別嗎？『色情』是違法的，可是『限制級』只是圖書分類的一個等級，它是合法的。這就好像我們在電影院看到很多高水準的藝術電影，或許它的分類屬於限制級，但你不能說它是色情電影一樣。因此，你也不能把限制級漫畫跟色情漫畫混為一談。」

「或許我的表達不好，不過家長也有責任，勸導十八歲以下的小孩不要接觸限制級的漫畫。」

「這部分家長也有責任沒錯。可是就算如此，你覺得把學生的問題與檔案洩露給媒體，是一個訓導人員應該做的事情嗎？」

訓導主任沒有說什麼。

「是不是還有別的問題？如果沒有別的問題，小孩還在線上，接下來我們是不是聽聽他的心聲？」畫面上趙胖的老爸臉上堆著笑容，他手握話筒，一手撥著電話。這時候，我聽見手機響起來的聲音。

「喂。」我打開了手機。

「剛剛會議進行的過程你都聽見了嗎？」趙胖老爸對著鏡頭前面打了一個招呼。

「聽見了。」也許是傳輸的問題，我說話和傳回來的聲音影像之間有一點時間上的落差，這使得每次的對話之間都有一小段必然的停頓。

「好，現在輪到你說話了。」

這會兒沉默持續著。螢幕上的人都露出了電視Call in節目來賓等著聽觀眾打進來的電話那種表情。

「你對剛剛大家說的話有什麼意見？」趙胖的老爸問。

「我覺得……」

「你覺得怎麼樣，告訴大家沒有關係。」

「我覺得老師，」我有點猶豫不決，又停頓了一下，終於才說：「老師在說謊。」我看見正中央校長和訓導主任臉上明顯地露出了不悅的表情。會議現場似乎引起了一些騷動。

「小傑，你慢慢說沒關係，」郝老師按下了麥克風發言鍵，試圖引導我說話，「你為什麼覺得老師在說謊？」

「老師打我。」

「你確定他不是只有拉拉扯扯？」

「他拉了我好幾次，我不肯，他用手掌打我，還用拳頭揍我，他自己都知道。」

「老師剛剛說你是把對課業壓力的不滿，全都發洩到他的課堂上，所以才會故意帶頭搗亂？」

「老師說謊。我沒有故意搗亂。每一次發言，我都有舉手，得到老師的允許。他不喜歡我，」我深吸了一口氣，「因為別人都去他那裡補習，而我沒有去。」

這時候，詹老師也按下了發言鍵：「小傑，你說話要有證據，不要亂說。」

「詹老師，」我看著螢幕上的詹老師，一個字一個字地問：「每週一和三，你說你沒有在這個會議室隔壁的辦公室給學生補習？」

詹老師沉默了一會兒。他搖搖頭，斬釘截鐵地說：「沒有。」

「沒有？請你再確定一次？」

「沒有。」詹老師仍然搖著頭。

媽媽歇斯底里地跳起來，指著詹老師說：「你公然說謊。」

「妳拿出證據來啊？」詹老師也高聲回應。

「趙會長，你說，是不是你找詹老師來這裡補習的？」老媽指著趙胖老爸。

「大家不要這樣嘛，今天是協調會……」趙胖的老爸面有難色地說。

教師會代表劉老師站起來聲援詹老師，要求老媽拿出證據。老爸、郝老師也不甘示弱，立刻站起來聲援老媽……一時之間，會場左右兩排的人全站起來互相叫囂，斥罵的聲音此起彼落。

混亂之中，我注意到生教組長面色凝重地衝進會場。他拿了好幾張相片似的東西交給訓導處主任看。訓導主任一看之後臉色大變，隨後又把相片交給校長看，在校長耳邊竊竊私語。校長看了照片之後也一樣臉色大變，就這樣，照片沿著會議桌兩排傳開來，很神奇地，原本叫囂的聲音，看過照片之後，漸漸安靜下來了。

「因為今天是協調會，有些事情我本來不想提。不過既然發生了這樣的事，我提醒大家，要注意這個小孩說話的可信度，」訓導主任拿出一本登記簿，按下麥克風發言鍵，「這是昨天小傑從訓導處領回去的夾克制服，小傑你看看，上面是不是你自己的簽名？」一邊說著生教組長已經把登記簿拿到鏡頭前面來。

「是。」我說。

「小傑的夾克是警察前天晚上臨檢一家叫『魔戒』的PUB發現，從PUB帶回來的。前天晚上警方臨檢，一共抓了一百多個人去驗尿，其中有八十幾個人呈現藥物陽性反應。」訓導主任有點得意地問：「小傑，你說你的夾克為什麼會在那裡？」

無言的沉默。

「你不想說，好，我替你說。」訓導主任說：「因為那天晚上你也在PUB。」

「你不要侮蔑小孩，一件衣服證明不了什麼。」郝老師說。

「你不但在PUB，而且臨檢的時候，你還幫助另外一個女孩子脫逃，你們一共有三個人，你坐在摩托車的最後面。送衣服來的員警一看到照片就認出你來了，他說他追在摩托車後面，只差不到五公尺，必要的時候他可以出面指證，是訓導處說好說歹求他放過你一馬的。你承認嗎？」

我又沉默了一下，很不舒服的沉默。

「摩托車上那個人是你嗎？」

「是。」我撫著額頭，沉重地說。「是」的聲音很快地在會場被放大，從螢幕裡面又傳了回來。我看到了老爸、老媽，還有郝老師臉上不敢置信的表情。

「你爸媽知道你結交不良的朋友，還有PUB這些事嗎？」

「他們不是不良的朋友。」我說。

「你的爸媽認識他們嗎？」

「不認識。」

「他們知道你吃搖頭丸嗎？」

我深吸了一口氣。艾莉就坐在我的旁邊，她露出害怕的神色，一直跟我搖頭，要我否認。

「你有吃搖頭丸嗎？小傑。」訓導主任又問了一次。

老實說，我不知道該怎麼回答這個問題，我根本不敢想像，如果我說「是」，情況會變得多糟。可是如果說「不是」，我又背叛了自己。我有一種感覺，不管我說什麼，它們都會被會議室裡面的擴音器放大一百倍，之後又會被新聞媒體再放大一千倍，一萬倍……直到一切被放大到我不能承受為止。我闔上了眼睛，就這樣像個鐘擺沉默地在「是」與「不是」之間搖擺著……

幸好郝老師及時插話進來，停止了我痛苦的擺盪。

「抗議！這件事情和我們協調會的主題一點關係也沒有，」她說：「你們幹嘛這樣逼問小孩？現在到底是開協調會還是在法院出庭？」

「好，既然郝教授覺得沒關係，那就不問。」訓導主任臉上堆著虛偽的笑容說：「我只是想強調，訓導處並不全然是無的放矢。大家可能也應該想想，小孩的話到底有多少可信度？我們從事訓導工作很多年，很多時候家長對我們有誤解，其實是被自己的孩子矇騙了。」

「不管有沒有矇騙，」郝老師不滿地說：「你們訓導處當著媒體的面前審判小孩，揭發他的隱私，這算什麼嘛？這是學校該對學生做的事情嗎？」

「當初我們也說協調會不要有媒體記者，」訓導主任不甘示弱地說：「是你們堅持要請他們來的嘛。」訓導主任說著，還高高地出示手上那幾張相片，「各位剛剛看到的照片，上面是我的車以及生教組長的車。」

生教組長從訓導主任手上接過相片，拿到鏡頭前面來。相片裡，一台棕色的豐田汽車還有另一台福斯汽車被刮得傷痕累累，上面還寫了大大的字，可惜因為焦距的關係，字型不太清楚。

「這上面刻的字是『北條彰』和『淺見千秋』，這是漫畫《聖堂教父》裡面兩個男主角的名字。小傑，我知道你當初被詹老師處罰就是為了看這套漫畫。我不知道這樣做是為了示威還是報復，我問你，」訓導主任問：「這兩部車子是你刮的嗎？」

天啊。北條彰和淺見千秋？「不是。」我回答。

「你確定不是？」

「不是。」

「趁現在我和組長還沒有向警方報案，我再給你最後一次機會。你說不是你刮的，我再問你，」訓導主任說：「你有沒有參與或指使這件事？」

「沒有。」

雖然我試著用很平靜的口氣說話，可是我的內心卻愈來愈激昂澎湃。我差點就要憋不住，脫口而出：

媽的，死高偉琦，你這個超級大爛人！

CHAPTER –6–

或許因為我們都太年輕了，才會興致勃勃地說著：
「加油喔」、「要努力喲」，
或者是什麼「我喜歡你」、「我們會支持你的」、
「我要永遠和你在一起」這樣無法承擔的話吧。

星期日下午，所有人都到教育部抗議去了，只留下我，守在電視機前面觀看每個小時一次的SNG連線報導。這會兒電視上正播著教育部前面一群爺爺奶奶們抗議遊行的新聞畫面。這已經是今天第三次播送了，大部分的畫面仍然是十一點多時在教育局前面的錄影重播。事情會變成這樣，實在有點擦槍走火。我不知道今天早上做禮拜時，牧師是不是正好沒有什麼新鮮的故事了，於是我的故事變成了他講道時現成的例子。

「光是真理是不夠的，我們全忽略了愛。如果大家只在乎自己的真理，家長有家長的真理，老師有老師的真理，學校也有學校的真理，結果怎麼樣呢？如果真理萬能，為什麼真理讓我們喋喋不休？為什麼真理讓我們針鋒相對？」牧師用感性的聲音在耶穌的十字架前說：「所以耶穌在聖經裡面教導我們說：『我若有先知講道之能，也明白各樣的奧秘，各樣的知識，而且有全備的信，叫我能夠移山，卻沒有愛，我就算不得什麼。』大家要知道，真理是有極限的，就像哥林多前書裡面說的：『先知講道之能終必歸於無有；說方言之能終必停止；知識也終必歸於無有。我們現在所知道的有限，先知所講的也有限，等那完全的來到，這有限的必歸於無有了。』因此，耶穌講愛，只有愛才能彌補真理的不足，只有在愛裡面才有真正的自由……」

緊接著牧師講道之後是阿媽聲淚俱下的控訴，以親身的經驗見證當下的教育如何沒有愛心，如何無所不用其極地揭發學生的隱私……本來禮拜五說好要陪阿媽去市政府拉白布條沒有成行，大家本來就覺得對阿媽有所虧欠，加上齊聲合唱〈愛的箴言〉之後，大家更是情緒飽漲，非做點什麼不可。於是禮拜結束之後，這場無預謀的抗議行動，就在「愛」與信仰的鼓動之下，浩浩蕩蕩成行了。

我被迫留守在家裡看電視轉播，理由之一當然還是我不能曝光。而另一個更重要的原因是我得等高偉琦的回電。從星期五的協調會到現在，老爸老媽不知跟我懇談過了幾次。除了搖頭丸的事沒有被提起以外，所有包括高偉琦、艾莉、網咖、魔戒的事，我統統已經詳細招認，並且再三保證，生教組長和訓導主任的車子絕非我所為。經過一番折騰之後，老爸、老媽總算才吃下定心丸，不再像協調會時那麼倉皇。他們雖然沒有明講，但我隱約覺得他們大概也猜出「北條彰」和「淺見千秋」是高偉琦幹的好事，才會那麼急著想要見到他。兩天來，我已經在高偉琦的手機留下十幾通留言要他回電，而這個闖禍的傢伙卻還一直沒有音訊。

截至目前，抗議的行動已經進行了四個多小時，至少三個電視新聞網的ＳＮＧ車都到了現場。教育部外面聚集的人看起來比早上似乎又多了些，除了跑去照顧抗議的爺爺奶奶的家屬、愛看熱鬧的人之外，似乎零星還有一些不同立場的教育團體也到場表態聲援。甚至警方也已經開始在現場關切進展的情況，而截至目前為止，教育部沒有任何人出面回應。說要去教育部抗議，其實也是臨時起意。原本說好是要去市政府的，後來大家認為「愛」是更重大的議題與觀念，應該訴諸更高的教育單位，整個計畫才會在最後一秒鐘大轉彎。我相信在教育部留守的官員有知的話，一定會覺得自己無辜透了。

電視畫面裡，到處是「救救孩子」、「給孩子愛和尊嚴的教育」、「愛是包容、相信、忍耐」之類的旗幟。也有一些教改團體臨時插花，也做了一些像是「教改亂改」、「減輕升學壓力，才有多元教育」、「第二次教改」之類的標語牌以及協會的旗幟混在其中。畫面中有許多我熟悉的面孔，連妹妹的頭上也綁了「救救孩子」的布巾站在其中（但願她知道自己在做什麼），大家看起來精神還算不錯，正齊聲高唱著〈愛的箴言〉：

愛是恆久忍耐，又有恩慈，愛是不嫉妒；愛是不自誇，不張狂，不做害羞的事。不求自己的益處，不輕易發怒，不計算人家的惡，不喜歡不義，只喜歡真理。凡事包容，凡事相信，凡事盼望；凡事忍耐，凡事要忍耐，愛是永不止息……

新聞的旁白一邊敘述著這個禮拜在學校發生的事情，並且分析抗議事件的來龍去脈，鏡頭一轉，生教組長正帶領攝影機在校園走來走去。他指著停在停車區一部汽車的車門說：

「就是這裡，這是我的車，被學生刮上了『北條彰』，另一邊是『淺見千秋』。這兩個名字是《聖堂教父》男主角的名字，《聖堂教父》也就是學生上課偷看的漫畫。」生教組長又帶著攝影機走了幾步，指著停在後方的另一部汽車，他說：「這是訓導主任的車，也被刻了一模一樣的字。」

「汽車被刮成這樣，」來自新聞記者的畫面外的聲音，「你有什麼感想？」

「誰會喜歡自己的汽車被刮成這樣？」生教組長停頓了一下，「這是我從事教育工作這麼多年來覺得最可悲的事。我不否認民主社會大家都有表達意見的自由，問題就算是自由也需要以法治為基礎啊。我希望抗議的家長能夠負起責任來，好好地管教約束自己的子弟，因為這些行為是犯法的。」

緊接著生教組長之後是老媽在教育部前接受採訪的畫面。

「我們很痛心，天下竟然有這樣的學校！」老媽指著報紙上面的標題，激動的說：「主動向媒體造謠、抹黑自己的學生，處心積慮給小孩貼上壞學生的標籤，你說這是什麼樣的教育啊？」

「聽說小孩在協調會上承認他的確看的是限制級漫畫，也承認他曾經到過ＰＵＢ？」

「《聖堂教父》是限制級漫畫沒錯，可是除了限制級以外，《聖堂教父》更是一套充滿了理想與熱情的精采漫畫。小孩的確也承認去過ＰＵＢ，可是那是他第一次在好奇心之下被朋友帶到ＰＵＢ去的。我想請問大家，我們這一生中，誰不曾因為好奇心的驅使，去過一些我們不該去的地方，或者看過一些我們不該看到的畫面？可是誰因為那樣，就變成了一個壞學生，或者是壞人呢？」老媽又拿出了我的成績單出示在鏡頭前，「過去四個學期，我們的小孩有兩個學期課業成績是班上前三名，其他德育、群育與體育成績則四個學期全部是甲等。我不知道學校為什麼要給他貼上壞學生的標籤？是不是貼上壞學生的標籤之後，學校就有權利不再關心他，可以糟蹋他了？」

「學校那兩部汽車是妳的小孩刮傷的？」

「不是。」

「妳怎麼那麼確定？是小孩親口告訴妳的嗎？」

「是他親口告訴我的。」

「有沒有可能他做了，卻不敢告訴妳？或者是對妳說謊？」

「我相信我的小孩。」老媽看了一眼畫面外的記者，一臉儼然的表情。

接著這段訪問之後，畫面又跳回了抗議現場。阿公、阿媽們「愛的箴言」歌聲仍在持續著。新聞記者的聲音雖然很洪亮，可是人卻比我想像的還要弱小，她面對鏡頭，站在人群前面做結論。

「這個抗議事件在本週五學校與家長之間的協調破裂之後，雙方對立的局面有愈演愈烈的趨勢。一方面，家長指責老師在課後招攬學生惡補，學生因沒有參加課外補習而遭到老師藉故處分。另一方面，學校認為是家長藉題發揮，縱容學生，把責任推託給學校。雙方各執一詞。面對家長的指控，詹姓老師矢口否認課後補習，並且要求家長拿出證據來。同樣的，家長也否認小孩涉及損毀訓導主任及生教組長的座車，並且指責學校毫無證據就公開抹黑學生。學校抱怨家長藐視法令、無理取鬧，家長則控訴學校缺乏愛心，缺乏教育理念。一起單純的處罰學生事件至今已經演變成家長與學校之間的理念之爭。據了解，學校方面已經就座車被損毀事件向警方報案，同時警方也展開了調查。然而，家長指控詹姓老師課後惡補的部分，雖然經過媒體報導以及市議員在議會質詢，截至目前為止，教育局以及教育部還沒有進一步的回應……」

就在我看得忘我時，老媽打電話進來了。

「高偉琦回電了嗎？」她問。

「還沒有。」

「你看新聞報導了嗎？」

「嗯。」

「大家都在質疑你的行為，我們又沒有詹老師補習進一步的證據，這樣下去不行……」老媽憂心忡忡地說：「你再打一次電話給高偉琦，叫他無論如何一定要回電。高偉琦一回電，你就打手機找你爸爸。知道嗎？」

「妳呢？」

「我得和你爸爸分頭行動，我去找汝浩媽媽，汝浩也在詹老師那裡補習，我去拜託她，看她願不願意出來做人證……」

＊

經過了又一個世紀那麼久吧，高偉琦終於打電話來了。

「喂，傑哥，手機的電話費很貴你知不知道？你嘛幫幫忙，你以為聽留言不要錢是不是，一下子給我留了十幾通？聽到耳朵都快爛掉了，」他還是那副嘻皮笑臉的死樣子，「幹嘛，什麼好事？」

「我快被你害死了，還什麼好事？」我說：「我老爸要見你。」

「你老爸要見我？喂，聽好，我可沒要和你結婚……」說著，高偉琦愣了一會，想到什麼似的問：「車子的事，他知道了？」

「我想他應該知道了。」

「是你告訴他的了？」

「我可沒告訴他。」

「那他怎麼會知道？」

「誰叫你要帶我去魔戒，還把我繡著學號姓名的夾克留在那裡？現在全台灣的人都追著我老爸問是不是我幹的？你說他怎麼可能不知道？」

「學校的那些人就是欠教訓啊，」高偉琦理直氣壯地說：「他們以為是你幹的，不是很好嗎？這個功勞我可以讓給你沒問題。」

「喂，大哥，你搞清楚，我是在抗爭，不是在革命。現在你這麼一攪和，把我搞成幫派分子、不良少年、壞學生，所有主張我該死、該記過那些人正好稱心如意。」

「喂，你別忘記，我可是為了你才做這些的。」

「謝謝你幫我惹了這麼多麻煩，」我說：「我可從來沒求你這樣做。」

電話那頭沉默了一會兒。高偉琦問我：

「你老爸到底找我幹什麼？」

「我不知道他想幹什麼？他想找你，還想找你老爸談談。」

「靠，別把我老爸也扯進來好不好。」

「這不是我要不要把你老爸扯進來的問題。現在學校已經報警，警方也展開調查了，然後我阿公阿媽又在教育部那邊抗議……我也說不清楚，總之，你先看看電視新聞再告訴我你的決定吧。」

「哎喲，」高偉琦可真的有點懊惱了，「你叫我怎麼跟我老爸說這種事？」

「你讓我老爸去找你老爸談談，總比警察先去找你老爸好吧。」

「我真的會被你害死。」

「那應該是我的台詞才對吧。」我說。

掛上電話之後，我有點無聊地看著電視。教育部前面抗議的報導已經結束了，現在電視上是一些不景氣、失業增高，碩士、博士找不到工作的消息，連碩士畢業生也跑去跟小學畢業生爭搶清潔隊員工作的職位了。看著電視畫面上他們扛著沙包拚命衝刺好通過體能測驗的樣子，我有點難過，不曉得國中、高中、大學研究所多讀的那十幾年書能派上什麼用場……

看著看著我竟不知不覺地在沙發上睡著了。等我莫名其妙地驚醒過來時，電視還在播著。我看了看錶，差不多睡了快一個小時。我有點恍惚，納悶著高偉琦為什麼一直沒有回電。是我沒有聽到電話鈴聲，或者是他根本不會回電了？

就在那樣想著的時候電話鈴響了。我接起了電話，是高偉琦。

「怎樣？」我問。

「到我家來吧。」他說：「你去拿枝筆來記住址。」

「好，」我隨手拿起電話下面的原子筆和便條紙，「你說。」

「媽的，我真的會被你害死。」他又抱怨了一次，接著是長長的嘆息，彷彿那樣，可以使他幹的蠢事看起來沒有那麼愚蠢似的。折騰了半天，他終於心不甘情不願地開始說：「新生南路一段。」

「新──生──南──路──一──段──」這次我沒有跟他多攪和什麼，只是逐字地把住址抄寫下來。

「我時間不多，」高偉琦的老爸說：「不知謝先生找我有什麼指教？」

現在我們全坐在客廳裡。我和高偉琦坐在一張長沙發上，老爸和高偉琦的老爸則遙遙相對，各坐一張沙發。高偉琦家客廳比我想像的還要大很多，如果他們家的客廳是個水缸的話，那麼我們家的客廳充其量只能算是條金魚，而那個水缸肯定是可以讓好幾條金魚在裡面游來游去的。整個客廳挑高很高，裝潢是巴洛克式的風格，你可以看到希臘神殿那種高高的白柱子，核桃木材質的家具，大理石地板，包括樓梯欄杆、畫框邊緣、以及燈具周圍充滿了裝飾性的花邊，只差天花板中央沒有米開朗基羅畫的那種有聖母瑪利亞抱耶穌的壁畫了。

我低著頭，有點心不在焉地玩弄著剛剛高偉琦老爸發的名片，看著上面那些經歷，前省議員，又是這個黨營事業機關的董事、那個民營土地開發股份有限公司的董事長……一大堆頭銜。

「高先生看過電視報導了？」老爸小心翼翼地問。

「看過了。」

「報導上面說小孩出入ＰＵＢ這些不正當場所，其實是高偉琦帶著小傑一起去……」

「謝先生，」高偉琦的老爸打斷老爸，「電視報導怎麼說你的小孩我沒有意見，老實講就算他們講的是我的小孩我也不在乎。我管教小孩一向很自由，他今年也十五歲了，他要去ＰＵＢ、去酒吧、去什麼不良場所，我也管不了。」

「對不起，高先生，我可能表達得不是很好，讓我這樣說好了，」面對這種情況，老爸真的有點不知所措，「學校的訓導主任和生教組長的座車被刮壞了，他們指控是我孩子弄的，可是小孩子並沒有弄壞，現在學校已經報警了，因為這是犯法的，所以……」

「所以怎麼樣？」

「所以我來問看看。」

「學校那麼多小孩，為什麼就問高偉琦？」高偉琦的老爸問：「你有什麼證據嗎？」

老爸沉默。

他轉過來看著我，問說：「是你告訴你爸爸的？」

我搖搖頭。

「高偉琦？」他又問：「你自己說呢？」

高偉琦看了我一眼，低下頭沒說什麼。

「他沒承認。」高偉琦老爸轉過來看著老爸，「你要不要自己問看看？」

老爸有點遲疑地看著高偉琦。一時之間，空氣像冰一般的凝住了。

「那麼，我先失陪了，你們慢慢聊。高偉琦等一下幫我送客人。」他站了起來，對著家裡的菲傭招呼著：「瑪麗莎，再給客人倒茶。」

高偉琦的老爸說完起身，慢慢往樓梯的方向走去。他扶住了欄杆，正要上樓，走了二步，忽然被高偉琦叫住了。

「爸。」

「什麼事？」高偉琦老爸回過頭來看。
「車子是我刮的。」
「什麼？」
「訓導主任，還有生教組長的車都是我刮的。」
高偉琦的老爸似乎愣了一下，「你剛才為什麼不說？」
「我……怕你生氣。」
現在高偉琦的老爸回過頭來，緩緩地走回客廳，坐到原先那座沙發椅上。他把頭埋在雙掌之間，考慮著什麼似的。過了一會，才抬起頭來，下巴依托在合攏起來的指尖上。他問高偉琦：「是小傑指使你去的？」
高偉琦搖頭。「是我自己要去的。」
「你和訓導主任、生教組長有什麼仇？」
「沒有仇，我只是看不慣……」
「沒有仇你破壞人家車子幹什麼？」高偉琦老爸氣得站起來拍桌子大罵。他開始在客廳來回踱步，走過來，走過去，走過去，又走過來，好像老爸與我完全不存在似的。一會兒，他轉身過來，指著高偉琦說：「你現在就打電話去給訓導主任，還有生教組長道歉。就說我會帶你過去，看要賠多少錢？」
高偉琦搖著頭。
「你搖什麼頭？」

「我不要道歉。」

「你為什麼不道歉？」

「我就是不要道歉。」

說時遲那時快，高偉琦的老爸出手就是一個巴掌打在高偉琦的臉頰，發出啪的聲響。

「你已經犯法了，你知不知道？」高偉琦的老爸大嚷著：「你不道歉，難道等警察來抓你嗎？」

「我寧可被警察抓走，」高偉琦撫著熱騰騰的臉頰說：「我也不要道歉！」

高偉琦的老爸向前作勢要再打高偉琦，高偉琦立刻從沙發上站起來，往側面的方向後退了幾步，兩個人隔著短短的距離對峙著。高偉琦老爸氣得全身發抖，指著高偉琦說：「你犯法，就是對不起社會。你對不起社會，就要道歉。」

「你有什麼資格說我？買票、綁樁、關說、包工程、炒地皮外加超貸……你以為我不知道嗎？你又什麼時候對得起這個社會，你自己為什麼從不道歉呢？」

高偉琦說完忿忿不平地走向門外，用力地甩門，發出「碰」的一聲巨響，留下破口大罵著「有種你不要給我回來」的高偉琦老爸，還有坐在沙發上滿臉尷尬的老爸和我。老爸側過身來，碰了碰我的手肘，低聲地說：

「你去看看高偉琦。」

我在附近的柏青哥店找到高偉琦。他換了許多小鋼珠，就坐在檯子前面的高椅子上打著。於是我搬了一張高椅子坐到他的身邊，安靜地看著他打鋼珠。

他側過臉看了我一眼，又把臉移動回去注視著檯子。

「他要我跟訓導主任、生教組長道歉私了，還不就怕電視報導，壞了他前省議員高啟超的名譽，他就是這麼自私，我媽才會離開他的……」淚水沿著高偉琦的臉頰滑了下來，他也不去擦拭。他說：「他根本不在乎我，他不在乎任何人，他只關心他自己！」

我沒說什麼。高偉琦也沒說什麼。禮拜天下午的柏青哥店裡吵得要死，到處是煙味彌漫。拉扳手的聲音、鋼珠撞到檯子的聲音，莫名其妙的電子聲音，大量鋼珠掉在金屬盤子裡嘩啦啦的聲音……

就這樣過了至少有一、二十分鐘那麼久吧，高偉琦才淡淡地說：

「小傑你回去了，我得一個人安靜地想一想。」

我發誓我根本還沒開口說過一句話，就已經妨礙了他的安靜了。

於是我只好識相地拍了拍高偉琦的肩膀，悄悄地走出了柏青哥店，好讓他能夠在裡面「安靜」地想一想。

＊

回到家裡時，天色已經暗了。我打開電視，等了一會兒，才看到六點多的ＳＮＧ現場連線。現場人數似乎比下午少了一點，倒是大家在教育部前面的紅磚道上點起了燭光。大家都安靜地坐著，熒熒的燭光映著爺爺奶奶們臉上的皺紋，呈現出一種詭譎的風格。

雖然大家仍強調「愛的教育」、「救救孩子」這類的訴求，然而由於現場沒有什麼新的進展，新聞報導的方向全偏向警方對於訓導主任、生教組長座車遭到破壞的調查進行。一名警官受訪時表示他已經在下午到過抗議學生家裡，不過該名學生家裡並沒有人。警方在教育部抗議現場只找到學生的阿公、阿媽，他們也不知道學生的去向。警方呼籲該名學生看到報導之後，能夠主動向警方說明。

這實在有點荒謬，我竟然得看過電視才知道警察已經來過我家找我。我一點也不喜歡這個報導的方式。儘管你不能說它有什麼不對，可是它根本就是在暗示大家：我就是那個避不見面的嫌犯。

或許因為這樣吧，至今教育部仍然沒有任何回應。我有一種感覺，或許他們永遠不會有人出來回應了。我相信教育部的主事者現在一定也正在看電視，等著我們慢慢失去大家的同情。糟糕的是，那好像正是目前發生在我們身上的事情……

似乎老媽這方面也進行得不怎麼順利。她在電話中問我：

「你們找到高偉琦了嗎？」

「找到了。」

「他承認了？」

「嗯。」

「他會出來投案？」

「我不知道。」

老媽停頓了一會，「那你老爸呢？」

「沒看到，」我說：「我走時他還在高偉琦家跟他老爸談，不曉得他是不是直接到教育部去了。妳現在和汝浩媽媽在一起嗎？」

「嗯。」她說。

「妳那邊進行得怎麼樣？」我問。

「還好吧……」

和老爸正好相反的是，老媽的用辭偏向正面語法。當她表達喜好或意見時，只有「好」或者是「還好」兩種說法，我從來沒有聽她說過「不好」這樣的表達。換句話，當她說「還好」時，真正的意思其實是「好」的否定。

果然我趕到學校對面的漢堡店時，她們兩個人正好陷入某種僵局之中。我這輩子從來沒有見過這樣的奇觀。我的意思是說：這兩個愛八卦又無所不談的女人，竟會用這麼嚴肅的態度對待彼此，大概連她們自己作夢也想不到吧。我相信在我來之前，她們兩個人大概已經談了又談，直到情況變成了這樣的僵局。

「小傑，你來得正好，」老媽一看到我的表情簡直有如大旱之望雲霓，「你跟汝浩媽媽報告一下剛剛你去找高偉琦的事，汝浩媽媽不相信……」

「我沒有說我不相信。」汝浩媽媽打斷老媽的話。

我清了清喉嚨。雖然我知道高偉琦的事說了也是白說，可是我還是乖乖地把故事從頭到尾敘述了一遍。或許老媽指望我的說詞能稍微動搖一下目前這種動彈不得的僵局，好讓她能找到新的縫隙，再展開一波新的遊說吧。

我一說完，老媽立刻緊追不捨地說：

「事實擺在眼前，小孩是無辜的，學校卻無所不用其極地用手段對付他。他們刻意迴避我們抗議的重點，把小傑抹黑成罪犯，把我們抹黑成一群歇斯底里、無理取鬧的家長。難道妳就眼睜睜地看著事情這樣下去？」

汝浩的老媽沒有什麼反應，只是交叉著手，前後不斷地擺動身體。

「教育部那邊的情況妳也看到了，」老媽接著又說：「現在情況卻愈來愈冷清。我真的不知他們還能夠撐多久？新聞這種東西妳也知道，要是火力集中時都沒有辦法叫他們改變，熱度一旦過了，整件事也就不了了之了。我不知道我們的教育到底出了什麼問題？如果搞成這樣都還不了小傑一個公道，妳說，將來學校會怎麼對付小傑？同學又會用什麼眼光看他？小傑總是要上學的，現在他躲在廁所，以後妳叫他躲到哪裡去？」

「我們的教育？哈，」汝浩媽媽無可奈何地大笑一聲，「妳不要把這個又複雜又龐大的問題丟給我，我承擔不起。」

「我沒有要妳承擔，我只要求妳幫忙。」老媽一手搭著我的肩膀說：「妳從小看小傑長大，妳忍心讓他承受一輩子羞辱的記憶嗎？忍心看他永遠活在別人猜疑的目光中嗎？」

「我不知道，我真的不知道。我不知道就算我幫忙，事情會有所改變嗎？」

「我要求妳的只是說出實話而已，難道這很困難嗎？就這麼簡單的事情，如果妳不幫忙，我們就輸了。」

「美麗，如果妳要求的是我自己的事，以我們的交情，我想都不想就跳進去了。可是……」汝浩的老媽緩緩地搖著頭，「就好像妳會擔心別人猜疑小傑，擔心他的傷痛一樣。同樣的，我是汝浩的媽媽，我也一樣要擔心汝浩。就算我幫了妳，萬一還是輸了呢？我是不是也要擔心汝浩將來會不會活在別人猜疑的目光中，他會不會也要一輩子承受羞辱的記憶？」

「如果這是妳的決定的話，我最後只再問妳一件事。」老媽說：「妳明明知道小傑沒有錯，卻不願意支持他。妳將來如何面對妳的小孩？妳要怎麼告訴他妳不肯支持小傑，而讓錯的繼續存在？妳又拿什麼繼續教育他們？」

「妳是小傑的媽媽，妳有妳的承擔，我是汝浩的媽媽，我也有我的承擔，我不管妳怪不怪我，或者小孩長大了是不是看不起我，」汝浩媽媽還沒有說完話，眼淚已經流下來了。她從皮包裡面拿出紙巾拭淚。等淚水擦乾之後，她深吸了一口氣說：「對於像我這樣的母親，這不是對或錯的問題，這是責任與承擔的問題。」

聽汝浩媽媽這樣說，我的腦海中忽然浮現出汝浩之前給我的卡片，裡面寫著類似：「請不要灰心，加油喔，無論發生了什麼事，我們都會支持你的。」的句子。或許因為我們都太年輕了，才會興致勃勃地說著：「加油喔」、「要努力喲」，或者是什麼「我喜歡你」、「我們會支持你的」、「我要永遠和你在一起」這樣無法承擔的話吧。我一直以為長大就是累積與擁有，從來沒有想過，長大很可能也意味著不斷地失去。不知道為什麼，這樣想時，忽然覺得感傷極了。我彷彿可以看見所有可愛的字句、真純的話語，或者天真的笑容……那些我們即將失去的一切，像屍體般的在時間的洪流裡載浮載沉著，從我眼前漂過，再也不回來了。

老媽還不死心，她顯然還有話要說。

「麗芬……」

「求求妳不要再說了。」老媽的話還沒說完，就被汝浩媽媽打斷了。

＊

聽到老媽要帶我到警察局去向警察說明，郝老師緊張得也從教育部抗議現場趕了過來。伴隨著她來的，還有一個莊律師，他是在教育部現場抗議的莊爺爺的小孩。我們一行四個人，先是到學校附近的管區派出所，到了之後，才知道這個案子已經由分局接手辦理了。於是我們又匆忙坐了計程車到分局去。我雖然不是嫌疑犯，可是如果警方有所謂的最配合調查的模範市民選拔，我想我一定是當之無愧了。

幸好我受到的待遇，和訓導處做筆錄比較的話，還算不錯。根據警方的推斷，訓導主任和生教組長的汽車被損毀時間大概就是禮拜五中午左右，因此筆錄時，對於我那天的行蹤問得最仔細，甚至還希望我提出能證明我每一處行程的相關證人。我回想了一下，正好星期五我們全忙著準備協調會，我一整天的行程分別是在基金會開會，和老爸到漫畫店翻《聖堂教父》，再回基金會吃中飯，然後和艾莉到網咖設定電腦，之後是網咖參加協調會……換句話說，一整天我都和別人在一起，郝老師、老爸、老媽、艾莉、網咖的老闆，甚至是協調會的錄影光碟，都可以證明我的行蹤。我的不在場證明一點都不困難。

筆錄進行到這裡，我可以感覺得到問話的警官開始有點意興闌珊，我不是什麼嫌疑犯，這點我們都心裡有數。我們像在進行著一餐已經不想再吃了，但又不得不繼續進行下去的晚餐。

「你有沒有教唆，或支使別人去破壞訓導主任及生教組長的汽車？」

「沒有。」

「你確定沒有？」

「我怎麼可能去做這種事？」我反問。

「為什麼不可能？」

「我正在媒體上和學校抗爭，怎麼可能笨到做出這種傷害自己的事情來？」

問話的警官托著下巴，看著記錄的員警，不知在想著些什麼。過了一會他問：「有沒有可能是你的朋友做的？」

我也想了一下。「有可能。」

「你想可能是誰？」

我遲疑了一下。不過郝老師顯然對警官問話的方式很不滿意。

「小孩子不是已經告訴你們不是他做的，他也沒有叫人去做嗎？是誰做的你們要憑藉證據去查啊！你不能什麼證據都沒有，人家說什麼你就跟著亂查然後在媒體上亂放話，那會害死多少人你們知道嗎？」郝老師抱怨說：「如果我說車子是訓導主任和生教組長為了博取社會的同情自己刮的，這也很有道理啊，你們要不要去查查看？順便也跟媒體說說呢？」

警官抓了抓頭，似乎有點自我解嘲的味道。

「好吧，先就這樣了。」他從謄寫筆錄的員警手上接過筆錄，快速瀏覽了一番之後，把筆錄交給老媽，「你們看一看，如果沒有問題的話，在上面簽名蓋手印。」

就在老媽和莊律師慎重地看著那份筆錄時，我注意到休息室的電視正播著教育部現場最新連線的消息，於是走了過去，站在電視機前面。雖然大部分的新聞還是今天舊的內容，不過記者卻播報了最新的進展：

「為了回應抗議人群的愛的教育的要求，學校的訓導主任以及生教組長決定不再追究他們的座車被損毀的事情，並且呼籲在教育部前抗議的群眾回家……」

我立刻轉身叫老媽以及郝老師過來看。畫面一跳，從獨白的記者跳到接受訪問的訓導主任身上，他竟擺出了一副慈祥和藹的表情，對著鏡頭說：

「我們很了解大家要求教育要有『愛心』和『包容』，所以我和生教組長決定不再追究座車被損毀的事情，也不再追究是哪個學生做的事情。我們先踏出『愛心』與『包容』的第一步，希望教育部前的家長們也能用『愛心』來『包容』我們現階段教育裡面許多有待改進的缺點。特別是晚上天氣這麼冷，我們實在捨不得教育部這邊還有很多年紀大的老先生、老太太，請你們早一點回家休息吧……」

不知道什麼時候，老媽以及郝老師已經站到我身邊來了。兩個人不約而同張大了嘴巴，特別是郝老師，簡直令人擔心她的下巴是不是快掉下來了。

剛剛在問話的警官拿著一杯飲料，也站過來看了一眼。他問：

「又說不打算追究啦？」

「電視上好像是這麼說的。」我看了他一眼，「他沒有事先告訴你們警方嗎？」

警官喝了一口飲料。他聳了聳肩膀，做出一個無奈的表情。

新聞鏡頭又跳接到警方目前正展開了柔性勸離的工作，至於教育部前面的群眾是不是要結束今天的抗爭行動，或者有什麼打算，目前尚待進一步的觀察。記者的報導就像連續劇一樣結束在這個懸疑的地方。

莊律師已經看完筆錄了。他走過來問：「這個還要不要簽？」

「不管電視上怎麼說不追究，當事人要是不撤銷，我這邊案子就還在，」警官說：「反正你們都來了，筆錄做了，就簽個名留個紀錄吧，省得萬一案子沒完還得再跑一趟，怎麼樣？」

電視報導一播完，我就可以感覺到老媽和郝老師急於回到教育部去的心情了。既然大家都沒有什麼意見，我就在筆錄上簽上名字，也蓋下了手印。

走出警察局，老媽納悶地說：「他們不追究了？我總覺得這件事情怪怪的。」

郝老師則皺緊眉頭，悶不吭聲，好像打敗仗似的。

我們一起坐上計程車，由於離家裡不遠，他們決定先送我回家，再一起回到教育部前面去。計程車還沒有到家，老媽就接到老爸的電話了。

「我們在警察局這邊，小傑也在，剛做完筆錄，這邊很好……妳剛到現場？妳有沒有看電視，訓導主任那個說法是怎麼回事？嗯……嗯……我就覺得怪怪的，怎麼這麼可惡？嗯……我們現在送小傑回家，妳先穩住大家，我們馬上過去了，一切等我們到了再說。」

放下電話郝老師問：「怎麼樣？」

「汽車被損毀是前省議員高啟超的孩子高偉琦幹的。高啟超已經為了汽車的事下午去找過訓導主任和生教組長了。汽車就是他的小孩高偉琦刮的。」老媽說。

「高偉琦？我也在懷疑可能是那個孩子做的。難怪喔，」郝老師淡淡地說：「反正抹黑小傑的目的已經達到了，追根究柢把高偉琦挖出來對學校也沒有好處。更何況，高啟超不知道賠了訓導主任他們多少好處……」

「說什麼愛心、包容，捨不得老先生老太太，原來全是欺騙我們的感情，」莊律師恍然大悟地說：「害我剛剛還莫名其妙地被他們的善意感動了半天。」

這實在很令人憤怒。我不明白，為什麼這一切最後竟只落到了是誰刮壞車子？你有沒有去過ＰＵＢ？到底是誰先動手打人？或者到底你是壞孩子還是我是壞老師這樣的枝微末節裡呢？到底大家都是麻痺還是怎麼了？明明學校所教我們的一切已經無法回應這個變動的世界了，難道他們當真以為只要把不以為然的小孩都抹黑成懶惰、不上進、壞學生，把家長都說成無理取鬧、歇斯底里，再把支持改革的老師都說成偏激、激進，所有的教育問題都會迎刃而解，所有的希望也會翩翩降臨嗎？明明是不對的事情，為什麼還要繼續錯下去？難道大家都真的不在乎嗎？

直到計程車停在家裡樓下門口，我有點賭氣地說：

「媽，我不要回家了，我想跟妳們一起去教育部。」

「不好吧，」老媽想了一下說：「那邊到處都是記者和轉播車，我看你還是暫時待在家裡，有什麼事我會給你打電話，知道嗎？」

我有點無奈地點了點頭，走下計程車。等我走到門口，老媽又搖下車窗，對著我說：

「你安心回去吧，我們一定會堅持下去的。」

＊

我一個人待在家裡，拿著遙控器打開電視，在新聞頻道之間轉來轉去。暫時似乎不會再有抗議現場的最新連線報導了。我試著坐在電視機前看了一會兒電視。星期天的晚上，電視頻道充滿了各式各樣的綜藝節目，有表演唱歌的小孩，模仿著歌星唱歌的小孩……這個時代似乎好像已經沒有什麼孩子在唱童歌了。看著電視上的小孩唱著大人的流行歌曲，模仿著大人歌星的一顰一笑，實在令人覺得很挫折。我們似乎是活在一個恨小孩的國度裡，所有的孩子都是為了成為大人而活著的。堅持孩子的活力、想像簡直是罪大惡極，因此，小孩爭先恐後地模仿大人，不管是好的一切，還是壞的一切。背負了不成熟原罪的孩子沒有別的選擇，他唯一的出路只能假裝自己就是成人。我們變成了一個不再有小孩的國度，我們的世界最後只剩下了成人，或者是壞小孩。

而成人的世界果真比壞小孩幸福，完美？

我起身走到樓下便利商店買了一份晚報，晚報上面雖然提到了教育部前面抗議的事，但由於截稿的關係，並沒有太多的細節，更不用說後續發展的報導了。走回家裡，電視還播著。我拿著遙控器轉台，下意識地讓不同頻道的節目在我的眼前快速閃現。我死命地按著選台器的按鍵，讓螢幕以極限的速度跳動，直到我視若無睹為止……

關掉電視，我起身走到老爸的書房。啟動電腦的撥號連線之後，很快就連上了網路。連線之後，螢幕上跳出來新郵件的訊息，於是我打開設定的信箱，開始把郵件都下載過來。

真正寫給我的信件大概只有三封，其餘的郵件要不是電子報就是垃圾廣告。我先打開艾莉的信件來看，那是她自製的傳單，緊急呼籲大家到教育部去支援這次的抗議行動。上面還詳細地附了教育部附近地圖，以及捷運、公車站的訊息。另一封是署名沈杰寄來的郵件。這個名字乍看之下有點陌生，正考慮著不要打開時，才想起原來是沈媽媽在美國的兒子，我們禮拜四晚上才通過電話。我打開郵件，上面寫著：

小傑：

我在這裡的報紙仍然還看得到你的消息。我對你感到敬佩，我希望在台灣的所有人能從你的抗爭中學到一點事情。

那天電話中太匆忙，很多事我想得並不清楚。這幾天仔細地想一想，忽然覺得應該寫這封信給你。如果你問我台灣和美國教育的差別的話，我想，我應該告訴你，最大的不同在於，在美國受教育，沒有人逼你讀書，你覺得你是為了自己讀書；然而，在台灣你卻是為了某個外在的目的而不得不讀的。我並沒有刻意要說哪一種制度好，哪一種制度不好，美國的教育制度其實也有它們的問題存在，可是如果你真要問我的話，我喜歡這裡的教育方式。

或許是文化背景的不同吧，這裡的老師對小孩子真的是很尊重——他們讓小孩子像小孩，也讓小孩子用小孩子的方式生活下去。在美國人心目中的頂尖人物，像是比爾蓋茲、華德迪士尼、愛因斯坦、費因曼……從某個角度來看，其實也都是小孩。或許是因為他們真心尊重小孩吧，你可以感受到他們用小孩的方式對待小孩，接納小孩，並且允許小孩用自己的方式去創造不同的世界。而在台灣，這樣的方式可能是行不通的。

或許這就是東西方文化最大的差異吧。西方文化像是個小孩，他們對於過去的否定與叛逆把他們導向了未來；而東方文化像個老人，對於道統的依恃與對自身不容懷疑的威嚴把我們牽扯回到過去。因此，當外國人不斷地否定自己的道統，質疑自己的神，進而創造出文藝復興、創造出科學、工業、資訊種種現代文明時，我們卻還陷在堯舜禹湯文武周公孔子……君臣父子、尊師重道那個胡同裡繞不出來。

還沒有到美國來以前，也許你對它的強盛不服氣。初到美國，你開始對這個國家的科技與富裕感到讚歎。可是在美國受過教育之後，你就會從心裡感到它的強盛是有道理的。這個國家之所以強盛，在科技或武力之外，其實還在於它的教育裡，有一種尊重生命，並且對每個孩子的潛能與想像力都充滿期待的特質。這些期待，最後激發出許多大膽的嘗試與驚人的創新，支持著這個國家不斷地茁壯、強盛。

雖然我並不後悔我來到美國的選擇，然而，不管我再喜歡美國的教育環境，這裡畢竟不是我的國家。我不知道台灣要花多久的時間，多少的代價，才能讓大部分的老師、家長和學生理解到我所經歷的事情與感覺。我相信以台灣學生讀書的努力，絕對不下於美國的學生。可是只要一想起那麼多沉重的背誦、作業、補習、考試……我就替重重束縛的台灣學生覺得很難過。

或許我從心裡對你感到敬佩，才會寫這樣的信給你吧。我曾經有跟你差不多的處境，可惜我並沒有勇氣做出你現在做的事情。所以，我在這裡獻上我的敬意，並且請你繼續保持勇敢，堅強。最後，敬祝

平安順利

沈杰

看完了這封郵件，我覺得很不可思議，從被處罰，被記過，被媒體說看色情刊物，又被抹黑成壞孩子，搞到現在灰頭土臉，眼看就要全盤皆輸了，竟然還有人對我獻上敬意？我勇敢嗎？我值得人家敬佩嗎？我倒有點迷惑了。

我開啟了第三封郵件。這份郵件全用英文寫成。我本來以為是寄錯了，可是仔細一讀，的確是一個叫PePe的小留學生從法國寫給我的郵件。看不到一段，我就發現單字不少，只好跑回我的房間去把英漢字典找來，就這麼一邊翻字典，一邊讀信。

（以下是我的翻譯，雖然有點爛，可是我也想不出更好的辦法了。）

小傑：

我是PePe，從巴黎寄信給你。我來自台灣，是沈杰的朋友之一，你的郵件住址就是他給我的。請原諒必須用英文寫信給你，因為我比沈杰更早離開台灣，所以我的中文沒有那麼好。再說，我也不會中文打字。

現在是巴黎的星期天早上，我從網路上讀到台北的報紙，知道你們已經開始對教育部展開示威抗爭。我真為你們感到驕傲。我很能理解你們為什麼要抗爭，我是在小學五年級時離開台灣的。印象中，台灣有很多的功課、考試，同學之間的競爭非常激烈，你不被允許有自己的意見，只能讀書，壓力很沉重。

現在我已經是高中三年級的學生了，我曾經擔任過法國高中生集團（UNL，National union of High School Students）的全國代表。UNL是在一九九四年成立的組織，從一九九八年到一九九九年，它曾經響應並且發起全國的中學生，抗議學校設備老舊，班級過大，師資以及教育資源不足，動員了各地展開了許多大規模的抗議活動。那一次，全國一共有三十到五十萬中學生參與示威和抗爭，要求政府增加教育預算。

法國的大學入學考試和台灣的聯考很像，法國的很多填鴨式的教育方式也和台灣一樣跟不上世界的潮流。二〇〇〇年春天，我們更是因為不滿意教育改革的速度太慢，聯合了教師員工會，以及家長團體，在巴黎展開「黑色星期五」的活動，讓所有的小學、初中以及高中固定在每週五罷課。我們用的標語就是「大人都不了解我們」。這個標語在一九六八年巴黎大學的學生發動學潮抗爭時也曾經使用過。那是法國很有名的五月學潮運動，它逼使當時戴高樂總統宣布解散國會，重新舉行大選並且進行改革。同樣的，在二〇〇〇年的「黑色星期五」抗爭中，我們也使用「大人都不了解我們」的標語，成功地把改革不力的教育部長亞雷古爾（Allegre）給轟下台了。

讀到這裡，忽然聽見門鈴響了。我跑出去客廳接起對講機，聽到老爸的聲音說：「小傑，客廳旁邊那個貯物櫃裡面有兩個睡袋，你把睡袋拿下來。順便接妹妹上去。」

我衝到貯物櫃，拿出那兩個睡袋，又衝出門外，坐了電梯下樓去。老爸的汽車就停在大門口，引擎並沒有熄火。我打開後門，讓妹妹先下車，再把睡袋放到後車座去。

「你讓妹妹先洗澡，十點鐘看著她上床睡覺，知不知道？」老爸搖下車窗。

「你們今天要睡在教育部前面？」

老爸點了點頭，沒說什麼，搖上窗戶，又開著車子離開了。

我牽起妹妹的手，帶她搭上電梯。「累不累？」我問。

「還好啦，」她說：「只是有點無聊。」她頭上還綁著救救孩子的白布條，或許是坐地上手碰到泥土的關係，她的一張臉被抹得髒兮兮的，整個人簡直像是電影《孤星淚》裡面那種流浪街頭的孤兒——漂亮的童星扮演的那種。

回到家裡，我吩咐她去洗澡，她很高興地答應，蹦蹦跳跳衝進浴室裡面去了。我一個人走回老爸的書房，繼續剛剛沒讀完的郵件。

（剛剛看到哪裡了？對了，法國教育部長被黑色星期五的抗爭轟下台了。）

三十多年以前，亞雷古爾也是五月學潮的改革鬥士，可是三十多年以後，孩子一樣對他嚷著「大人都不了解我們」。不曉得為什麼大人永遠都不了解小孩子。很好笑不是嗎？雖然教育部長下台未必就能保證什麼。可是亞雷古爾下台的例子卻使得政府不敢不傾聽孩子的聲音。

我很高興台灣終於有像你這樣的中學生開始做這件事情，也該是大人好好聽聽我們心聲的時候了。雖然台灣正在進行教育改革，可是如同我們在法國的經驗一樣，所有「在上位者」的改革，如果學生或者是孩子的意見不具備威脅他下台的權力，或者他可以根本不聽孩子的意見就來改革，那麼他們所做的一切，其實都很值得懷疑的。因此，光是進行「教育改革」是不夠的，要把教育改革做到讓學生和孩子都能滿意，這才是真正負責任的政治，也才是民主的真諦。

我明白你必須承受很多事情，因為你是台灣第一個這樣做的國中生。可是只有當你開始發出自己的心聲（不是老師，也不是父母的心聲），你的聲音才能夠正確地被整個社會聽到。一旦你開始這樣做，將來也會有更多的國中生仿效你一樣發出自己的聲音的。這是我在UNL工作給我的真實感受，所謂「天賦人權」並不只適用於大人，孩子也同樣應該享有同樣人權的，他們有權利要求這個社會讓他們用孩子的方式生活，用孩子的方式接受教育，用孩子的方式發出自己的聲音。

現在UNL正在歐洲發展國際性的組織。如果你有需要協助的地方，請不要客氣告訴我。讓我再次為你喝采，也為你加油！

你忠實的朋友 PePe

看完了這封郵件，我深深地倒吸了一口氣。

很顯然，因為類似的理由被處分，或者被貼上壞學生標籤的國中生，我絕對不會是第一個，恐怕將來也不會是最後一個。可是真要像PePe所說的，成為台灣第一個站出來說出自己心聲的國中生？老實說，我從來沒有想過。

正這樣想著時，妹妹已經洗完澡，悄悄地站到我的身邊了。

「什麼事？」我問。

「媽媽要我告訴你，你明天要去學校上課。」

「明天去學校上課？」我用著不可思議的表情說：「老媽有沒有搞錯？為什麼不跟我商量，憑什麼媽媽要我去上學我就得去上學？」

「你一定要去上學，」她嘟著嘴說：「我們都是為了你才會去教育部抗議的，所以你明天一定要去上學，否則我們就白白罰站一天了。」

這是什麼邏輯？我有點不悅，可是還是耐心向她解釋說：「妳去抗議是因為台灣教育的環境不好，我們要大家聽到我們的心聲，好讓大家以及政府一起來改善我們的教育，這和我要不要去上學沒有什麼關係。」

「不管你怎麼說，」妹妹一本正經地說：「我可是為了你才會去被罰站的。」

「這不只是為了我啊，這是為了我們的教育，也包括了妳啊！」我指著妹妹，「妳的同學，以及所有現在正在受教育的人，甚至是我們的下一代……」

「我？」被我點名，妹妹似乎很不甘心，她不以為然地說：「是你不聽老師的話，和老師吵架才會這樣的。我很乖，又沒有不聽老師的話。」

我被她搞得簡直快要氣炸了，可是看她那一臉無辜的表情，卻又拿她無可奈何。

「唉，」我嘆了一口氣，「反正跟妳說妳也聽不懂。」說完我轉過身去盯著電腦上的螢幕。

妹妹仍不走開，固執地站在我的身邊。

「又怎麼了？」我問。

「那你明天到底要不要去上學？」

「我還沒有決定，」才說完，就看見她巴答巴答的眼神，我只好使出求饒的表情說：「好，好，妳很盡責我知道了。妳先去忙自己的事，讓我好好想一想。我會打電話跟媽媽商量的。可不可以？」

說好說歹好不容易終於把妹妹哄走了。妹妹走了以後，我托著下顎看著電腦螢幕，不知道為什麼，耿耿於懷的仍然是剛剛她說的那句話：

「我們都是為了你才會去教育部抗議的。」

我有點不甘心，很想對著妹妹大嚷：要不是台灣教育環境這麼惡劣，我也不會碰到這麼多問題的啊……可是念頭一轉，我開始想，有沒有可能妹妹講的是對的呢？我的意思是說，如果不是為了我，去參加抗議的人都是為了什麼呢？在電視機前面的觀眾又怎麼看待這件事？

我開始想像，如果我問今天到場抗爭的人：請問你今天為什麼到教育部前面去抗議呢？是為了關心謝政傑的委屈？還是為了抗議台灣惡質的教育環境，要求政府和人民一起改善呢？

我從爺爺、奶奶、老爸、老媽開始，逐一想像在教育部前面抗議的人，他們會怎麼回答這個問題。想了不到十分鐘，我就赫然發現：大部分人其實都是為了關心「我」的委屈，才會到教育部去抗爭的。糟糕的是，雖然零星也有一些別的團體到場聲援，然而截至目前，這個抗爭似乎一直沒有跳脫出這個小小的格局。

那麼電視機前看電視的人呢？他們從電視報導上會得到什麼印象呢？

這樣一想，答案似乎是顯而易見了。如果一開始我們的態度就是這樣的格局，當然我們也不可能期望觀眾得到比這個態度更崇高的理念或者是感想了。這也就難怪所有報導的主軸全圍繞著：到底學校對我做了什麼不應該做的事情？我有沒有損毀汽車？有沒有去ＰＵＢ？有沒有交壞朋友？因為非得把這一切加加減減綜合計算，就沒有辦法算得出來到底我是罪有應得，還是真的受了多少委屈？

問題是誰又真的在乎我那一點小小的委屈呢？

愈想我愈覺得驚心動魄。照目前這種局勢進行下去，我們根本無法引起社會大眾的共鳴，更不可能造成什麼教育環境的改變了。再說，如果只是為了「我」的委屈抗爭，參加抗爭的人永遠局限於那些認識我而且關心我的人。全台灣能有多少人認識我呢？在這樣寒風颯颯的天氣裡，他們又撐得了多久呢？

不知為什麼，一陣涼意從背脊湧了上來，我有一種感覺，好像我已經無可挽回地預見了我們必然輸掉這場抗爭的命運了。

十點多，我終於把妹妹哄上床乖乖地睡著了。我坐回客廳的沙發椅去，打開電視。就在我心不在焉地看著電視新聞報導時，螢幕上電視新聞提示的跑馬燈忽然出現：

教育部前抗爭最新消息：高姓國中生出面表示：不是謝姓同學啦，學校抹黑抹錯人啦，訓導主任的座車是我損毀的。

看到這個跑馬燈，我大吃一驚。由於播報員還在播著其他的消息，我焦急地拿起遙控器，在各個頻道間尋找這則報導。轉了三、四個頻道之後，果然看到女主播背後的螢幕看板，出現了高偉琦那張不在乎的嘻皮笑臉。新聞主播以字正腔圓的國語播報著：

「由禮仁國中謝姓學生家長以及親友在教育部前面發起的以『愛的教育』、『救救孩子』為訴求的抗爭行動，有了最新的發展。這個行動，雖然抗議的家長抗議『學校抹黑並且不當處分謝姓學生』，但學校卻以訓導人員的汽車遭到不明破壞為由，強烈地質疑破壞行為係謝姓學生所為，雙方各執一詞。教育部也以需要進一步的調查為由，對抗爭行動沒有給予正面回應。這個僵局，目前因為高姓國中生同學主動出面承認汽車是他所破壞，而有了新的進展。據了解，高姓同學的爸爸就是前省議員高啟超。高同學表示，他破壞汽車動機，是為了表達對台灣教育環境的不滿，而他主動承認自己犯下的過錯，也是因為看不慣學校對謝姓同學抹黑的手段。以下是本台記者在教育部現場的報導。」

畫面立刻跳出高偉琦的臉，以及擺滿在他面前各個電視台及廣播電台標幟的麥克風。

「我想告訴大家：訓導主任還有生教組長汽車上面的字是我寫的。這件事情和謝政傑沒有關係，請學校不要再抹黑他了。」

高偉琦一說完周遭就亮起了一片閃光燈，以及平面攝影記者喀啦喀啦的聲音此起彼落。拿著麥克風的記者搶著問：

「是你自己要出來承認的嗎？還是有人指使你這樣做？」

「是我自己要承認的。」

「謝同學事先知道，或者曾參與過你的損毀汽車的計畫嗎？」

「沒有，」高偉琦說：「他如果知道我的計畫，一定不會同意的。」

「你為什麼要在這個時刻出面承認過錯呢？」

「我再不出面，大家會誤會汽車是謝政傑破壞的，然後這個抗爭就會不了了之了。這不是我原來的目的。」

「你說原來的目的，那是什麼？」

「我在訓導主任和生教組長汽車上刻字，是為了表達我對教育環境和體制的不滿。」

「你對教育環境和體制的不滿是什麼？」

「大人強迫我們接受他們的標準和想法，可是他們卻從來不接受我們的。」

「大人為什麼不肯接受你們的想法？」

「因為他們不喜歡改變，他們害怕。」

「你在汽車上刻了『北條彰』和『淺見千秋』這兩個《聖堂教父》漫畫上主角的名字，又代表什麼意思？」

「當北條彰被問到他為什麼動用黑社會的力量護送淺見千秋成為國會議員時，北條彰的回答就是：『改造日本』。」

「『改造日本』？這是什麼意思？」

「台灣的教育讓我們學生看不到希望，家長看不到希望，社會看不到希望，國家也看不到希望，」高偉琦收起了吊兒郎當的調調，嚴肅地說：「所以我想要喚起大家來改造台灣的教育。」

我注意到現場好幾個記者差點噗哧地笑了出來，好像高偉琦講的是多麼幼稚可笑的事情一樣，我可一點也不覺得有什麼好笑。

「你不覺得毀損學校老師的汽車是暴力行為嗎？這樣的行為怎麼能夠喚起大家來改造台灣的教育呢？你後不後悔你做了這種事？」

「我太蠢，把事情搞砸了。」高偉琦說：「可是我並不後悔，因為暴力並不一定完全不好，要看它的目的。國父推翻滿清政府，需要暴力，我們對日抗戰勝利，也需要暴力……這就像《聖堂教父》裡面寫的，所有的光必然伴隨著影，所以，如果謝政傑是光，我就願意是影。」

「你的比喻裡面又是光又是影的，你可不可以告訴我們，你到底在謝政傑身上看到了什麼？」

「我們都太自私又太懦弱了，從來沒有一個國中生像謝政傑一樣，站出來說出了大家心裡想說卻又不敢說的話。」高偉琦很認真地想了想，「我在謝政傑的身上看到了光，因為他既真誠又勇敢。」

我很難形容接下來的十幾分鐘之間，我自己手忙腳亂的程度。我手拿著遙控器，在不同的頻道至少又看了三次不同角度拍攝高偉琦接受訪問相同的內容。高偉琦風光的程度，簡直不下於新科的諾貝爾獎得主了。這期間，一直有電話不停地打進來。最先是老媽的電話，她用激動的聲音嚷著：

「你趕快看電視，終於有人替你說出公道話了，終於有人說公道話了……」

緊接著老媽的電話之後是艾莉。她興高采烈地對我說：

「傑哥，你在電視上看到高偉琦了嗎？哇，簡直酷斃了。我e-mail寫了半天都沒有人理我，高偉琦一說他們就覺得有道理，好幾個人打電話來，都說等一下要過去教育部聲援喔。最誇張的是我的朋友咪咪，她竟然覺得高偉琦很帥，要過去看他……」

等到我又轉到另一個新聞頻道，第五次看到那段訪問時，電話又響了。這次是高偉琦打電話來了。

「小傑，你看過電視了嗎？」

「嗯。」我問：「你現在打算怎麼辦？」

「我不知道，我就在教育部這裡跟大家在一起，說不定警察會來把我帶走吧？」

「訓導主任之前不是已經說不追究了嗎？」我問。

「或許吧，我真的不知道我爸爸在搞什麼鬼……」他說：「小傑，對不起，每次我都把事情搞砸。希望這次我真的做對了。」

我拿著電話，沉默了好久。一時之間，我的內心五味雜陳，不知道該說什麼才好。我的情緒愈來愈激動，最後只能一直跟高偉琦說著：

「謝謝你。真的，謝謝你。」

*

掛上高偉琦的電話之後，毫無緣由地，我忽然有種非去教育部現場看看不可的感覺。我沒有打電話通知老爸老媽，只是洗了個澡，又去房間看一眼熟睡的妹妹之後，就迫不及待地出門了。在計程車上，我不斷回想著電視訪談上高偉琦最後的那句話：

「我在謝政傑的身上看到了光，因為他既真誠又勇敢。」

似乎有太多的事情值得我去思索了。我真的是像高偉琦所形容的那種人嗎？或者那只是他們對我的期望呢？我真的想過要改革台灣的教育嗎？或者我不過只是另一個自私又懦弱的人……

到達教育部時，老爸、老媽還有阿公、阿媽都嚇了一跳，還好媒體記者已經離開得差不多了，因此我可以毫無顧忌地在現場走來走去。高偉琦在我到達之前沒多久被警方帶去警察局問話了，聽說高偉琦的爸爸聞訊也趕到警察局去了。

教育部前比我在電視上看起來還要熱鬧。約略估計一下，至少已經集結了二、三百個人，看來還持續有人過來，加入聲援的行列。警方雖然試著勸導人群解散，不過在莊律師還有裘議員與現場指揮官協調之下，暫時劃定了一個區域給抗爭的人群。原來抗議的許多爺爺奶奶雖然還想堅持下去，但是基於身體的考量，只能請他們先回家休息了。

現在紅磚道上大部分都是像我一樣的年輕人。我在人群中找到了艾莉，她顯得相當怡然自得。一看到我就好像看到偶像歌手似的又跳又叫：「傑哥！」

她還轉身跟身後那一群年輕人拍手示意他們安靜下來。「大家安靜一下，我跟你們介紹，」艾莉用雙手指著我，叫嚷著：「這就是我們心目中的英雄：最真誠又最勇敢的——謝政傑！」

結果大家竟然真的煞有其事地對著我又拍手、又是歡呼叫喊的，還有好多人不斷地對我比著拇指向上的動作，害我臉都紅了起來。艾莉陪著我像候選人拜票一樣到處去跟一撮一撮聚集的年輕人哈啦，結果竟然都得到一模一樣的熱情反應。

「怎麼會有這麼多人？」我問艾莉：「妳都認識？」

「大部分我從來沒見過，」艾莉搖搖頭。「大家碰在一起就很快認識了啊。」

「他們都像妳一樣，不用去上學？」

「或許吧。我前幾天看到報紙說全台灣九十年度的國中小的中輟生有將近九千五百個人，比八十八學年度增加了六成。」艾莉笑著說：「照這個速度增加下去，很快不上學的人數就會比上學的人多了。」

繞場一圈之後，老媽、郝老師以及裘議員又帶我去向一些到場聲援的團體致意。他們看起來年紀比較大。我像個政治人物一樣，跟他們握手、道謝，他們則拍我的肩膀，要我堅強，為我加油。

氣氛很快地熱絡了起來。不久，前教改會的朱教授也到場聲援。大家便圍著他，聽他開始演講。他講了許多教改為什麼愈改愈亂的原因，並且提出了一些他的建議。其中，有不少論點是我從來沒有想過的，像是：「一定要先抒解升學壓力，多元化教學才不會變成多元化競爭。」或者是「統統有獎地廣設大學，而不提升教育品質的做法，是自我欺騙的教育改革。」、「以發自學生、家長和學校，由下而上的建構式教改，取代過去由上而下的菁英式的教改」……他每提出一個論點，大家就不斷鼓譟，為他鼓掌。

不斷地有新成員加入我們的抗爭。我看到有個穿著白袍的人也加入了我們的行列，便走過去問他：

「你是醫生？」他的制服上的名牌寫著他是台大醫院急診室的醫師。

他點點頭。「我在電視上看到這裡有許多老先生、老太太，所以下了班順便過來看看，一方面聲援，一方面也看看能幫什麼忙。」

「你有小孩子嗎？」我問。

「沒有。你是想問我為什麼要來對不對？」他笑了笑，「我們已經快要失去這樣的熱情了……」他想起什麼似的問我：「你知道三月野百合學運嗎？」

我搖搖頭。

「一轉眼都經過十幾年了，當時你大概才生下來不久吧。時間過得真快，」他像是回味著什麼似的，「你知道，那時候台灣的問題更多，我們曾經有上萬學生熱情地聚集在中正紀念堂抗爭，為了這個國家未來的前途，要求總統宣布終止動員戡亂時期，廢除臨時條款，解散國民大會，召開國是會議。我就曾經是其中的一個學生……」他用一種羨慕的眼神看著圍繞在朱教授旁邊聽演講的年輕人，自言自語地說：「年輕實在很好，這樣的熱情與理想我已經很久沒有感受到了。」

朱教授講完之後，又是一陣熱烈的掌聲。幾個家長用汽車上的蓄電池臨時接好的照明設備也已經就序了。一個戴著NIKE鴨舌帽的人提了一台手提音響放在地上，按下播音鍵之後，六個身手矯捷的傢伙立刻跳上去開始表演街舞。像是一場等待已久的嘉年華會似的，大家竟然默契十足地打節拍、拍手、尖叫。街舞表演完之後，是直排滑輪熱舞上場……艾莉興奮得不得了，索性拿了一張紙像ＫＴＶ點歌一樣地去登記節目。我靈機一動，跑去商店買了海報紙和簽字筆、膠布，蹲在地上，在每張海報紙寫一個字：

大——人——都——不——了——解——我——們——！

等我把海報紙貼出來之後，更是得到一陣熱烈的掌聲。「大人都不了解我們！」大家似乎都很喜歡這個舞台的布景，登記節目的人愈來愈多。艾莉七手八腳地數著她的節目單：

「小提琴獨奏，吉他演唱，跆拳道表演……哇，」艾莉看了看錶說：「這個party的節目起碼可以撐到半夜三點鐘了。」

我們的舞台設備愈來愈豪華。十二點鐘，連我都搞不清楚怎麼回事，不過音響、麥克風都有人搬來，並且自動架設好了。十二點半，當高偉琦從警局回來時，現場又掀起了一陣高潮。節目暫時被打斷了，大家把高偉琦推到舞台中央，讓他說話。

「我真的不曉得該說什麼才好。」高偉琦抓了抓頭。

艾莉帶著兩個跟她看起來一樣可愛的女生，在台下像瘋狂的粉絲（fans）一樣喊著：「高偉琦，我愛你。」她們三個人拿著兩台數位相機，拍啊拍個不停。

才喊完，就引來稀落的笑聲。

「這樣好了，我要告訴大家，不要像我一樣使用暴力。我們要學小傑，用真誠與勇敢來改造台灣的教育。」

「還要快樂！」艾莉在下面喊著。

「對，」高偉琦說：「我們要用真誠、勇敢，還有快樂來改造台灣的教育。」

「改造台灣的教育！」人群中有一個人喊著。

果然大家就著魔似的跟著他喊著：「改造台灣的教育！改造台灣的教育！」

一時之間，所有掌聲、叫聲、哨聲統統響了起來。

現在似乎比我剛來的時候又多出了更多人。我可以感覺到不斷仍然有人來到現場。不知我眼花了還是怎麼樣，一輛計程車停了下來，走出來穿超人裝，還有穿蝙蝠俠裝的人。我簡直快昏倒了，用力再看了一眼，的確是超人和蝙蝠俠沒錯。不知道他們等一下要表演什麼？

叫鬧聲中，我看到有個傢伙拿著手機一直往中山南路的方向走。

「你們趕快過來就對了。」他對著電話嚷著：「真——的很好玩，騙你我會死。」

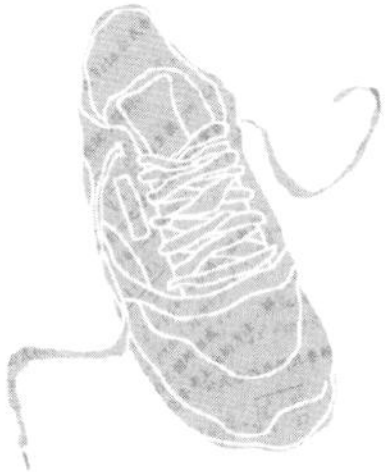

CHAPTER

-7-

當我們不再保有孩子的純真時，
青春、歡笑、自由與想望也就遠離了，
我們彼此責怪、相互憎恨，鬥爭、殺戮……
是我們的平庸、冷漠、虛偽、貪婪
讓生命變成了一連串失去純真的過程。

到處都是鳥叫的聲音。

睜開眼睛，天還沒有亮，清潔隊員已經沿著中山南路一路打掃過來。我一眼就看到了躺在我側前方，蜷縮在睡袋裡只露出頭的蝙蝠俠。現場是一片派對過後的零亂以及三三兩兩沈睡的軀體，五顏六色的睡袋就這樣七橫八豎地錯落在擋風的建物或樹木旁邊。幾個晨跑者從我們身邊經過。我用目光陪著他們跑了一會，不敵腦中的倦意，又昏昏沉沉地睡了過去。

六點鐘不到，一台小貨車載來了昨天晚上回家休息的阿公阿媽。小貨車司機把他們從前車座位上攙扶下來了。司機和他的助手身手矯捷地從車後搬下來不鏽鋼大圓桶，大盒紙箱，摺疊式桌椅，以及幾個大袋子，並且迅速把道具擺開。等不鏽鋼大圓桶蓋一掀開，冒出來陣陣蒸氣——搶在眼睛還沒有搞清楚狀況前，我的鼻子就聞到燒餅豆漿的氣味了。果然小貨車才一開走，阿公、阿媽已經站在摺疊桌前，親切地招呼大家享用免費早餐了。

喝著熱騰騰的豆漿時，老媽問我：「你決定要去上課了？」

「我總是要去上學的。」我說。

「學校的老師和同學都會看到昨天的新聞報導，」老媽又問了一次：「你確定你有心理準備？」

我點點頭。

老實說，要不要去上學的問題困擾了我好一會，直到昨晚臨睡前，我忽然想到了艾莉，想到禮拜五時我在網咖問她：「妳怎麼開始逃學的？」以及之後她告訴我的許多事……後來我開始問自己：我自己又是怎麼開始不去上學的？這樣一想，事情似乎變得容易得多了。禮拜五我之所以沒去上課的理由是因為我已經轉出原來的班級了，而彭老師答應我的新班級要到禮拜一才開始。換句話，禮拜五我沒有去上課，只是因為暫時我已經沒有班級可去了。禮拜六、禮拜日是休假，而現在是禮拜一了，我仍然還是學生，我從來沒有離開過學校，也從來沒有當中輟生的打算，更沒有什麼不去上課的好理由。既然彭老師在等我，我就去上學。一切就這麼簡單。

聽我叨叨絮絮地說著這些想法時，郝老師用一種驚訝的眼神看著我。她問：

「你有沒有想過暫時留在教育部這裡抗議呢？」

「或許留在這裡是更容易的選擇吧，」我停頓了一下，「可是我總覺得自己應該更堅強一點……」

她沉默了好久，若有所思地說：「我真的覺得你實在是個很特別的孩子。」

「妳不贊成我的決定？」

「我當然贊成，學校本來就是為了學生而存在的。不管發生了什麼事情，你都有權利去上學，」郝老師拍著我的肩膀，「我的意思是說，我們有許多其他的個案，即使有再大的委屈到最後還是不了了之，很少有人能夠像你們這樣堅持到底，我本來以為也許這是因為你有一個曾在報社做過事的媽媽，可是我愈來愈覺得我可能想錯了……」

「妳覺得是因為我的緣故？」

「當然還有很多其他的因素，只是，如果沒有你，這些人也不會來到這裡。雖然我說不上來，可是我總覺得這一切跟你內在的某些什麼很有關係……總之，我愈來愈覺得你是一個很特別的孩子。」

「或許我們每個人都很特別吧。」我說：「教育的目的不就是讓每一個人都發掘出自己特別的地方嗎？」說完連我自己都被自己嚇了一跳。雖然我說得很有道理，不過這好像應該是教育部長的台詞才對。

教育部前面很快充滿了朝氣蓬勃的老人家。昨晚回家過夜的爺爺奶奶們像天使似的又降臨了這裡，教育部前面像個清晨的公園似的，充滿了健康的氣氛。艾莉睡眼惺忪地拿了一杯豆漿來到我的面前，她邊走邊抓著頭髮，好像要把頭髮統統叫醒似的，搞得頭髮東翹一塊西翹一塊的，完全呼應她臉上迷迷糊糊的表情。

「艾莉，」我對她打招呼：「辛苦了。」

「聽說你等一下要去上學。」她有點神志不清地問我。

「嗯。」我點點頭。

她用著一臉同情的表情看著我說：「你才真的辛苦了。」

「妳等一下還要留在這裡？」

「我得先回去洗個澡，補睡一下，」她看了一下手錶，慧黠地笑了笑，「等攝影記者來上班時，我再穿得漂漂亮亮地回來。」

像艾莉這樣惦記著要回家洗澡的青少年不多。大部分的孩子都還沒醒來，他們全蜷縮在睡袋裡面不省人事地睡著。你實在很難想像才幾個小時前還瘋狂地活蹦亂跳的一群人，現在全變成了這樣。相對於天使般的爺爺奶奶們，他們簡直像是貪心地玩過頭，太陽一出來就見光死的吸血鬼一族。

*

說來有點荒謬，可是當彭老師早自習時在台上有模有樣向新班級同學介紹我是一個多麼熱心、有趣的新同學時，我的腦海中就是忍不住要想起那些剃著光頭的法國女人。

那是我在法國電影裡面看過的影像。她們是二次世界大戰德軍佔領巴黎期間和德軍陷入情網的法國女人。在德軍戰敗之後，憤怒的法國人把她們綁起來，剃光了頭，到處遊街示眾。她們全都是漂亮的法國女人，只可惜一路上迎接她們的全是噓聲與憤恨的眼神。

就像現在我面對一整座牆似的無聲回應一樣。雖然我還搞不清楚沉默的後面代表了什麼，可是我直覺到他們根本不相信彭老師對我的介紹。那些面無表情的臉龐彷彿在說著：嘿，別裝模作樣了，難道我們對你還有你惹出來的麻煩還不清楚嗎？只有彭老師還一派天真地鼓舞大家說：

「謝政傑以後要和你們生活在一起，你們不給他一點熱烈掌聲嗎？」

遲疑。沉默。我不知道事先有人跟這班的同學說了什麼？我會給他們下毒？用機關槍掃射？或者傳染愛滋病？我也不知道彭老師到底是故意裝傻或只是知其不可而為之，老實說，我很想阻止她繼續這樣熱心地自取其辱，可是她只是一意孤行。

「拿出你們的精神來，給謝政傑一個真誠的歡迎啊！大家客氣什麼呢。」

我閉上了眼睛，終於聽到了稀稀落落的掌聲。我很知道當你被歡迎時應該是什麼滋味。如果你真要問我，我很確定這個班級沒有一個人歡迎我。那些掌聲充其量只是給彭老師一點面子，畢竟她已經當了這班一年多的導師，沒有功勞也有苦勞。就算再沒有苦勞，也應該要有疲勞才對。老實說，這種要死不活的氣氛我實在有點介意。如果可以的話，我真想打斷彭老師的話，替她問大家：

「同學們，現在就讓我們把謝政傑剃光頭，然後送他去遊街示眾，好不好？」

我相信全班一定會歡聲雷動的。說真的，即便如此我都會覺得好多了。可惜現在我得到的只是不情不願的掌聲——遠比當年在巴黎街頭的噓聲與憤怒的眼神還要譏諷得多了。稀落的掌聲之後，彭老師讓我回到座位去。她用一種慈祥和藹的表情對我笑了笑，彷彿暗示我：

「你看，他們只是害羞而已，慢慢你們就會熟悉的。」

我也對彭老師笑了笑。並不是我被她的暗示說服了，而是我也覺得應該給她一點面子。雖然她只當了我的導師五分鐘而已，可是這種時刻還願意當我導師的人絕對是有資格得到笑容回應的。於是我就在這樣的氣氛之下開始了我在新班級的生涯。我當然非常希望彭老師的「害羞說」是真的，然而事情顯然朝著相反的方向進行。在彭老師離開之後，就不再有人跟我講話了。除了我坐的那把釘子鬆動的課桌椅，每次在我不耐煩地變換坐姿時，還發出咿咿呀呀的抗議聲外，我在這個班級再也感受不到任何互動了。

第一節課是國文老師和他的文天祥。這個班級上課和我原來的班級風格不太一樣。每次老師講解完一段落或者發問時，全班同學就毫無例外地舉手，等待老師點名發言。剛開始我很不習慣，可是這麼一來我變成全班唯一沒有舉手的人了。我後來理解到舉手是一種必要的掩護，於是不管有沒有意見，我開始跟著大家麻木不仁地舉手。約略統計一下，直到第一節結束，我至少跟著舉了二十次以上的手。我敢說，明明老師一進教室就已經注意到我了，可是他卻從來沒有一次叫我起來發言過。這種感覺很奇怪，彷彿這個班級不斷地進行著各種節目，而我只是螢幕外面的電視觀眾一樣，不管我舉手也好，不舉手也好，我和這個班級永遠隔著從電視螢幕裡面到外面那麼長的距離。

儘管一切如常地進行著，可是我實在不明白，難道他們是怕我說話嗎？還是他們把我假設成某種發動心靈戰爭的恐怖分子？我的挑釁逼大家不得不團結起來用冷漠當武器來圍堵、反擊我，好讓某種原來他們相信的事情不至於解體？

我就這樣度過了第一節課。一下課，教室外忽然出現了許多同學的媽媽。她們像是約好了似的在教室內外進出穿梭，通報著要到家長會長辦公室開會之類的話，一陣風似的來，又一陣風似的消失。最好笑的是她們其中幾個人認出了我，還露出一種慌張的表情，彷彿做了什麼不該做的事被我發現了似的。

這實在有點不尋常，通常這些媽媽們要到中午吃飯時間才會出現的。雖然我還不認得任何同學，可是又按捺不住滿肚子的好奇，於是我走過去問那個被大家稱為「班長」的傢伙：

「你是班長嗎？」

他沒有回答，只是抬起頭訝異地看了我一眼，責備我不應該輕意逾越某道看不見的界限似的。

「怎麼忽然出現了那麼多媽媽？」我問。

他搖搖頭。而我一點也不明白搖頭是什麼意思。

「搖頭什麼意思?」我問。

「搖頭就是搖頭的意思。」他說。

我注意到很多同學的目光看向這邊來。碰了這麼一鼻子灰,我本來有點灰心,很想就這麼算了,然而這些目光使我覺得好像無論如何,我不能就這麼回去乖乖地坐好——總得有人有責任和我說說話吧,畢竟我也是這個班級的一分子。於是我決定繼續死纏爛打。

「班長,」我說:「我坐的那把椅子壞掉了。」

他抬頭冷冷地看了我一眼,很快又把頭轉回課桌上,盯著數學課本半天不吭聲,彷彿這樣就算已經回答過了似的。

我當然不肯就此罷手。「我說,我的椅子壞掉了。這樣搖時,」我開始動手搖他的椅子,「會發出咿咿呀呀的聲音。」

班長的椅子沒有發出什麼咿咿呀呀的聲音,不過他卻猛然從座位上站起來,怒氣沖沖地用手指著我說:「謝政傑,你聽好,我不想惹事,你也別惹我。」他維持著那種嚇人的姿勢好一會兒,才說:「我只是班長,我不管椅子。」說完他扭頭就走,只留下我一個人自討無趣地站在那裡。

為了不要讓自己太難堪,我裝出要上廁所的模樣,走出了教室。當我從廁所走回來,經過原來三年十四班的教室時,我明明看到有幾個同學發現我了,可是卻沒有人願意和我打招呼。他們的眼神似乎也對我說著一模一樣的話:「謝政傑,你聽好,我不想惹事,你也別惹我。」

我吹著口哨，心裡感傷地想著：啊，謝政傑，你終於也落得無家可歸了。

正這樣想著時，我突然被出現在我身邊的趙胖嚇了一跳。「死趙胖，」我臭罵他：「你幹嘛像鬼一樣冒出來？」

「我看你才一副失魂落魄的模樣，還說我像鬼？虧你還敢回來，」他仍然還是那副皮條客的調調，「教育部那邊不是還在抗議嗎？」

「我為什麼不能回來？」

「禮拜五校長在升旗的時候當著全校同學面前把你罵個半死，你知不知道？」

我停了下來。「他罵我什麼？」

「校長說你一粒老鼠屎壞了一鍋粥，還說你破壞校譽，不知羞恥……唉，算了，反正就是那些你不想聽的。現在全校大概只剩下輔導主任和彭老師敢挺你了，」趙胖停頓了一下說：「新班級混得怎麼樣？」

我聳了聳肩膀。「還能怎麼樣？」

「不是我愛說你。你這是要選總統還是立法委員？否則你又何必呢？就算你有天大的賭爛，再ㄠ一下不也就畢業了嘛？再說，學測也快到了，」趙胖說：「說真的，我要是你啊，君子報仇，十年不晚嘛。」

「什麼意思君子報仇，十年不晚？」

「詹老師總是要結婚生小孩的，大不了你立志以後當國中老師，再來殘害他小孩的身心……」

呸！呸！呸！我瞪了趙胖一眼，真是狗嘴裡吐不出象牙。不過話又說回來，現在似乎也只剩下這張狗嘴還敢跟我講話了。再說，這樣的時刻我實在也沒有心情跟他ＰＫ。趙胖似乎也看出了我的心事重重，他沒有多說什麼，只是沉痛地拍拍我的肩膀，一副要我多保重的模樣。

第二節課是理化課。很巧合的，三年八班的理化任課老師和原來的三年十四班一模一樣。上課鐘一響，理化老師走進教室看到我時似乎嚇了一跳。

「哎喲，謝政傑同學，著名的異議分子，偉大的學生領袖，我們又見面了，」他用一臉無奈的表情跟我打招呼，還抱怨說：「上一節課我在十四班沒看到你，我還以為我像詹老師一樣，可以解脫了呢……」

第二節課一下課，那些媽媽們又統統回來了，教室內很快起了一陣騷動。混亂中，我聽見有人在叫我的名字，當我抬起頭，發現竟然是班長站在面前跟我說話時，還真是受寵若驚。

「我媽有話要跟你說。」他指著站在窗口的一個女人。

我走出教室，對著班長媽媽禮貌性地點頭。

「你就是謝政傑？」她的目光在我全身上下打量。

我又點了點頭。這時候，我開始注意到班上的同學，在媽媽的伴隨之下，三三兩兩地揹著書包走出了教室，從我身邊經過。第三節不是導師的英文課嗎？難道是調課，或者改教室了？眼看著走出來的人愈來愈多，我趕忙轉過頭去問：

「咦？下一節不是英文課嗎？你們到哪裡去？」

糟糕的是不但沒有人回答我，這些揹著書包的人反而躲避什麼似的，全都低著頭加速離開我的身邊。

「他們回家去了。」說話的是班長的媽媽。

我回過頭，不解地看著班長媽媽。「他們為什麼要回家？」我問。

「我們剛剛開過了三年八班的家長會，」班長媽媽停頓了一下，「我希望你不要覺得這是你的錯。我們只是抗議學校……」

就在我要問出下一個問題之前，我忽然完全理解了我面對的情況。這個理解，像一隻看不見的手蒙住了鼻子嘴巴似的，不但讓我啞口無言，還讓我有種喘不過氣來的感覺。

「我希望你能明白，這是很不得已的決定。」

「我做錯了什麼嗎？」我問。

「或許正因為你做的是『對的事情』吧，事情才會愈鬧愈大。只是，三年八班的同學現在需要的，並不是「對的事情」。學測就快到了，他們最逼切的是『平靜』。這幾天，你已經奪走了三年十四班的『平靜』了，眼看著教育部前面的抗爭還在持續著，」班長媽媽想了一下，「學校沒有權利不諮詢我們這些家長的意見，就把你安插到這個『平靜』的班級來。」

我有點不太高興地問：「照妳這樣說，學校應該把我安插到哪裡去呢？」

「你是個聰明的孩子，」班長媽媽說：「我沒有辦法回答你的問題。我只能希望這樣的決定不會對你造成太大的傷害。我這樣說，你明白嗎？」

「我明白了。」

「很好。」

教室裡面的同學現在幾乎走光了。只剩下班長還揹著書包，站在門口等著我們。班長媽媽轉身呼喚了他一聲，又回過頭來語重心長地對我說：

「說不定將來你們在高中或大學裡面變成要好的同班同學吧，可是不是現在。」

班長媽媽才說完，班長已經走過來站在她的身邊了。

「跟謝政傑說聲再見啊。」她催促著。

我聽見第三節上課的課鐘聲響了起來。班長對我說了聲再見，還對我擺了擺手。我並沒有對他說再見，只是愣愣在那裡站了一會，眼看著他們母子的背影遠遠地消失在迴廊盡處的轉彎。不知道為什麼，緩緩消失的背影給我強烈的震撼，過去我一直以為我所對抗的是學校、老師或者是體制這類的對象，我從來沒有想過，有一天，和我的立場一樣的同學和家長也會用相同的方式對抗我。

我走回教室時，彭老師已經來了。空曠的教室裡只剩下我們兩個人了。

「同學呢？」她訝異地問。

「他們的媽媽剛剛把他們全帶回家了。」

「為什麼要把他們帶回家？」

我實在不曉得該如何回答，只好保持沉默。

「他們這樣算是一種抗議？」

我沒有說話。

有很長的時間，彭老師也沒有說話。我只能看到她的臉部肌肉不由自主地微微地抽搐，卻一點也不知道她在想些什麼。彭老師花了好久，終於讓那些抽搐止息下來。她試圖用平靜的語氣堅定地對我說：

「我們來上課吧。」說完她又深吸了一口氣，下定了什麼決心似的，「只要還有一個學生渴望求知，就不應該有老師停止上課。」

於是我拿出了英文課本，彭老師也翻開了課本，我們就這樣一對一地開始上起課來。彭老師每唸一句英文，我就跟著唸一句。儘管我們兩人的聲音在空盪的教室裡顯得有些單薄，可是課文唸著唸著，我卻感受到一種前所未有的安心。

我想起在暑假指定閱讀裡面，余秋雨先生寫過朱熹的故事。當年朱熹在岳麓書院講學時，他的學說雖然受到學子的歡迎，可是朝廷卻將之誣陷為「偽學逆黨」，並且以各種名義拘捕迫害朱熹的學生。當官府派人來岳麓書院追捕他的學生蔡元定的前夕，朱熹召集了一百多名學生為蔡元定餞別。雖然有人難過得哭起來，但是蔡元定卻仍然從容鎮定，對於自己將為老師的學說犧牲無怨無悔。朱熹很受感動，對蔡元定說：我已老邁，以後也許沒機會和你見面了，今天晚上和我住在一起吧。這個晚上，師生兩個人沒有談別的事，只是通宵校訂了《參同契》一書，直到天亮。蔡元定被官府拘捕之後，杖枷三千里流放，歷盡千難萬苦，死於道州……

我不知道蔡元定臨死之前，是不是仍然想到那次的餞行，那整個通宵。我抬頭看了一眼彭老師瘦弱的身影，她的身後是一整座沈寂的黑板、零零落落的粉筆，以及那些等待著在我生命中被寫上去的字辭、符號以及意義。或許這也是我這輩子最後一次上彭老師的課了。這樣想時，我忽然體會到這是我生命中多麼莊嚴的一幕。我有一種迫切，貪婪地想把此時此刻的一切，空氣的氣味，老師咬字的聲音，認真執著的表情，黑板肅穆的氣氛……所有的一點一滴都銘印在我的腦海裡面。好讓將來更壞的事發生時，我仍擁有這些美好回憶，能夠讓自己堅定。

我不曉得為什麼我們浪費了那麼多時間去爭辯誰是好老師，誰是壞學生？其實只需要不到五分鐘，學生就會真切地感受到一個好老師。教育不就是這麼簡單的事情嗎？只要我們的教育還有這樣的老師和聲音堅持，哪怕全世界的黑暗都已經成形，哪怕她的身軀多弱小，聲音多細微，都會有許許多多懵懂的孩子看到、聽到的。孩子將會受到啟發、受到感動而長成更多純潔與真誠的心靈。而只要純潔與真誠的心靈存在，我們之間就會有更多的呼應：知識呼應著好奇，熱情呼應著求知，信任呼應著敬重。那時候，現世美好，生命的成長許應我們智慧與關愛，不再有考試、競爭、威脅、懲罰，更沒有憎恨、恐怖……

這樣想著時，我發現自己已經熱淚盈眶了。或許不想破壞這麼美好的一節課吧，我並沒有動手去擦拭，任淚水沿著我的臉頰滑落下來。我知道彭老師也看見了，可是她並沒有停下來，仍然堅持朗誦著課文，要把這一堂課完整地上完。

第四節課甚至地理老師也沒有出現了。

我揹著書包去導師辦公室向彭老師告辭時，她正在電話上為了我的事情與別人爭吵著。我就在她的身旁站了一會。等掛上了電話，她沒有說什麼，只是用力地擁抱著我。

「小傑，記住老師的話，不管發生了什麼事，」她放開我，定定地看著我。「你一定要好好讀書，讓自己好好長大。知道嗎？」

只在那一刻，我才看見眼淚從她的眼眶裡面湧了出來。

＊

家裡的電話留言裡面有兩通留言等著我。一通是邱倩打來的，另外一通是電視上一個熱門的Call in節目《今夜開講》的製作人，邀請我去上今晚九點的現場節目。不知道為什麼，我一點回電的慾望都沒有。

電視上的新聞又開始出現了教育部前面抗爭的ＳＮＧ畫面報導。廣場前面的人數似乎又增加了，記者估計現場起碼已經聚集了五、六百名以上的抗議群眾。這些人舉著不同團體組織的旗幟，顯然有好多的民間團體，昨天來不及聯絡人馬，全在今天加入了聲援的行列。昨天的舞台上有人正在講話發表意見，雖然我不認得講話的人，不過聽他說話的群眾很熱情，不時給予掌聲、喝采。

郝老師受邀在主播台接受訪問時指出，這個抗爭事件雖然起因於一個國中生對於學校教學以及獎懲方式的不滿，不過這些不滿卻直接衝擊了現行的教育體制以及文化，而這個抗爭之所以會得到迅速的響應，也來自於民眾這些年來對於教育改革的失望。郝老師呼籲有關單位應該盡快正視這股自發性的能量，並且給予適當的回應，否則這股能量的累積與蔓延會愈來愈廣大，有可能形成繼十年前四一〇教改大遊行之後，民間最大的一股教育抗爭力量。

除了一些民間教育團體之外，我注意到聲援抗爭的學生似乎也變多了。有一則新聞報導了一群大學生也利用課餘時間加入了聲援的活動。另一則新聞則報導了一個國中後段班的導師帶著他的班級來參加抗爭，並且疾聲批評我們的學校失去人格養成的功能，已經淪落成為功利、成績、考試、競爭的殺戮戰場了。

「你這樣把學生帶出來，難道不擔心學校或者是家長方面的壓力？」

「我想就算我沒有帶他們，他們自己也會來的。這些孩子在學校已經學不到東西了，或許來這裡會讓他們有機會找回自信心吧，」這個戴著眼鏡的年輕老師說：「我已經豁出去了，我願意接受任何的處分。我不在乎，我只是心疼這些孩子……」說著他的聲音已經有點哽咽。

當記者問到這個班級的其中一個學生為什麼不在學校上課，反而跑來參加抗爭時，他遲疑了一會，不肯回答。

「你是不是在擔心什麼？」

他又猶豫了好久，久到我都開始佩服記者的耐心了，那個學生終於才說：「我擔心爸爸媽媽看到電視會罵我。」

「既然這樣，你為什麼還來參加抗爭呢？」記者問：「老師有沒有強迫你們來抗爭？」

「是我們自己要來的，」他停頓了一下又說：「我不要繼續像現在這樣上學。」

「像現在這樣是什麼意思？」記者又問。

「沒有尊嚴，被人家看不起。」

看著電視時電話響了，我接起了電話，是找我的。對方很客氣起自我介紹她是電視台的記者，還報了名字。我又確定了一次她的名字，和我現在在電視螢幕上看到的名字一模一樣。

「後段班學生那段報導是妳做的？」我問。

「你怎麼知道的？」

「我看到報導了。」我說：「我就是謝政傑。」

聽到是我，她有點嚇了一跳，似乎我本人接電話並不在她的預期之中。過了一會，她問：「我來證實一件事情，聽說剛剛三年八班的家長發動學生罷課，以抗議你轉到他們的班級去上課？」

我想了一下。「是。」

「你知道他們為什麼要這樣做嗎？」

我停頓了一下。「他們告訴我說他們目前並不需要『對的事情』。學測快到了，他們的孩子現在最需要的就是『平靜』，而我的加入，只會破壞了他們的『平靜』。」

「你自己對這件事情有什麼感想？」

「我覺得教育目前最需要的就是『對的事情』，」我不假思索地說：「我相信如果沒有『對的事情』，我們就永遠不會有『平靜』的。」

我一點也沒有想到，才一個小時不到，我和記者在電話上的這段對話就被完完整整地在電視上播放出來。緊接在這段錄音之後，出現的是校長一臉無辜的表情。他說：

「學校當然知道應該要保障學生的受教權。可是現在怎麼去保障呢？一邊是家長帶著學生在教育部抗爭，另一邊則是家長帶著學生罷課抵制這個學生……照現在這個制度，家長可以要求學校，可是學校根本沒有權利要求家長，請他們不要抗爭、或者是不要發動罷課。我希望大家能夠冷靜想想，其實這樣的抗爭，到最後犧牲的其實還是學生本身的受教權……」

「你不覺得學校應該負起責任嗎？」

校長皺了皺眉頭。「事情演變成這樣，大家要學校負責任，好像只要學校負責、認錯了，我們所有的教育問題就可以迎刃而解。這一點連我自己也覺得很無奈。學校只是一個執行單位，所有的教育法規、政策都不是學校訂的，如果學校的行事與處分都已經完全依照規定辦理了，結果大家還是不滿意……我真的不知道，在這樣的情況下，學校到底應該負起什麼樣的責任？又要怎麼做才能使得所有人都能夠滿意？」

「目前校方對於這個集體罷課事件是採取了什麼行動嗎？」

「我們盡量跟家長溝通，盡量溝通，目前只能這樣了……」

代表家長會發言的是趙胖的老爸，他顯露出一種被這件事情搞得疲憊不堪的神態，只是拿著寫好的稿子面無表情地照唸著：「家長會對於發生這樣的事情深感遺憾。我們會努力加強溝通，以保障所有學生的受教權為我們最重要的目的。」

最好笑的是不管記者再問什麼，趙胖老爸的回應都完全一樣——就是把那份同樣的宣言再唸一次。他一共這樣唸了兩次，記者才死心不再問問題。

似乎沒有任何三年八班的家長願意出面接受採訪。記者撥電話給家長，他們要不是拐彎抹角地婉拒，要不然就是回覆記者類似「因為是大家共同開會決定的，因此我們配合這個決定。」這樣的答案。

報導播出之後不到五分鐘，我接到了邱倩打來的電話。她詳細地問了我一些罷課的細節，我也一一照實回答。

「現在你打算怎麼辦？」她問。

「我不知道，我還沒有時間好好想想，」我說：「我一直以為我對抗的是學校，家長和學生應該是站在我這邊的，可是我從來沒有想到……」

「有沒有可能，家長發動的學生罷課，背後其實是學校支持並且策動的？」

「可是當初是學校安排我轉班的，我不懂……」我嚇了一跳，「我的意思是說，學校為什麼要這樣做？」

「學校當初安排你轉班，目的是希望你能夠閉嘴，或者是接受協調會的安排，可是搞到現在，不僅協調會破裂，你們還吵到教育部去……」邱倩說：「你不覺得只要能逼你知難而退，乖乖地自動轉學，所有的問題都會迎刃而解嗎？」

「可是校長剛剛還在電視上說……」

或許為了讓我稍微想一想，邱倩故意沉默了一會兒。「或許你很難接受吧。不過我在媒體工作學到最重要的教訓之一就是：千萬不要相信媒體。不管是媒體的報導，或者是誰在媒體上說出來的話。」

這回輪到我好久不講話了。

「如果妳是我，」我問邱倩：「妳會怎麼做？」

「最簡單的辦法當然就是轉學。這是最圓滿的結局，大家都會滿意的。不但如此，只要你肯轉學的話，我相信學校一定很樂意幫忙，盡快把你這個燙手的山芋丟出去的。」

「可是，」我說：「這麼一來，在教育部前面為我抗爭的那些人該怎麼辦？」

「小傑，你太天真了，不會有人記得住教育部前面那些人是在抗爭什麼，更不用說他們在為誰抗爭。不管你轉不轉學都一樣。你最好了解一件事情，我們的電視新聞已經變成了純粹的娛樂事業了，哪怕再大的事情，再重要的事情發生，一切都只是刺激感官的娛樂而已。教育部前面你們有老弱婦孺在抗爭，還唱歌跳舞的，這很好，娛樂效果十足。可以想像接下來應該是教育部官員出來回應，說說這裡需要溝通，說說那裡需要加強，改革一定要堅持下去的廢話……只要不太離譜，雖然娛樂效果差一點，大家勉強還是能夠接受的。說真的，這一切都很平庸，根本沒有人在乎的。只要你能全身而退，很快大家就不記得到底發生過什麼事了。將來沒有人會記得你，也沒有人會抱怨你的。」

「如果我不喜歡這個辦法呢？」我問。

「你得自己現身，親自去面對媒體。」

「我自己去面對媒體？」

「你想抗爭，就得讓大家先認識你，喜歡你才行……沒有人會想看一場沒有主角的戲的。觀眾需要看到一個活生生的十五歲少年，你必須成為他們在乎的人，你才有機會說服他們在乎發生在你身上的事。」

「如果我真的這樣做，會有機會嗎？」

「小傑，我真的不建議你這樣做。以現在的情勢來看，你仍保有很好的下台階。你的名字以及影像還沒有曝光，你大可離開禮仁國中，在台灣任何一個國中重新開始。可是如果你堅持要讓自己曝光的話……這樣做，對你並不划算。」

「我只是問妳：我會有機會嗎？」

「我真的不知道，你很單純，但是媒體和這個社會遠比你想像的還要複雜許多，如果你非親自去面對媒體不可……」邱倩停頓了一下，忽然問我：「小傑，你有沒有想過：這些日子以來，你真正想說的到底是什麼呢？」

我在電話這頭保持了好久的沉默。老實說，我從來沒有想過。

在邱倩之後，老媽也聽到了消息打電話回來關心。我們並沒有聊得太多，我只告訴她我的心情還好，老媽也安慰我，說她會和郝老師以及大家商量之後，再決定這件事情該怎麼辦。她在電話中還為我打氣，要我加油，我聽得出來，她其實也是在為自己打氣。

「阿公阿媽他們還好嗎？」我問。

「我看他們是有點累，」老媽說：「可是他們還撐得下去。」

「這樣能撐到什麼時候？」我問。

「我也不知道，」老媽說：「教育部總得給我們一個交代吧。難不成叫我們就這樣悄悄地來，然後又悄悄地走？」

為了避免我在媒體上曝光，大家都不贊成我到教育部前面去。

「我一個人留在家裡幹什麼呢？」

這樣問時，我立刻聽到了電話裡七嘴八舌地傳來不同的意見，有人要我負責監看電視新聞隨時給他們回報，也有人要我暫時放下這些，拿起課本讀書準備考試。最誇張的是阿媽，她認為這樣的時刻，再也沒有比翻閱聖經，並且向主禱告更好的方法了。

＊

我看了看電視，翻了翻報紙，又試著閱讀郝老師送給我的書。雖然上面講了許多很好的道理，可是不知道為什麼，我卻只變得愈來愈煩躁。

信不信由你，最後我真的翻箱倒櫃把聖經找出來，從創世紀開始讀起。

起初，上帝創造天地。地是空虛混沌，淵面黑暗；上帝的靈運行在水面上。上帝說要有光，就有了光。上帝看光是好的，就把光暗分開了。上帝稱光為「晝」，稱暗為「夜」。有晚上，有早晨，這是頭一日。

讀著創世紀時，我忽然發現，這樣的句子像極了小時候臨睡前，老媽在床邊唸的童話故事。很可惜我進查經班時已經開始讀小學了——一個期望自己快快長大的年紀。也因此，我對創世紀的印象一直停留在那個討厭童話的時期所留下來的印象。那時候，我總覺得我所讀的聖經，一定只是用來吸引小孩子的奇幻故事罷了。事實上，應該還存在著另外一本真正留給大人看的聖經。好笑的是，要到慢慢長大以後你才理解，在上帝的國度裡面只有小孩——不管多大年紀的小孩，祂並不再為大人另外寫一本聖經了。

於是我沿著創世紀開始一章接著一章漫無目的地讀下去。有趣的是，我的心情竟然神奇地安靜了下來。我從創世紀的第一個七天，讀到了亞當、夏娃被逐出伊甸園，讀到了該隱與亞伯，讀到了大洪水與挪亞的方舟，讀到大洪水之後，挪亞的子孫來到了巴比倫平原。

他們彼此商量說：「來罷，我們要做磚，把磚燒透了。」他們就拿磚當石頭，又拿石漆當灰泥。他們說：「來罷，我們要建造一座城和一座塔，塔頂通天，為要傳揚我們的名，免得我們分散在全地上。」

耶和華降臨，要看看世人而建造的城和塔。耶和華說：

「看哪，他們成為一樣的人民，都是一樣的言語，如今既做起這事來，以後他們所要做的事就沒有不成就的了。我們下去，在那裡變亂他們的口音，使他們的言語彼此不通。」

於是，耶和華使他們從那裡分散在全地上；他們就停工不造那城了。因為耶和華在那裡變亂天下人的言語，使眾人分散在全地上，所以那城名叫巴別……

讀到這裡，我開始有點感傷了。

我的心思飄回這幾天發生在我身上的這些人和那些事。我開始問：明明是一樣的人民，說著一樣的言語，為什麼當我們相互喧嚷嘶吼時，彼此卻無法理解領會呢？難道，阻絕在我們之間，讓我們無法溝通的渴望，竟也是另外一座逾越了上帝禁忌的巴別塔？

小傑，你有沒有想過：這些日子以來，你真正想說的到底是什麼呢？

我穿上了外套，離開了家，沿著附近的捷運地下道入口走進了捷運站。我本來應該搭上捷運到火車站下車，再走路過去教育部的。然而就在捷運列車駛過來的那一剎那，我陷入了一種空前的迷惑裡。我問自己：難道抗議就是我想表達的全部嗎？

如果是的話，我該抗議誰呢？教育部？學校？老師？家長？學生？新聞媒體？或者是所有的這一切？說真的，經過這一個早上之後，我已經沒那麼理直氣壯了。如果我們把自己當成這個教育體系的受害者，我們真的能夠找出一個應該負責的兇手，乾脆俐落地把罪過全推給他，並且集合眾人之力一起消滅這個兇手嗎？

萬一答案揭曉——就像東方特快車謀殺案裡面，所有車上的乘客都刺了死者一刀一樣——如果所有教育列車上的乘客，包括新聞媒體、教育部、學校、老師、家長、學生……全成了謀殺案共同的兇手時，這一切該怎麼辦才好呢？

如果應該陳情，兇手能為受害者主持正義嗎？

如果應該抗議，我們又如何去抗議自己呢？

我就那樣動都不動地站在上上下下的人潮中想著。直到車廂關上了門，快速走遠了時，我仍還迷惑地站在月台上。

如果不是的話，那麼，你真正想說的到底是什麼呢？

我回到家裡，打開電視，試圖在頻道中找尋教育部前面的抗爭最新的進展。也許我該聽看看，到底別人都在說些什麼？

有個國一的學生站在「大人都不了解我們」前面的舞台說：「我很少看到我爸爸，他每天都要工作很晚。每次我睡覺的時候他還沒有回家，我起床要去上學的時候他還在睡覺。我小時候不知道，以為爸爸生病了。我記得有一次起床的時候我問媽媽：爸爸是不是快死掉了？為什麼他已經睡了四天了，都還沒有醒來？」一群眾響起了一陣笑聲和掌聲，這個國中生繼續說：「我希望我的爸爸少賺一點錢，這樣他就可以有多一點時間和我們在一起。」

畫面跳接到站在台上的艾莉，她說：「我是個可愛的國中生，也是個中輟生，」她一身鮮艷的衣服和誇張的表情，才一開口就贏得許多的掌聲與口哨聲，「我希望學校能夠明白一件事，那就是我們對於學校的期望遠遠超過學校對我們的期望。」

（轉台，一些別的新聞。轉台，綜藝節目。再轉台。）

激動地對著鏡頭說話的是一個學校的家長會長。

「雖然我是家長會的代表，可是我卻要反對今天發生在禮仁國中三年八班發動學生罷課的這些家長。我覺得這種自私自利的行為是最糟糕的錯誤示範，也是家長會的恥辱。」

昨天到場聲援的朱教授也到現場了。他說：「當一個國家的學生、家長、老師、學校和教育單位彼此抗爭，喋喋不休時，我們是不是應該好好地想一想，有沒有可能問題不在我們彼此之間，而是整個，全部的體制出現了問題？」

（轉台，股票解盤。轉台，新聞。再轉台。）

一個長得清秀但神情有幾分憂鬱的男孩子站上台說他要表演一首歌曲，名字叫做〈阮若打開心內的門窗〉，說完之後他就開始清唱了。

阮若打開心內的門，就會看見五彩的春光。
雖然春天無久長，總會暫時消阮滿腹辛酸。
春光春光今何在？望你永遠在阮心內。
阮若打開心內的門，就會看見五彩的春光……

雖然他唱得有點五音不全，可是大家還是很配合地替他打拍子。等他唱完之後，他抓著麥克風，用顫抖的聲音說：「小時候，我好想揹著大大的書包去上學。我以為我會在學校學習思考、體會、尊重、分享，好讓我更懂得享受生命所賦予我的一切，更懂得熱愛這個世界。直到我開始上學之後，我才明白我想錯了。他們說，教育就是競技場，而讀書不過是一場又一場的爭奪戰，為了保持領先，我們放棄了思考、體會、尊重、分享，開始學習平庸、冷漠、虛偽、貪婪……」他應該還說了一些別的，可是畫面上的剪接顯然只到這裡為止。

在他之後是幾個國中學生在舞台上滿身大汗地表演街舞。在他們跳完舞之後，一個國中生有點害羞地對著麥克風說：「我媽媽一直覺得我是個不聽話的壞孩子。我當然也很想聽她的話，孝順她，可是她只要我讀書，從來不知道我也會這些。我希望她在電視機前面能夠看到……」他說到這裡停頓了一下，後面的話還沒有說出來就哭了。

那麼，你真正想說的到底是什麼呢？

三點鐘左右，電視新聞的跑馬燈出現了教育部次長正式回應抗議群眾的訊息。大概過了十幾分鐘，我看見了教育部次長、市政府教育局局長以及幕僚們出現在教育部前面的畫面。教育部次長表示，由於教育部需要了解抗爭事件的來龍去脈，因此遲至現在才對抗爭的民眾有所回應，他感到很抱歉。教育部透過教育局以及學校多方面的了解，也和部長以及內部主管單位同仁進行密集的協商之後，發表以下的幾點處理辦法聲明。教育部次長拿出了聲明稿開始唸：

「第一，禮仁國中三年級學生被導師處罰教室外面上課一事，教育部認為，導師對於學生的偏差行為應善加規勸，並且輔導，不應一味以處分的方式行之。導師對學生的處分雖未明顯侵犯學生的受教權，但屬於不合宜的教育方式。請學校切實檢討，並且列入年度考績參考。第二，學校校長以及有關行政人員，對該事件的處理警覺性不夠，以致於在對學生的懲罰之前，未能給予家長說明、解釋之機會，事後又未能充分溝通，尋找補救辦法，導致家長反彈，錯過圓滿處理的機會，應予以糾正。第三，學生因不服管教而對老師的肢體動作確屬不當，希望家長能夠協助告喻學生，並且加強管教。至於學生受到之處分如有不滿，家長如有不同之意見，應循正常之管道申訴。第四，本部對於民眾針對教育改革所表達之建議將虛心接受，並且持續進行教育改革，以符合全國人民對於教育水準以及品質提升之殷切期望。第五，為了維護教育部及各級學校及學生之正常作息，避免影響交通，本部呼籲教育部前面的朋友能夠停止在教育部前面的聚集，回到各自工作崗位，繼續為我們的教育奉獻心力。」

教育部次長才唸完聲明稿，許多記者已經迫不及待地舉手準備發問了。

「請問次長，針對學生家長對禮仁國中詹姓導師課後惡補的指控，教育部有沒有什麼處置？」

次長愣了一下，側身去問市政府教育局局長。教育局局長附在耳朵不知跟他說了些什麼，次長點了點頭，請教育局局長代為回答。

「這個問題目前我們正在調查中，」局長謹慎地說：「在調查結果還沒有出來之前，我想並不適合多談。」

「請問，調查需要花多久時間？」

「我們已經派過督學到學校實地了解，到底需要多少時間，我現在實在沒有辦法告訴你。不過我們一定會盡快處理這個問題，」局長說：「如果家長手上有什麼證據，也歡迎提供給我們，謝謝。」

「次長，」記者又問：「你對於今天後續發生的家長發動集體罷課的抵制，有什麼意見？」

「這件事我還來不及深入了解，」次長說：「不過，受教育是國民的權利，同時也是義務，發動學生罷課，並不是很好的辦法。」

雖然還有記者舉手想發問，不過顯然教育部次長發表聲明的時間到這裡已經結束了。次長在官員的陪同之下，走出教育部，去跟抗爭的群眾打招呼。我看見他很客氣地跟朱教授鞠躬握手，又跟郝老師握手。郝老師纏著他，不曉得一直在說著什麼……

就在我看著電視時，電話鈴響了。我接起電話，是老媽打來的。

「你看到了教育部次長剛剛的聲明嗎？」

「看到了。」

「你覺得怎麼樣？」

「妳覺得呢？」我反問老媽。

「我覺得教育部根本就是在放屁，說了半天，還不是等於什麼都沒有說。你覺得呢？」

「嗯，」我實在不知道說什麼才好，「我跟妳一樣。」

一邊說著，我想起了不久前，邱倩才在電話裡面告訴我的話：

「可以想像接下來應該是教育部官員出來回應，說說這裡需要溝通，說說那裡需要加強，改革一定要堅持下去的廢話……只要不太離譜，雖然娛樂效果差一點，大家勉強還是能夠接受的。說真的，這一切都很平庸，根本沒有人在乎的。」

你真正想說的到底是什麼呢？

掛上電話以後，我關掉電視。不知道為什麼，邱倩那句話像是壞掉的唱盤一樣，不斷地在我的腦海裡重複著。這一切都很平庸，根本沒有人在乎的；這一切都很平庸，根本沒有人在乎的；這一切都很平庸，根本沒有人在乎的……好像它們自己會自動分裂、增生似的。

或許是為了趕走這樣的聲音吧，我坐到了桌子前面，開始試著把我想表達的東西一點一點地寫下來。我就這樣一字一句地寫著。本來，我以為我應該很快可以寫完的，可是我沒有想到，一旦開始，我簡直就停不下來了。「這是我真正想說的嗎？」每寫一點，我就告訴自己：「不是，我想說的不只是這樣，一定還有別的什麼更接近我要說的話。」於是我繼續再試著寫下新的想法。就這樣，直到電話鈴響的時候，我至少已經寫下十三個不同的論點了。

我接起了電話，是《今夜開講》的製作人。「天啊，我終於找到你了。」她高興地說：「你願意來上今天晚上九點的現場節目嗎？如果你願意來，我們今天晚上就為你做這個題目。」

「可是我只是國中生……」我問：「為什麼是我？」

「我知道這個點子聽起來有點瘋狂，可是我看過你寫的東西，我覺得像你這樣的小孩，心裡一定有話想要說，對不對？」她興奮地說：「現場會有老師、其他的學者專家，還會有Call in的觀眾喔，你願意接受這個挑戰嗎？」

我看著手上洋洋灑灑的論點，其實很明白，我根本還沒搞清楚我真正想說的到底是什麼。只是，邱倩的話像魔咒似的在我腦海裡響個不停，揮之不去。

這一切都很平庸，根本沒有人在乎的……

老實說，邱倩這段話背後那種諷刺與不屑一開始就讓我覺得不舒服，特別是後來教育部的聲明又幾乎被她說中時，我更是感到過敏。我很想大吼：不要！我不要這樣！給我一個沒有平庸，沒有人不在乎的世界……不過我並沒有這樣做。我只是用著克制的聲音，平靜地回答她。

「好，」我說：「我願意。」

*

「你隨便說點什麼，我們得試麥克風。」

「喔。」我說：「一、二、三、四、五……」

我試完音之後，就有工作人員上前來調整了一下別在我的衣領上的小型麥克風位置，並且要我再試一次。主持人看起來比電視上抹了更厚的粉，他在試完音之後笑著問我說：

「謝同學，第一次錄影？」

我點點頭。

「會不會緊張？」

「有一點。」

「你不要緊張，想說什麼就慢慢說，好不好？」

我點點頭。在我面前是四台攝影機以及一台監看的大電視，電視上是教育部現場連線的畫面。電視台的工作人員已經在教育部現場架起了布幕及投影機，布幕上，八點檔連續劇已經結束了，畫面上正播著廣告。等九點節目開始時，教育部現場的人將會看到節目，並且與我們同步連線。

「教育部現場有沒有問題？」現場導播正透過頭上的耳機麥克風做最後的檢查，「OK，」他對著攝影棚裡面的所有人宣布：「一分鐘後進現場。」

過了不久，導播開始倒數讀秒，十秒、九秒、八秒、七秒……很快我就聽到《今夜開講》片頭的片頭音樂，以及罐頭掌聲。我注意到主持人前面那台攝影機亮起了紅燈。

「今夜開講，大家好。」主持人用一貫逼視鏡頭的標準姿勢開始了今天的節目，「已經進行了將近十年的教改，到底是跨世紀教育改革大工程呢？或者是人民一邊叫才一邊修改的爛劇本？繼老師、家長之後，好幾百名的國中生也在教育部前面發出了他們的不滿的聲音。今天我們請到了開啟這場抗爭的國三同學來到現場，謝政傑同學。」他把我介紹給大家，我正前方那台攝影機亮起了紅燈，我對著攝影機鞠躬問好。主持人繼續說：「另外在教育部前面的同學以及關心他們的朋友們，也將與我們同步連線。」監看電視螢幕上，鏡頭轉到教育部現場去了。一個工作人員帶動大家，他用力地喊著：「大——家——好！」群眾也跟隨著他大喊：「大——家——好！」鏡頭跳回現場，主持人已經很專業地轉身面對另外一個鏡頭了，「為什麼我們的國中生會起來抗爭呢？他們抗爭的重點到底又是什麼？在討論之前，我們先來看一段相關的回顧報導。等一下也歡迎電視機旁邊的觀眾打電話進來和我們一起關心教育問題。」

鏡頭跳到這幾天發生在我身上的新聞剪輯。老媽和郝老師站在攝影機後面，一直在跟我比手畫腳。我注意看了一下，原來她們提醒我把夾克的拉鍊拉高些，免得在鏡頭前面看起來太萎靡。下午次長發表聲明之後老媽回到家裡，我們談了很多事，最後我說服她：「妳得讓我去做，因為這是我自己必須承擔的人生。」才說完老媽就抱著我一直哭，「媽媽不是不肯，媽媽只是捨不得……」又用一種奇怪的眼光看著我，好像我是陌生人似的，「你長大了，媽媽沒想到……」

想到這裡，我把夾克拉鍊拉高了一些，對她們兩個人笑了笑。我知道她們很擔心，所以我必須做出鎮定的模樣。監看螢幕上仍播著回顧報導。看著新聞剪輯的畫面，我忽然覺得這一個多禮拜真的發生太多事情了，多到好像我又重新活過了一輩子似的。

過了不久，鏡頭又回到現場。

「在剛剛的回顧片段中，我相信我們都看到了，整個抗爭的導火線是因為謝同學上課看漫畫，受到老師的處分而開始的。」主持人停頓了一下，「感覺上這好像是普通的一件小事……可是卻引發了這一場抗爭。謝同學，你是不是告訴大家，為什麼你們會發動這場抗爭？」

「我從來沒有想到會有這場抗爭，一開始我只是對自己受到的處分不滿而發出聲音的。或許是我發出來這一點聲音，吸引了更多的學生或者是家長的共鳴，因而又發出了更多不滿的聲音……我們並沒有刻意發動抗爭，我想，會演變成這樣的情勢，完全可以說是偶發性的。」

「你剛提到的不滿，可不可以具體地說明一下？」

「有人討厭填鴨式的教學，有人反對惡性競爭、也有人反對能力分班、反對對待中輟生的態度或者教育改革的方法……」我看了一眼我下午寫下來的許多論點，「也許具體的內容每個人都不太一樣，可是卻有一種神奇的力量，把我們連結在一起，好像真的有什麼共同的對象我們可以一起對抗似的。」

「你說共同的對象？那是什麼？」

「我沒有辦法形容得很精確，不過我想我們面對的是，」我停頓了一下，「我們現在每天必須接受的教育，並沒有經過我們的同意。它並不是用我們國中生的立場去規劃的。」

「你可不可以舉個例子？」主持人好奇地問：「什麼是用你們國中生的立場去規劃的地方？」

「好比網咖好了，學校附近的網咖就是用國中生的立場去規劃的地方。」我說：「他們必須這麼做，否則那家網咖就沒有人光顧了，然後老闆會虧錢，它們會倒閉。可是學校不管怎麼做，都不會倒閉，這很不公平……」

我看見主持人閃露出了某種眼睛為之一亮的光芒。「可是，大人們會擔心，用你們的立場規劃出來的學校，到時候會不會像網咖一樣，學生只想在裡面天天玩，根本不想讀書了？」

「很有可能。」

「那該怎麼辦？」他問。

「那很好啊，」我不假思索地說：「至少那是一家讓人有衝動想要天天去上課，到了放學還捨不得回家的學校。我相信如果有那樣的學校，我們一定可以在那裡學到比現在更多的東西。」

「這很弔詭，」主持人說：「沒有課業壓力，為什麼學生反而會學到更多的東西？」

「因為這麼一來，我們學的都是我們想知道的，而不是專家或者老師覺得我們應該知道的。然而現在所有這些我們不得不學，不得不考的東西並沒有經過我們的同意。」

「為什麼要經過你們的同意呢？難道你們自認為比專家更知道你們該學哪些？不該學哪些嗎？」

「專家為什麼會比我們更明白自己的需要呢？」我說：「我們吃什麼、不吃什麼都得經過我們的同意，為什麼學什麼、不學什麼，就得由專家來決定呢？」

「就算食物也必須考慮到營養和均衡啊，」主持人說：「這樣假設好了，假設有些東西你們真的應該學，可是你們卻不想學，那該怎麼辦？」

「那就給我們理由，說服我們啊。」

「假設好了，」主持人說：「假設無論如何，大人都無法說服你們呢？」

「那麼，」我笑了笑說：「有一天，這樣事情就會從我們的文明裡面消失。」

主持人沉默了一下，似乎在咀嚼著我的答案。接著他又問：

「你覺得這幾年包括多元入學方案、九年一貫教材……許多教育改革的措施，真的減輕了你們的課業壓力嗎？」

「沒有，」我搖頭說：「正好相反，我們被整慘了。」

「為什麼會這樣？」

「因為這些並沒有改變我們面對升學壓力的現實問題，只是讓遊戲規則變得更複雜，更無法預測而已。」

「現在大學的錄取率不是已經超過百分之百了嗎，可是仍然還是有升學壓力，為什麼？」

「只是多是不夠的，還要好才行。」我說：「我不明白為什麼像台灣這樣一個國家，不能用過去像十大建設這樣的氣魄來從事教育建設，努力讓所有的孩子都有好學校可以讀。讀書實在是生命中最美好的事情之一，可是我們先得讓每個小孩不必為了升學壓力而讀書，這樣，我們的國家將來才會擁有一輩子都想要讀書的人民。」

廣告的時候，老媽和郝老師都跑來跟我道賀，說我講得真是精采。看到老媽臉上擔心的表情好像少了一些，我覺得很高興。阿媽也打電話過來，說我講得很精采，不但教會的爺爺奶奶們很驚訝，連現場的學者教授也都讚不絕口。

廣告結束時，節目的鏡頭跳到了教育部前面的現場，果然大家都很興奮，盛況空前。我聽見教育部前面的小朋友們像棒球賽的啦啦隊一樣大喊著：

「小傑，加油，加油，加油！」

「小傑，講得太好了。」甚至有人像演唱會的歌迷一樣，露骨地嚷著：「小傑，我愛你！」喊聲震天。

鏡頭前的麥克風已經站滿了等著發言的人。每個人有二十秒鐘的發言時間。一個年紀跟我差不多的學生說：「從來沒有一個國中生像小傑一樣，替我們說出內心的話，所以無論如何我們要支持他。小傑加油！」

一個家長憂心忡忡地說：「教育改革愈改愈亂，改得小孩憂鬱，大人精神分裂。請政府一定要想想辦法。我真的要謝謝小傑和他的父母親，你們真的很勇敢，台灣需要……」二十秒發言時間到。他搖了搖頭，下台了。

艾莉說：「報紙說台灣的中輟生已經突破一萬人了，而且以每年百分之六十的速度很快地增加。如果學校只想教成績好的學生，就讓中輟生自己管自己好了。這樣一邊一國，看到最後哪一國人比較多？」時間到了，可是艾莉不管，「我們來比賽，哪邊贏了，哪邊就派人當教育部長。」現場又是一陣喝采和掌聲。艾莉顯得非常陶醉。然後是更多的人發言……

鏡頭回到攝影棚現場時，主持人饒富興味地看著我。

「謝同學好像很受到現場國中學生的愛戴。」我不好意思地笑了笑，他接著又問：「教育部現場支持你的學生中好像有很多人是中輟生。」

「是。」我說。

「我這裡有一份統計，顯示教育部調查發現，我們國中小學中輟生的人數已逐年增加，從八十八學年度的五六三八人，增加到九十學年度的九四六四人，依照這個比例推論，九十一學年應該突破萬人以上……這似乎已經成了一種趨勢。你贊成這些同學這樣中輟嗎？」

他這樣說時，我忽然想起艾莉的故事。「我覺得他們自己也不想要這樣。」

「我手上的分析顯示，國中小學生中輟的主要原因可能來自成就感低落、對所有學科都不感到興趣，以及意外傷害或重大疾病、智能不足、精神異常、身體殘障等……你同意這樣的看法嗎？」

「我不同意。」

「為什麼？」

「我覺得這樣的分析好像一切都是中輟生自己應該負責似的。」

「那你覺得誰應該負責？」

「當一個家庭開始生病時，問題會先出現在最脆弱的孩子身上。當一個學校生病時，問題會出現在被忽略的學生身上。當一個社會生病時，犯罪會最先出現在最弱勢的族群身上。如果這個地方有愈來愈多的孩子逃離學校，甚至開始犯罪時，我覺得這是社會、學校還有家庭，每一個人的責任。」

「你覺得針對中輟生這樣增加的趨勢，我們的教育單位能做什麼？」

「就像我剛剛說的，讓學校變成一個用我們國中生的立場去規劃的地方。讓學校對每個學生都有吸引力，這是最徹底的辦法。另外……」我停頓了一下，「我希望學校也能讓學生隨時有中輟的權利。」

這樣說時，我注意到老媽和郝老師皺著眉頭，好像我說了什麼自我毀滅的話似的。

「這實在太勁爆了，謝同學，」主持人眼光好像看到了什麼獵物似的，「你認為阻止中輟生增加趨勢的方法是學校應該讓學生隨時可以中輟，為什麼？」

「我們現在的規定強迫每個學生在六歲到十五歲期間一定要接受教育，可是並不是每個人的情況與條件都能符合。我覺得問題重點不是中輟，而是中輟以後不再有機會讀書了。你看，我們現在的這些規定，規定學生的修業年限，大家一定要在幾年內畢業，否則就要開除學籍……這很糟糕，讀書好像只是年輕時候，為了找工作的資格而不得不做的事。等到我們變成了大人或找到工作之後，好像就不再需要讀書了。」

「你有什麼建議嗎？」

「我覺得學習應該是一輩子的事。它應該永遠保持開放，讓不同年紀的人隨時可以中輟去工作，等他需要知識時又隨時可以回來學習。任何人就算已經變成了醫生，他還可以回來學習文學、繪畫啊，任何人就算變成了藝術家，也還可以回來學習心理學、地理學、生物學……求知本來就是一輩子的事情，我不知道學校為什麼不可以成為我們的人生裡面，永遠都渴望回去的一個家呢？」

不管我們討論得再熱烈，只要執行製作一高舉「三十秒進廣告」的牌子時，節目一定要在三十秒鐘之內乖乖地停下來。這是我這次錄影最印象深刻的事情。老實說，我有點被廣告這種看不見的權力給震懾住了，雖然說觀眾可能真的聽了某些冠冕堂皇的內容，可是說穿了，這一切很可能都只是廣告商品的利益罷了。不過，似乎除了我以外，攝影棚裡面的人早就習慣這一切了。我不知道平時我們看這種Call in節目時，來賓們都是怎麼忍受的？我的意思是說，眼看著這些關於真理、正義的爭論正沸沸揚揚地進行到高潮……忽然間，大家都忍氣吞聲地停下來，乖乖地看著畫面上跑出來一隻卡通造型的公雞快樂地邀請大家去吃牠的同伴，或者是一個年輕人又叫又跳地鼓吹大家刷卡，還瘋狂地說一些類似「刷得愈多省得愈多」這種只有百分百的白癡才會相信的道理……

我們的教育會不會也像電視一樣，雖然不太花錢，但卻佔據了我們的時間和注意力？如果真是這樣，我們得分清楚每天在學校學到的到底哪些算是節目，哪些又算是廣告嗎？如果有廣告的話，廣告背後想推銷給我們的商品或者觀念到底都是誰分到了好處？那些好處又是什麼？

在廣告之後節目又回到攝影棚現場。等播完了教育部次長下午在教育部前面發表的五點聲明的錄影重播之後，主持人問我：

「謝同學，你滿意教育部次長今天下午的聲明嗎？」主持人問。

「如果我是教育部次長，我不會那樣說。」

「你會怎麼說？」

「我會說這件事情真是糟糕，怎麼會變成這樣呢？我們應該坐下來談談，想想看有沒有什麼徹底的解決辦法。」

我說完主持人笑了起來。「如果次長那樣說，他大概就當不成教育部次長了。」

「為什麼？」我問。

「這不像是我們國家的政治風格，我們的人民喜歡口口聲聲說他一定有辦法解決問題的行政官員。」

「是不是口口聲聲說有辦法的官員，就是真的有辦法呢？」我問。

似乎主持人也警覺到了我這種反客為主的行徑，不再繼續回答。「你們這次的抗爭打算達到什麼樣的目的？」他又開始問問題。

「什麼？」

「你們想達到什麼樣的目的？好比說：要誰道歉，要誰下台，要修改什麼法規啦……這類具體的目的。」

「沒有，」我搖搖頭，「我沒有這樣想過。」

「難道你們的訴求就只是說一說，說完了自動回家？」

「我們的訴求並不只是說一說，我們希望大家來聽一聽。大家如果都聽懂了，也打算改變，我們就回家。」

「所以，你們打算什麼時候回家呢？」

「我不知道。」

「現在很多人都在質疑，你們國中生最重要的事情就是回學校好好地上課。難道像以往一樣，由父母親，或者是師長站出來替你們說話不行嗎？」

我猶豫了一會兒，搖了搖頭。

「為什麼不行？」

「因為，」我說：「大人都不了解我們。」

接著主持人開放Call in熱線讓觀眾打電話進來。雖然頭幾通電話都是附和我的意見，或者是鼓勵我的觀眾。不過，我很快就遇到了反對與質疑。有一通電話裡面的觀眾說：「你們這樣沒有具體目標，也不知道什麼時候該回家的抗爭根本不叫抗爭，這叫做發洩。我不知道為什麼現在的人稍有挫折，動不動就要抗爭。自己不好好學，把責任推到老師、學校頭上，有什麼用呢？最糟糕的是家長也跟著起鬨。搞得那麼多該上課不去上課的學生全在那裡抗爭，還反過來指責別人妨礙了他們的受教權。我勸你們早點回家吧，別把抗爭當威而鋼或者搖頭丸吃，要知道這些藥物吃完以後看起來好像很興奮，結果只是把身體愈搞愈差而已。」

另一通Call in電話說：「看到你們年紀輕輕地就在街頭抗爭，我覺得很恐怖。這些年來台灣的經濟不斷地成長，我們有這麼多好的高科技人才、商業人才，難道不全是台灣教育培養出來的嗎？我是個大公司的高級主管，我覺得問題不是教育，而是年輕人。現在出社會的年輕人好逸惡勞，推託責任，抗壓力低，動不動就要辭職。我希望你們年輕人自己好好反省，別再怪別人了，」

「我也是個國中老師。我可以想像相信你的老師一定為了你這樣的學生花了很多的心血，我希望你能替老師好好想一想，如果你是他，碰到這麼頑劣的學生，你會怎麼做呢？」

電視的Call in實在很麻煩，它讓你無從分辨這只是Call in次序的巧合，還是我真的做錯了什麼？或許我從來沒有這麼直接，在眾人面前遭受過這種批評吧，連續三通嚴厲質疑的電話讓我感覺不太舒服。主持人他暫時不再接新的Call in，轉身過來問我：

「謝同學，以你的年紀從事這樣的抗爭，我相信一定承受了許多壓力，」主持人問：「你自己會不會感到害怕呢？」

我點點頭。「會。」

「你怕什麼？」

沉默。

「怕被老師同學批評？怕學測成績不好？」主持人試圖引導我，「怕影響將來前途？」

我不停地搖頭，又清了清喉嚨，最後終於說：「我怕萬一我相信的事情是錯的。」

或許主持人有意讓我喘一口氣吧，可是他實在不該那樣問的。因為我的確說出了我最害怕的事情，而說出來之後一點也沒有讓我覺得好過一點。我想著，會不會所有的理想、熱情與正直只是一種激動狀態？這一切終究還是要喪失，當世界能量趨向平衡時，它是陰暗、冰冷、沒有道德的。這很糟糕，像連鎖反應一樣，我很認真地懷疑了起來，是不是我不該現身參加錄影？是不是我不該帶頭抗爭？是不是我不該說大人都不了解小孩？是不是我說了什麼觸怒了大部分的觀眾？或者這一切，從一開始我就完全錯了呢？

主持人不曉得又說了些什麼，很快又有另外一通Call in電話進到現場來了。

「謝政傑，這一切是從你上課偷看漫畫開始的。上課時間看漫畫，本來就違反規定，你不回家好好反省，跑到教育部去抗議什麼呢？」

如果沒有弄錯的話，我想我聽到了詹老師的聲音。

我的心臟撲通撲通地跳著，彷彿就要從嘴巴裡面冒出來了。我試著吞嚥，可是心臟就是不聽話，仍然不停地往外冒。我聽見主持人問：「謝同學，是不是請你回答這位觀眾的質疑呢？」可是不知道為什麼，我的腦海裡面不斷地浮現出詹老師的臉。我甚至不可自制地幻想，所有在電視機前面的觀眾都長著和詹老師一模一樣的臉。

「謝同學。」主持人又催促了一次。

「這一切不是從我上課開始看漫畫開始的……」這個問題並不困難，可是我的身體並不舒服。我可以感覺到我的頭上開始冒汗，手腳冰冷。我看著主持人，希望他能夠接話，帶引我走一小段。可是執行製作忽然緊張地跑到主持人面前，丟給他一張文件，正比手畫腳地不知跟他說著什麼。在我正前方亮著紅燈的攝影機死死地盯著我，我知道這時候我是孤獨無援的，只能硬撐下去。於是我繼續說：「這一切是從老師上課用參考書教學，下課在學校外面惡補開始的。看漫畫不合規定，參考書教學、在學校外面惡補也都不合規定……」會不會我相信的事情真的是錯的呢？我深吸了一大口氣，又用力吞嚥了一次，「我很願意和大家一起反省，為什麼我們活在這樣的制度裡，所有的人都必須做著不合規定的事，並且互相指責？有沒有什麼方法，能讓我們的教育，從外面規定的，內心想的，到我們做出來的行為，都是一樣的呢？」講完這段話之後，我只覺得自己快要虛脫了。全場一片沉靜。我甚至懷疑有沒有人聽見。

可以確定的是主持人絕對沒在聽我說話。現在執行製作已經退到攝影機後面去了。主持人攏了攏手上的文稿，對著面前的攝影機比了一個手勢，那台攝影機的紅燈就亮了起來。

「我們現在要用很沉痛的心情，為各位緊急插播一段本台最新的獨家報導。今天晚上七點半左右，又有一個住在台北的國中三年級青少年，因為受不了沉重的課業壓力，在寫下遺書之後，從他十三樓的住家跳樓自殺了。」監視螢幕上出現了一棟大樓，樓下的血泊，接著是救護車，急診室裡面圍上簾幕的床位，進進出出的醫護人員，「這位沈姓的國三同學在送往市立忠孝醫院急診室急救之後，於稍早的時間，宣布不治死亡。雖然死者留下遺書表示對課業壓力的不滿，可是根據哀慟的家屬表示，死者平時是一個乖巧、功課也很好的孩子，完全看不出來他有自殺的傾向……」

分割的畫面上出現了死者的半身照片。我不知道主持人後來還說了什麼，可是我就盯著那張清秀的臉龐看得出神，直到我聽見主持人叫著我的名字：

「謝同學。」

「啊？」

「你可不可以針對這個不幸的事件，發表你的看法？」

就那一剎那，我忽然明白為什麼那張臉龐是這麼似曾相識。「我看過那個同學，」就是那個害羞地唱著〈阮若打開心內的窗〉的少年。我大叫著：「他今天下午來過教育部抗爭現場！」

電視上分割的畫面之一立刻出現了教育部現場。分割畫面上，攝影棚現場，教育部現場，到處一片鴉雀無聲。主持人用著沉重的聲音，請大家一起來為這個過世的同學默哀一分鐘。於是沉默又持續下去。就在那樣的沉默裡，我感受到一種失去親人似的傷慟。我想起沒幾分鐘前，我竟還意志動搖，懷疑自己。這樣想時，忽然一陣心酸湧了上來。

我注意到面前的攝影機紅燈又亮了起來。

我實在很不願意第一次上電視就在螢光幕前這個樣子，可是我一點辦法都沒有，就那麼無可抑遏地大哭了起來。我不明白我為什麼哭成那樣，彷彿剛才如果我能表現得更堅強一點，那個唱歌的少年就可以繼續活下去似的。

CHAPTER -8-

我感覺自己彷彿是滾輪上的白老鼠，
只要踩上去，滾輪就加速前進。
我愈是努力想跟上滾輪的速度，
它就滾動得愈快。

微雨後的教育部現場，空氣裡都是潮濕的氣味。

昨天電視台架設的布幕和投影機還沒有撤走，電視螢幕正播著沈韋自殺的新聞。除了昨天的畫面外，記者還訪問他的師長以及學者專家，推測他為什麼會自殺？有沒有憂鬱症？是課業的壓力？家庭或情感的問題……

直到現在，腦海裡面都還是剛剛去沈韋家裡弔祭時哀戚的氣氛。沈韋那張栩栩如生的黑白照片就掛在小小的靈堂前。鞠躬時，我彷彿可以清楚感覺到他唱歌、說話時那種認真的表情。這個和我年紀一樣的少年，一定也思考過許多曾經困擾著我的問題，也一樣想望過許多不平凡的事吧？可是他卻選擇了讓生命停在這裡，讓自己永遠是個十五歲的少年，不再老去。

弔祭完畢，正要離開前，沈韋媽媽忽然上前來，用著那張哀慟過度的臉疲憊地問我：

「你為什麼要說那些話？為什麼要做那些事？」

我有點手足無措，不知道她為什麼會這樣問。她眼神空空洞洞的，看著我，又好像什麼都沒有看到的樣子。

「你為什麼為什麼要喚醒他，叫他承受這些他承受不了的痛苦？」

我想我知道她要說什麼了。

「你為什麼要做那些事？」她激動地撲向我，歇斯底里地在我身上用力搥打，「為什麼……」

「對不起，」我只能傻愣愣地站著，無助地承受沈媽媽瘋狂的搥打，一直說：「對不起，對不起。」

「妳不要怪他，」沈爸爸過來拉開沈媽媽，「是沈韋自己不快樂……」沈媽媽被沈爸爸拉住，顯然還想衝過來。她怨怨地看著我，哽咽地說：「他本來可以懵懵懂懂長大的，是你把他害死……」

沈爸爸扶著虛弱得幾乎站不住的沈媽媽，不斷地撫著她的背，等沈媽媽泣聲稍緩，他才抬起頭來對我說：「你回去吧。」還沒說完他自己也哽咽起來了。

螢幕上新聞仍然播著，沈韋自殺的這段報導最後說話的人是我，那是守候在沈韋家外面公寓大樓的記者在我走出來時拍攝的。

我用一種幾乎是控訴的語氣對鏡頭說著：「為什麼每次發生這種悲劇時，我們只會追問這個同學個人發生了什麼問題？為什麼從來沒有人問我們的社會、教育到底出了什麼問題？為什麼只會問我們小孩有沒有好好努力讀書，用功讀書？卻從來不問，教育可曾給小孩子帶來快樂、希望？照這樣下去，這個只讓我們學會了競爭、學會了恐懼的教育體系，將來還會逼死更多孩子的，誰來救救我們的孩子？」

看著電視我心裡想著，或許我不應該那麼憤世嫉俗的。

緊接著這則報導之後是更多後續的相關消息：自從昨天晚上沈韋的死訊傳出來之後，發生太多事情了。憤怒的情緒傳染病似的爆發開來，群眾湧入教育部、市政府前廣場，走向所有他們認為應該負責的單位表達心中的不滿……

從我的位置看過去，濟南路到徐州路口的整段中山南路，整個人行步道、慢車道、安全島和快車道上都擠滿了各式各樣的抗議人潮。有綁著白色頭巾的人、穿著制服的學生、舉著攝影機的記者……穿梭在其中的是許多高過人頭的招牌，上面貼著沈韋靈堂上那張黑白照片。靠近教育部的慢車道上，有兩部宣傳車夾雜在人群之間，〈阮若打開心內的窗〉的歌聲，就從宣傳車上效果不好的擴音機裡，一遍又一遍地播送出來。一會兒，有人站上了宣傳車，對著大家不知鼓動著什麼，他每說一段話，群眾立刻報以喝采和掌聲。不久，他們喊起了口號。

「救救我們的孩子！」宣傳車上的人大聲喊，群眾也跟著喊：「救救我們的孩子！」

「給孩子希望！」

「給孩子希望！」

教育部的圍牆前面布滿了拒馬。圍牆之內，拿著盾牌、全副武裝的鎮暴警察早已整好隊形站在教育部門口待命。

從昨天到現在，我甚至還沒有闔上眼睛睡過片刻。不知道為什麼，我一點睡意也沒有。我不停地想起沈韋媽媽那張疲憊的臉，她空洞的眼神，以及她對我說著「他本來可以懵懵懂懂長大的，是你把他害死……」時的樣子。我自己也說不上來哪裡不對，感覺上自己彷彿是滾輪上的白老鼠，只要踩上去，滾輪就加速前進。我愈是努力想跟上滾輪的速度，它就滾動得愈快。

邱倩不知什麼時候出現在我的身邊，丟給我一份今天的報紙。

「看過報紙了嗎？」她問。

我瞄了一眼，報紙頭版是抗爭現場的大張照片，側邊還有沈韋和我較小張的照片。斗大的標題寫著：

國中生集體發出怒吼：給我們希望！

不知道為什麼，我把報紙還給她，對她搖了搖頭。我一點想閱讀內文的慾望也沒有。

「恭喜你，」邱倩說著，沒有理會我的詭異，「你現在變成了全國性的知名人物了。」

我不曉得該說什麼，只能無奈地對著邱倩苦笑。

「你有什麼打算嗎？」邱倩問。

「我不知道，我總覺得這場抗爭好像已經不屬於我了……」

「這個抗爭或許已經不屬於你了。可是，你卻還屬於這個抗爭……」

「我還屬於這個抗爭？」我不懂。

「每個抗爭、每次革命，所有吸引人的事物，甚至是愛情，它的背後都必須有一個故事。是你和沈韋共同創造了這個好故事，可是卻只有你活了下來……」

「妳是說，他們期待我代替死去的沈韋，繼續把故事說下去？」

邱倩對我點了點頭。

說真的，我有點愣住了。邱倩的說法讓我想起牽亡，或者是巫師那類的人。我沉默了好一會兒，才問：

「這個抗爭，最後會變成什麼呢？」

「很難說，」邱倩歎了一口氣，「照這個態勢，要嘛你們自動消失，要嘛就得有人辭職下台。」

「就算有人辭職了，又如何呢？」

「問題政治就是這樣運作的啊，」邱倩冷冷地笑著說：「當你只擁有鐵鎚時，你解決事情的方法，就是把問題全當成凸出來的釘子一樣用力地敲平。」

「可是，這能解決什麼？」

「我不知道這能解決什麼，不過，」她停頓了一下，「畢竟這樣的場面是你希望的，不是嗎？」

這是我希望的嗎？儘管我絞盡腦汁想了半天，答案仍然只是沉默——那種就算我真的想回答也不知該說什麼的沉默。

十點鐘左右，一輛小貨車載來了藝術學校美工科送給大家的禮物——一隻大型紙鶴。紙鶴就如同我們常見的摺紙造型。不曉得他們去哪裡弄來那麼大的一張紙。我走近了去看，才發現這張大紙是用許多印有抗爭報導的報紙拼貼出來的，紙鶴差不多有四、五公尺高，比我想像的還要巨大。我注意到紙鶴裡面支撐著鐵絲架，外面還噴上了透明防水漆。

紙鶴附近很快圍滿了拿著攝影機以及麥克風的媒體記者。一個負責紙鶴製作的美工科的老師正回應記者的詢問，說明著他們製造這個紙鶴的動機和意義。

「紙鶴代表對孩子的希望，以及祝福……」

鎂光燈以及快門的聲音就在他面前此起彼落。

我注意到邱倩走過來，也朝著紙鶴淡淡地看了一眼，很難猜測那是什麼意思。不過至少有一件事情邱倩說對了，那就是：每個抗爭都需要自己的故事。我發現，其實不只是故事，就像新出版的小說一樣，它們還需要自己的封面與圖像。

另外一件邱倩說對了的事情就是有人得開始辭職。

十一點多，電視新聞頭條開始播報有人因為教育抗爭事件辭職的消息。當大螢幕上投射出這則新聞報導時，我們唯一沒有猜到的是，畫面上出現的人竟然是詹老師。這很令人震撼。詹老師在鏡頭前，用著壓抑的聲音，低頭唸著手上的聲明稿：

「本人已經在今天上午向學校遞出辭呈，並且獲得校長的允准。特別在此發表聲明。」

背景是校長辦公室，陪同他發表聲明的還有校長。校長也表示，雖然他再三慰留，但是詹老師辭意甚堅。雖然失去這麼一個優秀的老師他感到難過，但是他也必須尊重詹老師個人意願之類的話。

簡短的聲明之後，記者立刻舉手發問：

「詹老師，這是你自己的意願嗎，還是另外有人授意？」

「是我自己的意願。」詹老師說。

「為什麼？」

詹老師停頓了一下。

「詹老師，既然是你自己的意願，可不可以告訴我們為什麼？」

「這些日子以來，我飽受學生和家長對我的攻擊困擾，以及昨天沈姓同學自殺的衝擊，」他深吸了一口氣，搖著頭說：「我是一個數學老師，我不是兇手，我也不想讓人家以為我是兇手……」

「你辭職代表你認錯了，還是你個人有別的想法？」記者又問：「可不可以請你說說現在的心情？」

「教書十幾年來，我從來沒有一刻像現在這樣感到心力交瘁……」又是很長的一段沉默，「我敢發誓，我這一生沒有對不起過任何一個學生，」他試圖托了托眼鏡，淚水卻從鏡片底下沿著臉頰滑落了下來。

看到詹老師掉眼淚，我的嘴巴張得大大的。不過記者顯然不會輕易放過詹老師。他們繼續追問：

「你辭職之後，還會教書嗎？」

搖頭。「我不知道。」

「你是出名的數學名師，辭職後有沒有到補習班教書的打算？」

「我真的不知道，」接著是一陣靜默。詹老師拿開眼鏡，掏出手帕擦淚。我看不到他的眼睛，只聽見他用更加哽咽的聲音說：「我只是一個受害者……」

＊

為了安全起見，警方的封鎖區域已經往台大醫院和立法院的方向兩邊移動，好容納更多湧進來參加抗爭的人。

我在靠台大醫院舊址那側的安全島遇見了迎面走過來的老媽。

「我正在找你，」她說：「裘議員邀了幾位在野黨的立法委員過來。他們很關心這次的抗爭，想聽看看能幫什麼忙，等一下就在台大醫院地下室吃飯。你一起過來？」

我點點頭。

「詹老師辭職了，」我說：「剛剛新聞報導的。」

「噢。」老媽一時之間似乎還不知道如何回應，近午的陽光已經開始有些溫熱，我們就這樣沉默地通過安全島上等距種植的高大椰子樹。

「這樣的結果是妳想要的嗎？」

不知道老媽是有沒有聽到我的問題，還是想著自己的心事。過了一會，她才說：「我只想要一個公道而已，我並沒有要他辭職。」

「那妳想要什麼？」我問，「是詹老師道歉？學校收回大過？或者是教育部更多的承諾……」

「不是，」老媽搖著頭說：「這些都不是。從我知道你被老師處分在教室外面那天開始，我就發現這所有的一切都不對。說真的，我從來沒有想過事情會變成這樣，我更沒有想過接下來該怎麼辦。我只是想要一個公道而已。」

天啊，一夕之間，死了一個國中生，辭職了一個老師，還有這一整條街道澎湃洶湧的人群，我心裡想著，我們卻還不知道該怎麼辦？

一路上，不斷地有參加抗爭的群眾認出我來。他們熱情地和我打招呼，還對我說著各式各樣的鼓勵：

「謝政傑，你在電視上說得真好。」

「加油！謝政傑，我們支持你。」

也有些人什麼都沒說，只是和我握手，拍拍我的肩膀。

我和老媽就這樣漫無目的地邊走邊談。穿越中山南路之後，迎面是濟南基督教長老教會。那是一棟有著哥德式尖拱門窗，以及塔式鐘樓的紅磚建築，我們的目光以及腳步全被那種別致的英國式教堂風格吸引了。

「你自己怎麼想的呢？」老媽問我。

「我真的被搞迷糊了。我不知道這些日子以來，費了這麼多心血，到底都為了什麼？這真的很奇怪，好像我們愈用力，到頭來只是把我們想要的公道推得離自己愈來愈遙遠而已。」

「有沒有可能，我們覺得不舒服，是因為要求的標準太高了？如果我們不要試圖著去做那些超乎我們能力範圍的事情，或者我們承認我們只是平凡有限的人……」

「妳是說，」我問：「我們應該畫出一條能做什麼，不能做什麼的界線，然後見好就收？」

不知不覺我們來到了教堂正門前。我看了一眼教堂空曠的內部。裡面是肅穆的祭壇，淡雅的花朵，靜謐的氣氛，以及十字架上垂死的耶穌。

「你覺得呢？」老媽問。

「我不知道，我得安靜地好好想想。」

「你要我陪你進去坐一會兒嗎？」

「我一個人就夠了。」我說。

「好吧，」老媽提醒我和裘議員以及立法委員的約會，她指了指手上的錶，問我：「十二點半，在台大醫院正門口碰面？」

我點了點頭。

教堂內部一位執事先生走了過來，客氣地問我：「請問有什麼事？」

「我可以進去祈禱嗎？」我問。

他打量了我一眼，點點頭，讓我走進教堂。

儘管立委們的臉孔一天到晚出現在電視上，可是一見到我，他們全興致勃勃地對著我品頭論足，好像我才是電視明星似的。林委員臉上的妝比在電視上看起來還要厚，她全身名牌套裝，嘖嘖稱奇地說：「天哪，你比電視上還要年輕。」

朱委員穿著量身裁製出來的西裝，領帶已經有點歪斜。他重搥我的肩膀，彷彿在測試我的承受力似的。一邊揹還得意地笑著，好像很滿意的樣子。

「不簡單，英雄出少年。」他說。

中午的台大醫院地下室餐廳熱鬧得像個市集。或許是因為教育部抗爭的緣故，排隊買便當的長龍已經延伸出中餐廳門口，排到了電梯出口。還好裘議員的助理已經事先在西式餐廳預定好了位置。

一共來了三位在野黨立法委員。裘議員為我們相互一一介紹。這是朱委員、林委員、謝委員，這是謝政傑、謝媽媽、郝教授……於是大家都忙著握手，交換名片，一下子我的手上多出好幾張立委的名片，上面滿滿的是頭銜和職稱。我有點困窘地說：

「對不起，我沒有名片。我只是國中生。」

「幸好你只是國中生，」朱委員說：「否則我們的席位都要被你搶走了。」

我不知道那算不算是個玩笑，不過每個人都開心地笑了。結果整頓飯都是這樣開玩笑的風格。我本來以為我們一定會有些最起碼的議題好談，可是完全沒有。朱委員不停地談他當年搞學運和教官捉迷藏的事，林委員則是抱怨著他們家小孩在學校遇到的挫折，大家就這樣毫無重點地說說笑笑，好像我們是約好了來閒扯淡似的。

整頓飯謝委員的助理都忙著打電話，進進出出地跟謝委員咬耳朵。不知說著什麼重要的事。偶爾，他還會接起電話，對著電話上的人實況轉播似的報告著：

「現在正和謝政傑及家長在一起吃飯，嗯，進行到一半，氣氛很好，大家聊得很高興。對，我會持續再回報。」

我一點都不知道他在向誰報告。不過光聽內容就覺得很好笑，進行到一半？不曉得這是立法院的習慣用語還是什麼。不過就是閒扯淡，有什麼好回報的？實在搞不懂。

或許是昨天一夜沒睡的緣故，對我來說，這一頓的分量實在太多了，我只能拿著刀叉蜻蜓點水似的吃一些。等吃得差不多了，一直板著臉孔的謝委員才清了清喉嚨，問老媽：

「昨天學生家長集體罷課抗議小傑轉班的事，解決了沒有？」

謝委員個頭不高，身材微胖，他穿著素樸的厚夾克，一張國字臉，濃眉毛，年紀看起來顯然是三個立委裡最大的一位。

「從昨天一直忙到現在，」老媽一臉不好意思的表情說：「一直都還沒有機會和學校聯絡。」

「我覺得無論如何，小孩在學校的事情應該先安排好才對。」

「當然。」

「有沒有考慮過給小孩子轉學？」謝委員問：「義廉中學就在你們家附近，妳覺得這個私立學校怎麼樣？」

「當初謝政傑也曾參加過入學資格抽籤，可惜沒有抽中。」老媽問我：「小傑，你覺得呢？」

我聳了聳肩膀。「我沒有意見。」

「你們要是覺得不錯就好，」謝委員不知想著什麼，「我會這樣建議主要是考慮到義廉中學有高中部，萬一這次抗爭影響了謝政傑學測的成績，至少他還可以直升義廉的高中部，也不至於影響到他將來升大學。」

「妳大概不知道吧，」朱委員笑嘻嘻地補充說：「我們謝委員夫人就是義廉中學的董事。」

「那麼，一切就拜託謝委員了。」老媽對著謝委員一鞠躬。

我本來以為這一幕雪中送炭的戲到此為止。沒想到謝委員竟然要助理聯絡義廉中學的王校長，當場拿起電話，就在我們的面前大剌剌地公然關說起來。更誇張的是，不到三分鐘，謝委員就搞定了任務。

「王校長說沒問題。」他對我說：「他歡迎你隨時轉到義廉中學去就讀。」

我驚訝得簡直不知道該說什麼才好。這是我第一次見識到了立法委員的厲害，然而謝委員卻只是一派輕鬆愉快的表情，好像剛剛他只是打電話訂了一客外送，熱騰騰的披薩很快就送過來了一樣。一直要等到過了好久，我才想起來對他說：「謝謝。」

「謝謝。」老媽也附和著。

然而就在我們說謝謝的時候，朱委員、林委員、謝委員以及裘議員的手機全都爭先恐後地響了起來。

台北市政府教育局局長辭職了。

一時之間，大家都在講著電話，氣勢之壯觀的，根本沒有人有空再想起我們這三個面面相覷的老百姓。如果我沒有看錯的話，我甚至注意到朱委員眼睛裡流露出來興奮的光彩，彷彿這樣的局勢正是他夢寐以求似的。不知道為什麼，沒有人替同是在野黨的教育局蔡局長哀悼他失去的職位，大家忙著調兵遣將，動員群眾，好不熱鬧。

直到兩點鐘左右，電子媒體記者扛著攝影機拿著麥克風走進地下室餐廳時，幾個立委還在電話上說個不停。老實說，剛看到攝影機時我真的有點意外，等到立委講完電話，對記者宣布在野黨立院黨團決定聲援抗爭群眾時，我的心情只能用大吃一驚來形容了。

整個記者會的過程，沒有人請我發言或者說話，我們三個老百姓只能坐著扮演傻笑的角色。看著立委們侃侃而談他們的憤怒、理想，回答記者的提問，我一點都不覺得舒服。我不知道什麼時候我們曾授權過他們，讓他們當起這個抗爭活動的代言人了？我更不知道，照這個情況下去，還會多少有他們早已經安排妥當的「意外」繼續發生？

幸好記者會不到二十分鐘就全部結束了。兩點多我走回教育部前時，電視螢幕上全讓市政府教育局局長辭職的消息給搶盡風采了。要到了三點鐘之後的時段，在野黨立委召開記者會那條新聞才開始真正露臉。鏡頭上，我們全擠在一起，大家看起來很熱絡，好像孫中山先生當年剛成立了興中會或同盟會似的。看著新聞事件輪流有序地高潮迭起，我內心充滿了讚歎。這是我第一次體會到，這一切的who when where why how是多麼費盡心機安排出來的。

新聞主播在這則消息結束前，用很睿智的表情對著鏡頭作結論，他說：

「教育議題可說是大多數中產階級最關心的議題之一，它甚至左右了明年總統大選最關鍵的中間選票的動向。這場群眾抗爭發展至今，已經變成政黨與政黨之間，誰比較負責任的政治角力了。如果在野黨的市府教育局長都知道該負責下台了，民眾不免要問：執政當局的教育部長，或者是更高階層的行政官員呢？在這樣的情況下，我們不難理解，為什麼在野黨立院黨團急著要跟學生領袖及其家長見面，並且做出聲援教育部抗爭群眾的宣布了。」

我不曉得這個結論是主播自己寫的，或者別人替他操刀的。可是我一點也不喜歡這種政治角力不角力的結論，我不喜歡主播對著鏡頭若笑非笑的表情，我不喜歡自己的傻笑，我不喜歡我們被湊在一起的樣子，我更不喜歡萬一他的結論變成真的……

總之，這一切都充滿了不對勁。

*

四點鐘。一個全國性的教師團體召開記者會，抵制教育部前面的抗爭。還有一個婦女團體也公開表明立場，譴責家長不應該放任未成年的小孩到教育部前面進行這種高危險的抗爭。另外，新聞局在例行性記者會時，也表達了政府對沈韋過世感到遺憾的態度，並且回答關於教育部前面抗爭群眾的處理問題。新聞局局長先是因為政府沒有處理好這個問題，因而影響了台大醫院舊址住院病人的安寧感到深深的抱歉。他接著又說：

「政府一定會持續推動教改政策，」新聞局局長特別呼籲：「希望群眾及民意代表能夠本著多一分理性，少一分情緒的心情，大家冷靜下來好好思考，共同來為我們下一代的教育而努力。」

這時教育部現場的群眾響起了一片噓聲，打破了短暫的寂靜。

急著把大家都找來商量對策的是朱委員，他先是抱怨新聞局長裝模作樣地向台大醫院的病人道歉，拿他們的安寧修理我們，接著又數落政府那隻看不見的手在背後慫恿民間的教師及婦女團體出面抵制抗爭……朱委員抱怨中最讓我感到驚訝的部分是，他認為新聞局這樣說的目的是在拖延時間，他覺得一旦抗爭拖過了晚上，群眾想起該回家吃晚飯這件事，人潮和意願都會降低。我相信朱委員講的是真的，而大家也都同意。

「所以，」朱委員問：「在天黑之前，我們還能做什麼？」

「我們得先鞏固這裡的軍心士氣，」林委員問：「電視稍早不是播過沈韋自殺前在這裡唱歌、講話，有沒有辦法拿到完整畫面來現場播？」

「那天拍攝的記者我認識。」裘議員說：「我去找找看。」

「對了，」朱委員想起什麼，拍手興奮地說：「還有家長！如果可以的話，最好是把自殺學生的家長弄到這裡來，哭哭啼啼地指著教育部，說他們害死他們的孩子……」

「我不知道他們肯不肯，不過我可以試看看，」一個民間教改團體的負責人舉手說：「沈韋父親是個退休的高中老師，我認識他的同事。」

「還有呢？」朱委員說：「光是有群眾是不夠的，我們還要有事件，你得有事件他們才會有興趣拍你。別忘了，悶著頭搞抗爭是沒有用的，我們得表演給全國的老百姓看才行。」

看大家都沉寂無聲，朱委員又說：「這樣想好了，我們有幾千名群眾在這裡，除了和鎮暴警察衝突以外，有什麼事是我們可以做，但卻沒有做的？」

又是一陣安靜。

「對了，剛剛被報紙記者問起，我才想到，」郝老師忽然說：「我們這次的抗爭好像真的沒有什麼具體訴求？我們現在喊的這些，不管是『救救孩子』或者是『給孩子希望』，只能算是抽象的口號。如此一來，就算教育部想要回應，也不知道該怎麼回應才好。所以，我們是不是應該提出一些正式的訴求才對？」

這個提議很快得到響應，於是大家當場七嘴八舌地談起這次抗爭的訴求來。裘議員找出一張紙來記錄大家的提議，很快那張紙就被寫滿了各式各樣的訴求，其中有幾個訴求還被用原子筆圈了起來：

廣設高中，暢通升學管道

推動多元開放的現代化教育

提升教育品質

不放棄任何一個學生

建立終身學習社會

提高教育預算

……

大家討論了半天，又舉手表決好幾次，眼看結論就要產生，一直不說話的謝委員忽然歎了一口氣。

「唉，我看這些訴求根本不行，」他說：「你們就別浪費時間了吧。」

「為什麼不行？」裘議員問。

「這些訴求，早在十年前的四一〇教改大遊行四大訴求，以及教改會審議委員會，不都已經提過了嗎？如果這些訴求有用，我們何必十年後還這麼辛苦地在這裡搞抗爭呢？」

「問題就是十年來一直沒做好，所以現在還得再提啊。」郝老師說。

「得了吧，如果這些早就已經是政府的政策了，何必需要你們再提呢？照你們這樣提，我相信政府一定會說：我們完全接受，也完全同意你們的訴求，我們一定會繼續堅持教改的政策。好了，現在你們可以回家了。」謝委員面無表情地問：「到時候你們怎麼辦？」

「謝公，大家都說你是智多星，」朱委員：「你就說說你的想法吧？」

「你們剛剛都說了，不是政策有問題，是事情做不好嘛，對不對？」他拿過紙筆，開始寫，「要我，就這樣主張。」

一、教育部長認錯下台。

二、停止現行教育改革。

三、召開全民教育會議，由下而上擬定二次教改計畫。

四、重新編列教育預算。

好不容易謝委員寫完了，把草稿傳給大家輪流看。「就這四個訴求。」他問：「怎麼樣？」現場一片沉寂。

依照我的觀察，與其說大家在思考，還不如說在場的人全被這四大訴求搞得有點目瞪口呆了。最先清醒過來，想起要發難的是郝老師。

她皺著眉頭問：「有必要這麼……」我猜她想說偏激，可是她只含蓄地說了：「激烈嗎？」

「就是要激烈才叫訴求啊，否則像你們剛提的那些根本就是在幫教育部做政令宣導嘛。真要那樣提出訴求，還不如大家唱唱歌，拍拍手，照個到此一遊的團體照，然後解散算了。」

裘議員接著發難。「問題是明年就總統大選了，你現在訴求停止現行教改，又要開全國教育會議，又是什麼二次教改計畫的……這似乎有點不太可行吧？」

「你未免擔心太多了吧，」謝委員說：「所謂的訴求就是老百姓的希望，可不可行是教育部、行政院應該操心的事才對啊。」

「太佩服了，謝公總是有更宏觀、更另類的思考，」朱委員一臉讚歎無比的表情說：「台灣的事情真的就是這樣，要嘛你不管，要嘛你就搞大，搞大了就好辦，」他用力地拍著謝委員的肩膀，「謝公果然不愧是台灣政壇的智多星。服氣，服氣，本席實在是太服氣了。」

不過裘議員顯然還有問題。「把訴求拉到更高的層次固然是一種戰略思考。問題是這些訴求——像是停止現行教育改革，或者重新編列教育預算——恐怕都超過了教育部的權責範圍，真要抗爭，恐怕應該到行政院去才對。我是說，我們會不會搞錯抗爭對象了？」

這回輪到謝委員拍裘議員的肩膀。「人民就是愛在教育部抗爭，他們就是愛這樣訴求嘛，你有什麼辦法，誰叫他們是老闆呢？」他慈祥和藹地說：「教育部長如果擔心自己的職權不夠，沒辦法回應人民的訴求，他可以辭職下台啊。只要他肯拍屁股走人，其他的訴求就沒有他的事了，沒有人會怪他的。」

細心一點觀察的話，自從幾位立委進來聲援之後，抗爭的成員就開始發生變化。最早退出抗爭的團體，多半是基於政治考量。也有一些團體是因為不同意我們的訴求而退出。他們客氣一點的說法是：「聲援而不參加抗爭」，當然也有那種歇斯底里地到處抱怨，然後連招呼都不打一聲就莫名其妙地消失了的團體。

儘管有人退出，現場的人數仍在持續增加。特別是傍晚在野黨動員的群眾陸續坐著大型遊覽車到達，加上下班民眾以及放學學生的加入，使得抗爭的規模不斷地膨脹。警方不得不把封鎖範圍擴及了青島東路、林森南路以及仁愛路路口，還派出更多全副武裝的鎮暴部隊，並且全面管制交通以及出入的車輛。

接著發生了兩件事。

首先是紙鶴。自從早上巨型的紙鶴豎立起來之後，有一個民間的主婦團體突發奇想，決定利用現場的廢紙摺紙鶴，以表示他們對孩子的祝福。這個想法很快得到教會的爺爺奶奶的附和響應，大家覺得摺紙鶴的動作似乎可以把所有的愛心、關心、希望等所有抽象意念全結合在一起，於是學生、老師，全部的人都瘋狂地開始學習摺紙鶴……這裡立刻就疊起了一座小山那麼高的紙鶴。更糟糕的是新聞不斷重複播著摺紙鶴的畫面，還在電視上摺紙教學，搞得不斷有遠方的祝福、聲援——化為摺好的紙鶴形式，以成袋、成箱的方式，從各地被送進現場來。

就像這樣，現場只要是學生，每個人身上都掛著用線串連起來的紙鶴祝福項鍊——我身上至少就掛了三條。扣除掉這些，紙鶴仍然以驚人的速度增加，很快一座小山變成大山，後來變成二座，三座……

最先提議焚燒紙鶴的是個ＳＮＧ攝影記者，「那樣拍起來一定會很壯觀。」他說。沒想到真的有人用打火機點火。圍觀的群眾看著紙鶴燃燒起來，不但沒人制止，反而歡呼喝采。這種縱火的公共危險行為立刻引來嚴陣以待的鎮暴警察衝進來抓人滅火。一時之間哨聲、尖叫的群眾、「警察打人！」的喊聲四起。四處是燃燒的紙鶴，對著警察丟石頭的人，追打現行犯的鎮暴警察……你不難想像情況有多混亂。搞到最後，部隊退回重新整編，形成一道新的盾牌防線，群眾就隔著距離與警察對峙，不斷地叫囂挑釁。

雖然裘議員不斷地透過麥克風要求群眾保持理性，不過仍然有把紙鶴弄得一堆一堆的，到處點火挑釁。搞到最後，你真的不明白為什麼那些紙鶴非燒掉不可，反正民眾堅持要燒，而警察偏偏就是不准。於是就這麼來來去去重複地上演好幾回警察抓人滅火，民眾向警察丟石頭的劇碼，直到後來鎮暴部隊不斷地增調援兵，並且把噴水車開到現場時，群眾情緒激昂得不得了，簡直可以移山倒海了。

謝委員不斷地穿梭過鐵絲圈，在鎮暴部隊指揮官以及群眾之間來回斡旋。郝老師和裘議員則輪流上台演講，試圖安撫群眾情緒，並且呼籲鎮暴部隊自我克制。朱委員就在我旁邊，我聽見他拿著手機氣急敗壞地大罵著：

「你們宋部長不接本席電話沒關係，你請他自己打開窗戶看看。他如果打算像烏龜一樣繼續躲在教育部裡面，群眾的情緒是誰也控制不了。現在全國老百姓眼睛全盯著電視看，到時候不管警察或者老百姓受傷，你看他怎麼擔當？你轉告他本席一句話：鐵打的衙門流水的官。當政務官不要只會奉承上意不看民意，他當了半輩子學者，地位多麼清高，何必搞得下半輩子走在路上還得擔心人家對他吐口水呢？」

差不多同一個時間，另外一個事件又把群眾緊繃的情緒拉到另一個新的高潮。那本來只是教育部某一個司處長有事要離開，可是他的座車被誤認成部長的黑頭車。群眾群情激憤地包圍那部座車，不准宋部長「開溜回家」，並且還用力搖撼汽車，嚇得車內的首長大叫：「我不是部長，我不是部長。」最後才在鎮暴部隊層層護衛下，驚慌地把汽車退回教育部停車場裡面去。

這件事情雖然純屬誤會，卻把教育部嚇壞了。五點多，教育部透過朱委員傳達訊息，同意抗爭群眾推派代表進入教育部內進行協商，唯一的但書是：參與協商的人必須具備足夠的代表性。這則但書不是什麼問題，我們立刻同意。

教育部前面的各門派掌門、負責人很快被聚在一起。雖然我不知道我擁有什麼代表性，不過謝委員指名我是當然代表，大家沒有什麼意見，於是第一位協商代表人選就這樣出爐。緊接著出爐的代表還有謝委員、朱委員、郝老師……就這樣，我們互相推選，除了林委員、裘議員以及另一個教改團體的執行長被指定留守指揮現場外，很快的，十二名協商代表陣容順利產生了。

五點半左右，群眾的情緒暫時被安撫下來。我們一行十二個人的代表團浩浩蕩蕩走進教育部，而群眾也開始在教育部前面坐下來繼續摺紙鶴，並且等待協商的結果。

我們被引導到一間寬敞的接待室，在有白色坐墊的中式木椅上坐了下來。那間接待室的風格有點古色古香，天花板是富麗堂皇的嵌燈，牆壁上分別掛著一幅毛筆字，以及另一幅大型國畫。毛筆字有點潦草，搞不懂是什麼名堂，不過另一幅國畫對我來說就容易得多了。至少我還說得上來圖畫裡是一棵松樹，兩隻停在松樹上的鳥，以及樹下一坨一坨盛開的牡丹花。我之所以有那個閒情逸致去數國畫裡有幾隻鳥，幾朵花，實在是因為除了喝茶以外，我真的沒有別的事情好做了——這一切都得感謝負責接待我們的主任秘書以及國教司長姍姍來遲。

主任秘書接過我們手寫的四大訴求時低頭看了一眼。我注意到他真的是愣了一下，不過很快他又恢復過來，表現得好像什麼都沒有發生一樣。「正本我一定會交給部長，」他說：「不過在這之前，我可不可以先影印一份存檔？」

說完他把這份訴求交給了隨行的人員，並且示意隨行人員離開。再愚蠢的人都猜得出來那個人一定是拿了我們的訴求直接衝到部長辦公室去了。不知道為什麼，主任秘書偏偏要大費周章地說了這麼一個人人都聽得出來的謊話。接著他發出一份簡報綱要給大家，上面詳列了這任的教育部長到職之後，所有重大的革新和政績，並且還在國中小學教育的部分特別用粗線畫出重點。

接著主任秘書竟然開始唸簡報上的內容，一副真的要跟我們作簡報的樣子，害我差點從椅子上跌了下來。

他就那樣無精打采地唸了不到三分鐘，終於朱委員受不了了。

「張主秘，我們不是來參觀訪問的，也沒這個閒工夫聽你作簡報，」他把簡報綱要丟在地上，「你們宋部長到底來不來？」

主任秘書大概被朱委員的氣勢嚇到了，不過他仍然本分地道歉連連，一直推說部長公務繁重，還在忙著處理之類的話。

「你少跟我來這一套了，」朱委員用力往桌子一拍，猛地跳起來說：「我們打開天窗說亮話，現在外面有成千上萬人全都要你的老闆下台，我們就是來和他談這件事情的。你去告訴你們老闆，識時務的話什麼公務都不要忙了，趕快出來解決這件事情。」

「是，是，對不起，」主秘又是鞠躬哈腰，又是道歉，「我馬上去通報，請大家稍待一會，」他從椅子上站了起來，「司長，麻煩你代我招待一下各位委員和代表。」說完，簡直是如獲大赦似的消失不見了。

接下來情況變得非常詭異。你可以發現本來應該招待我們的司長一直靦腆地笑著，從頭到尾沒有說過一句話。反倒是朱委員喧賓奪主地在大廳來回踱步，並且不時破口大罵。郝老師則是皺著眉頭，時而和另外幾個民間團體代表交頭接耳，時而打手機對外聯絡。唯一不動也不笑的是智多星謝委員，他交抱著手，你完全不知道他在想著什麼。

至於我，已經無聊到把小鳥、牡丹花，甚至連松樹有多少葉子全都又數過一遍的程度了。雖然只過了二十分鐘左右，可是感覺上至少已經過了一百年那麼久了。好不容易終於有一通內線電話打了進來，國教司司長接起電話，好好是是了半天終於放下電話，轉身過來對我們宣布：

「他們馬上過來了。」

雖然這次來了比較多的人，我們卻只看到了張主秘，還有昨天出面發表聲明的程次長。令人失望的是，宋部長並沒有在裡面。

「程次長，」終於謝委員站起來說話了，「這是什麼意思？」

「部長要我代表教育部跟諸位談一談。如果要部長對沈韋的事表示遺憾，甚至是道歉，他都願意做。但是考慮到外面群眾的情緒這麼激昂，而且群眾裡面有很多老弱婦孺，部長要我問大家，如果他道歉的話，諸位能不能保證解散群眾，讓這個事件和平落幕呢？」

「群眾的訴求不只是要他道歉，」朱委員面色不悅地說：「宋部長自己為什麼不出面跟我們談呢？」

「剛剛部長看過你們的訴求了。他很尊重群眾的想法，不過，這裡面有許多訴求，是不是到立法院去談比較合適？」

「這麼說，我們在這裡白坐了半天，他是不願意接見我們了？」

「謝公，部長強調他對你非常敬重，也十分景仰。只要你有任何指教，他隨時都願意安排，只是這個時機談這些事情並不合適。他的苦衷我相信你一定能夠了解，他還特別交代我一定跟你說對不起。」

就在這個時候，我聽見教育部外面的群眾又開始齊心一致地喊起口號來了。

「宋部長，下台！」喊聲震天，「宋部長，下台！」

好多個人的手機同時響了起來。朱委員最先接起電話。他走到窗邊，一邊講電話，一手掀開垂直的百葉窗簾往外看。等他講完電話回過頭來時，剛剛那種跋扈的氣勢完全不見了。我聽見朱委員罵了一句髒話。

「我們被騙了，」他像遭受了什麼打擊，喃喃地說：「宋部長在他的辦公室接見記者，電視直播剛剛已經開始了。」

六點半我從教育部出來，走向怒吼的群眾時，我立刻就感受到朱委員所謂的被騙是怎麼一回事了。電視先是發表了宋部長的聲明，除了對沈韋事件表示遺憾外，同時也提及了抗爭並未依法申請，已經違反了集會遊行法，他公開譴責暴力，呼籲群眾回歸理性。

隨後行政院院長也發表了談話，內容和宋部長大同小異，不過結尾時他特別把炮火指向在野黨立委。

「民主的體制是需要大家一起努力來維護的。我呼籲關心教育的全國同胞都能秉持理性的力量，繼續支持政府的教育改革，不要受到少數政治人物別有用心的策動，」行政院長說：「我誠懇地盼望幾位鼓動抗爭的立委能夠回歸到議會體制，運用憲法賦予你們的權利，進行意見表達。」

除了電視外，教育部現場又來了兩部大型噴水車，以及烏壓壓看不到盡頭的鎮暴部隊。他們全持著盾牌長棍，肅殺之氣直衝雲霄。這些部署，全是利用我們枯坐在教育部的一個小時完成的。而這個期間，除了滿地紙鶴外，群眾這方面多出來的不過就是現在這些怒吼而已。

*

入夜之後，氣氛變得更加詭譎。在我們外圍的鎮暴部隊已經包圍得銅牆鐵壁，所有的出入口都被嚴格管控。

特別是朱委員登上宣傳車演講，向大家控訴教育部藐視群眾，欺騙人民並且操弄媒體時，群眾的情緒更是沸騰澎湃。大家不斷地喊口號、唱歌；現場則是無窮無盡的哨聲，鑼鼓聲，以及擴音器的聲音。許多人把大把的紙鶴撒向鎮暴警察，弄得紙鶴滿天飛揚。

後來大家用一種低沉的聲音，開始唱起〈阮若打開心內的門窗〉。

阮若打開心內的門，就會看見五彩的春光。
雖然春天無久長，總會暫時消阮滿腹辛酸……

如果不是全副武裝的鎮暴警察，這一切聽起來，像極了世界足球賽的中場休息，熱情的球賽觀眾。

春光春光今何在？望你永遠在阮心內。
阮若打開心內的門，就會看見五彩的春光……

歌曲唱著唱著，聲音更加激昂了。這本來是一首旋律優雅的歌曲，可是不知怎地，當群眾用著低沉而亢奮的聲音唱著時，它就有一種震懾而迴盪的氣勢。群眾就這麼一遍又一遍重複著，唱著憤怒，唱著激昂，也唱著內心的恐懼，像上了癮似的無法自止。

「小傑，我有一種不太妙的預感。」高偉琦在我身邊說：「我看今天晚上大家真的會卯起來在這裡大幹一場。」

「或許吧。」

「你想過走人嗎？」他問我。

剛剛在教堂時，我的確是想過要離開的。可是我說：「現在要走好像太遲了，還有這麼多人在這裡。」停頓了一下，我又問他：「你呢？這是我惹出來的事，你其實大可不用參加這一ㄊㄨㄚ的。」

「我想過，是我自己願意留下來的。」

「我知道你很夠意思，可是這場抗爭已經跟我想的完全不一樣了，對我來講，我只是得留在這裡，如此而已。你懂嗎？」

高偉琦自顧自地在我身邊坐了下來，笑著說：

「說真的，我從小學六年級就開始跟人家砍砍殺殺，這樣的場面我見得可多了，你不用替我操心。」

說著高偉琦竟然開始跟我提起他小學六年級時，仗著身材高大，抄了木棍和開山刀帶人爬過圍牆去堵之前欺負他的國中生，最後還在那個人臉上留下了刀疤，揚長而去的故事。

「我很難忘記同學冷漠怕事地閃躲走避的表情，那傢伙被我踹在地上求饒，叫我不要砍他的表情……很好笑，後來很多更凶惡的事情都忘記了，第一次卻記得那麼清楚。你明明知道那樣不對，可是那種快感很強烈，你根本停不下來。」高偉琦說：「一開始你的心中或許還有一些什麼正義要實現，可是後來你很明白一切就只是砍砍殺殺，弱肉強食而已。」說到這裡，他忽然停下來問我：「我好像是信徒在向神父告解，是不是？」

「我可不是什麼神父。」我說。

「你早上進去的那個教堂，裡面有神父嗎？」他問。

「拜託，那是基督教的教堂，」我說：「天主教才會有神父。怎麼了？」

「噢，沒什麼，」高偉琦說：「我以為你進去找神父告解。」

說完我們兩個人都沉默了一會。

「你猜我昨天在這裡遇到了誰？」高偉琦問。

「誰？」

「就是那個臉上被我砍了一刀的傢伙，他竟然也來參加抗爭了。他臉上的疤痕我一眼就認出來了。他看到我時雖然沒有說什麼，可是他的臉上卻有一種惶恐的表情。我也嚇了一跳，當時我覺得好像應該跟他打個招呼，或者是拍拍他的肩膀，說聲『你也來了？』這類的話。可是我什麼都說不出來，總之，我只是盯著那個疤痕看，根本不曉得該怎麼辦才好？」

「幹嘛一直看那個疤痕？」

「那個疤好像在提醒我想起我所做過的蠢事……我也說不上來為什麼，只覺得人生就好像那個疤，儘管那個疤並不在你身上，可是不管你有多麼抱歉，不管你有多麼想讓它消失，事情一旦發生，它就再也不能被抹去了。」高偉琦無奈地笑了笑：「可惜人生不是電動玩具，你不能玩壞了重新再來。」

「是啊，如果人生真像電動玩具的話。」我坐在那裡愣愣地想了一會，「從我看漫畫開始，到被罰坐在教室外面，跟老師衝突，被記大過，到現在的抗爭……這所有的事情，如果真有個重新再來的按鍵，我一定毫不留戀地按下去，讓這一切抹去，重新開始。」

「怎麼，」高偉琦問：「你後悔了？」

「我沒有後悔，」我搖搖頭：「只是這一切似乎變得愈來愈荒謬了。我真的很迷惑，你想，反對那些錯的，是不是就代表我們是對的呢？」

「我不知道。我沒有像你那麼會想。」高偉琦嘆了一口氣，然後說：「這幾天我一直在想你跟沈韋的事。你們讓我覺得自己很糟糕，至少你們還在乎什麼是對的，什麼是錯的。可是我根本分不清楚。我的人生只會一味地反抗、破壞，搞到最後，連我自己都受不了我做出來的事情。好像除了反抗以外，我真的什麼都不會，什麼都沒有了。」

我沒有回應，只是靜靜地想著最近這些日子裡，我在經歷過的許多人與事。會不會我們或多或少都掉入了共同的困境，以至於除了反對與抵抗之外，我們真的什麼都沒有了？

「我知道這聽起來有點白癡，可是我相信冥冥之中應該有個類似按鍵的東西，就算不能回復，至少讓這些蠢事停下來吧，」高偉琦用一種自我解嘲的口氣說：「也許是一件事情，一場拚殺……說真的，我不知道我在期待什麼，可是我就是不想離開，」他看了我一眼，「或許我留下來，是為了尋找某種型式的按鍵吧，雖然我並不知道那個按鍵應該長成什麼樣子。」

高偉琦和我一邊談著，群眾的歌聲忽然停了下來，我們都發現教育部前的人群起了一陣騷動。我們同時從地上站起來，拍了拍褲子上的灰塵，不知不覺地往大門的方向移動。

隔著教育部鐵欄杆圍牆以及層層鎮暴警察，一組穿西裝打領帶的人就站在教育部建築一樓入口的燈光下。鎮暴警察用盾牌在他們正前方又戒備森嚴地圍起了第二道貼身的防禦牆，在兩道防禦人牆之間則是擠得滿滿的媒體記者以及攝影機。我注意到站在最中間的是宋部長，兩旁分別是剛剛見過的張主秘和程次長。最外側還有一個我不認識的人，他的手裡拿著一個大型擴音喇叭，顯然他們有話要說。

等一切部署就緒之後，宋部長抓住麥克風，開始對群眾說話。

「各位同學、家長、老師，各位關心教育的朋友，我是教育部長宋介民，大家辛苦了！」群眾沒有什麼回應，他只好繼續說：「大家的心情我很了解，我個人對於發生在沈同學身上的事情，感到非常遺憾。在這裡，做為一個全國教育單位的最高首長，我願意用最沉痛的心情，鄭重地向全國的同學、家長、老師以及關心教育的朋友們道歉。」

宋部長停了下來。四個官員同時對著大家深深地一鞠躬。彷彿預先排練過似的，他們全部都維持在九十度彎腰的位置一段不算短的時間。一時之間，鎂光燈閃爍，喀嚓喀嚓的快門聲音也跟著此起彼落。

「雖然教育改革千頭萬緒，可是我在這裡向大家保證，教育部一定用最認真的態度，繼續我們的改革，並且用最負責的態度，落實我們的理想……」

宋部長講到這裡，群眾已經開始對他發出不滿意的噓聲，「不要作秀啦！」、「下台！」的咒罵聲音不斷地發出來。宋部長的臉上有點詫異，顯然這樣的反應和他的預期不太相同。不過他只被打斷了一小片刻，就決定無視這些，繼續說下去。

「天色已經晚了，我希望各位同學、家長、老師以及關心教育的朋友都能夠平平安安地回家。我要提醒大家，這樣的集會不但妨礙交通，影響醫院病人的安寧，同時也違反了法律。」他講到這裡，現場已經噓聲四起了。一罐寶特瓶飛了過去，砸在鎮暴警察的盾牌上。宋部長提高了分貝，用著更急躁的聲音說：「我知道大家都非常關心教育，可是用這種違法的方式只會給我們的子弟最壞的示範，我希望大家能夠把悲痛的心情化為理性的改革力量……」

更多飛過去的寶特瓶、甚至是石塊使得教育部長的演講不得不停下來，在他們前方那排鎮暴警察現在全聚攏在宋部長前面，用盾牌圍成緊密的保護傘。站在最外側的那名官員不曉得跟宋部長耳語些什麼，宋部長點點頭。於是四個官員就在鎮暴警察的掩護下，顧不得沒有講完的演講，退回了教育部。

群眾的憤怒在部長退回教育部之後達到了高潮。在教育部圍牆外的人群，開始猛烈地推撞外層的鎮暴警察，試圖衝入教育部。

在更後方的群眾，瘋狂地叫喊著：

「宋介民，出來！」

「宋介民，下台！」

民眾隨手拾起任何能丟的東西，用力砸向教育部。許多和我年紀差不多的學生，更是有樣學樣。

警方在這時候開始舉牌警告，並且透過擴音喇叭不斷地喊話：

「我們在現場備有錄影存證，攻擊的行為是逃不過法律制裁的，請大家不要挑釁公權力。各位的行為已經違反了集會遊行法的規定，警方要求大家解散，否則警方將依法展開強制驅離。我再重複宣布一次，各位的行為已經違反了集會遊行法的規定，警方要求大家解散……」

在警方高分貝的喊話之下，攻擊的行為漸漸平息。可是圍牆外的人潮仍然持續一波又一波地推撞鎮暴警察，想要突破人牆，衝進教育部。雙方就這樣不斷地推擠，你來我往，彼此之間衝突連連。

暗夜裡，你實在搞不懂，從哪裡忽然冒出這麼多警察來。他們不斷地湧入教育部圍牆裡面，把整棟建築包圍得銅牆鐵壁。在稍遠的常德街與中山南路路口，更是有數百名手持棍棒、全副武裝的鎮暴警察分別在快慢車道上站定位置。更後方的快車道上是兩部大型的噴水車，也一副蓄勢待發的模樣。路燈照得這一切有些慘白，四周全是哨音、鑼鼓聲、叫罵的聲音，更使得氣氛變得非常詭異。

裘議員就在我的附近，拿著電話手機氣急敗壞地說著話，顯然正和警方在進行最後的協商。我聽見他說：

「我跟你說過了，那些丟石頭的人不是我的人馬，我根本搞不清楚他們是從哪裡冒出來的？群眾情緒這麼高漲，你何必要現在強制驅離呢？」他比手畫腳地說：「我沒有說不應該解散啊，至少讓群眾先冷靜一下嘛。我可跟你說，你們那邊一堆替代役，這邊更是從沒有抗爭經驗的老弱婦孺，你硬是要驅離，到時候傷亡慘重，誰能負責？」

他一邊說著，我看見警方又再度舉牌警告。他們用擴音喇叭高分貝地喊著：

「各位的行為已經違反了集會遊行法，請各位就地解散吧，警方的強制驅離即將展開。」

「我只是來幫忙的，我又不是負責人。我怎麼負責呢？你要怪只能怪宋部長啊！是他說要跟群眾協調，結果放我們鴿子不說，還跑去跟媒體放話，找警察來鎮壓老百姓。宋部長要把群眾當成小學生耍，群眾當然不高興……」裘議員皺著眉頭說：「我知道現在說這些沒用，可是你總得先停止舉牌，不要再繼續威脅群眾他們要強制驅離，這樣我才能夠安撫他們啊。再怎麼說也總比現在強吧？至少大家一起追悼那個自殺的小孩。轉移個話題嘛，大家默哀啊，默哀總會冷靜了吧。你想要抗爭結束，那起碼也要有個句點啊，否則怎麼圓滿結束呢？嗯，對，」我看到裘議員連連點頭，「是嘛，手心是肉，手背也是肉，我就說你們是來維護安全，又不是來打仗的……」

七點五分左右，警方暫停了舉牌以及擴音喇叭的廣播。裘議員登上了位在螢幕前的宣傳車，呼籲群眾回歸理性。

「現在全國觀眾都在電視機前看著我們的表現，我們要理性地爭取全國人民的認同，千萬不要中了教育部的詭計，被抹黑成暴民，」他說：「我們是關心台灣下一代以及台灣未來的一群人，我們要用和平對抗暴力，用愛來對抗不義。」

在裘議員的呼籲下，群眾漸漸安靜了下來。接著他宣布從電視台找來了沈韋昨天在現場留下來的完整錄影，請大家一起坐下來觀賞，並且追念沈韋。於是大家紛紛坐了下來。

螢幕上先是一段沙沙的雜訊，很快，沈韋出現在畫面上，他說：

「我要唱一首歌，歌名是〈阮若打開心內的門窗〉，謝謝。」一鞠躬，稀落的掌聲，然後是沈韋稚澀的歌聲。

阮若打開心內的門，就會看見五彩的春光。
雖然春天無久長，總會暫時消阮滿腹辛酸。

春光春光今何在？望你永遠在阮心內。
阮若打開心內的門，就會看見五彩的春光……

螢幕前的喇叭被調到了最高的音量。歌曲一遍又一遍地唱著，雖然歌聲有點走調了，可是沈韋的聲音卻真誠而動人。畫面裡有人為沈韋打拍子，畫面外面我們也為他打拍子。出現在畫面上的這張臉，和我昨天的印象並不一樣。我忽然發現除了清秀與憂鬱之外，在他的眉宇之間，其實充滿了堅決。那種堅決，使他能無視於走調的歌聲，無視於當時嘈雜的現場……

夜色已經完全暗了下來。高矗的新光大樓露出一個尖聳的屋頂，燈火輝煌地在遠方站著。或許是白天下過雨的緣故，天空格外地晴朗。從我所在的位置已經看不到月亮了，可是星星依然稀疏可見。

我把目光拉回電視螢幕，那時候，我忽然理解到，昨天的沈韋其實是來告別的——在他生命最真純的時刻，用著沒有人能理解的美麗姿勢，向這個世界告別。

青春美夢今何在？望你永遠在阮心內。
阮若打開心內的窗，就會看見青春的美夢……

歌唱完之後有片刻的停頓，現場安靜無聲，群眾似乎陶醉在一種沉重的情緒裡不可自拔。可是沈韋完全無視於這些，他抓住麥克風，稍稍遲疑了一下，才用著顫抖的聲音開始說：

「小時候，我好想揹著大大的書包去上學。我以為我會在學校學習思考、體會、尊重、分享，好讓我更懂得享受生命所賦予我的一切，更懂得熱愛這個世界。直到我開始上學之後，我才明白我想錯了。他們說，教育就是競技場，而讀書不過是一場又一場的爭奪戰，為了保持領先，我們放棄了思考、體會、尊重、分享，開始學習平庸、冷漠、虛偽、貪婪，」他停頓了一下，又繼續說：「我已經不想再繼續長大了。當我們不再保有孩子的純真時，青春、歡笑、自由與想望也就遠離了，我們彼此責怪、相互憎恨、鬥爭、殺戮……直到我們徘徊在黑暗與荒蕪裡，直到無助的吶喊與哭泣淹沒了我們。我要明白地告訴每一個人，是我們的平庸、冷漠、虛偽、貪婪讓生命變成了一連串失去純真的過程。是我們在這個過程中親手種下死亡的種子，讓腐敗在自己的內在萌芽，茁壯。是我們自己澆水灌溉，眼睜睜地看著我們在腐敗中失去自己，在腐敗中失去一切。」

「是我們在這個過程中親手種下死亡的種子，讓腐敗在自己的內在萌芽，茁壯。」沈韋每說一句，我就在心中跟著默唸一句，「是我們自己澆水灌溉，眼睜睜地看著我們在腐敗中失去自己，在腐敗中失去一切……」每默唸一句，我的心中就跟著糾結一次。

影片結束，裘議員請大家一起為沈韋默哀一分鐘。

於是無聲無息就那樣持續下去。除了交通號誌仍變換顏色外，其餘的都凝結了。堆疊的紙鶴映照著白色的路燈，鋪陳得路面宛如花海。遠遠望去，坐著的抗爭民眾、站著的鎮暴警察全在這一大片花團錦簇裡靜定不動，彷彿春天裡一場隆重的盛宴即將開始，而大家只是等待的賓客。

悲傷聽不見了。絕望聽不見了。憤怒、激昂也都聽不見了……沉默像個龐大的黑洞，把有形無形的一切統統吸納進它的內裡。

＊

一分鐘之後，裘議員站在宣傳車上，用著低沉而悲壯的聲音打破了沉默。

「今天我們在這裡集合，就是要阻止這樣的悲劇，不要讓這樣的悲劇繼續再發生下去了，大人從來不曾好好傾聽孩子的聲音，今天我們在這裡，就是要和所有的孩子一起發出聲音，好讓大家都能夠聽到，不要再給孩子壓力、競爭了，我們的孩子需要快樂、希望……」

我本來以為今天晚上的一切會在這段感性的結語之中告一段落，不過我想錯了。裘議員的話還沒說完，朱委員已經登上了宣傳車，迫不及待地搶過了他的麥克風。

「我問你們，」麥克風的聲音已經夠響了，朱委員還是提高了音貝，大聲地問：「你們有沒有按時繳稅給政府？」

「有！」群眾回答他。

「你們自己還有你們的父老兄弟有沒有去替這個政府當過兵？」

「有！」

如果你曾經轉錯收音機按鈕，一下子從ＦＭ電台的感性音樂，跳到了ＡＭ電台主持人吆喝聽眾買藥的那種聲嘶力竭，就不難想像我的感覺。奇怪的是，群眾對於這麼突兀的風格改變不但不知不覺，相反的，這樣的風格似乎讓他們情緒感到某種程度的宣洩。

「那我再問你們，」朱委員指著教育部的方向說：「你們為了這個政府做了所有該做的事情，可是這個政府給孩子的教育，有沒有讓全國的爸爸、媽媽安心？有沒有？」

「沒有！」

「你們做了所有該做的事，可是這個政府給孩子的教育，有沒有帶給孩子快樂？」

「沒──有！」

「這個政府給孩子的教育，有沒有帶給孩子希望？」

「沒──有！」

「大聲一點，我聽不到，」朱委員說：「有沒有？」

「沒──有！」

「沒有給爸爸媽媽安心，沒有給孩子快樂、希望的教育部部長，你們還要不要？」

「不──要！」

「我們來展現人民的意志，一起把宋部長喊出來，來，」朱委員用力喊著：「宋部長！」

群眾跟著大喊：「出──來！」

「我們叫他下台，來，」朱委員又喊著：「宋介民！」

「下──台！」

「人民憤怒了，」朱委員說：「大家跟我一起用力跺腳。像這樣，」他用力在宣傳車上跺腳，發出轟的一聲巨響，「一起跺腳，來！」

轟！抗爭的群眾也跟著跺腳，發出更巨大的聲響。

「我們繼續跺腳，」朱委員嘶嚷著：「人民憤怒了，來！」

轟！人民的憤怒，人民的腳。

「看你們還聽得到聽不到人民的聲音，」朱委員的聲音都喊破了，「人民憤怒了，一起來！」

轟！

黑夜中，我彷彿看見站在宣傳車上的朱委員那張臉得意地笑著。不知道為什麼，我一點也無法跟隨朱委員展現人民的憤怒，更不用說跺腳了。

對我來說，這一切完全都失焦了。我們只是生氣著，卻不知道應該向誰生氣？我們搞不清楚到底是朱委員，還是宋部長玩弄了我們？我們也不明白到底是老師、家長，還是我們自己把教育弄成了這樣？我們只能生氣著，一點也不理解我們自己正在做些什麼？我們莫名其妙地生氣著，甚至不知道，除了生氣之外，還能夠做些什麼？

荒謬的感覺很快化為各種更龐大的形式——以震地的跺腳聲、哨聲、鑼鼓聲、怒吼的聲音……迅雷不及掩耳地在我的周遭爆發開來。一切就像是錄影機的暫停鍵被解除了一樣，推擠。揮打。棍棒。盾牌。追逐……這些剛剛被暫時停下來的畫面，現在一樣也不少地繼續進行下去。

七點二十分，警方第三度舉牌警告，並且正式展開了攻堅以及驅離的行動。

鎮暴部隊推進到群眾聚集最前線時，噴水車開始朝著群眾噴水。一時之間，群眾的憤怒的情緒爆發到最高點，紛紛以寶特瓶、石頭，甚至是手上的棍棒擲向鎮暴警察。許多人扛來停放在路邊的機車，以及警方的拒馬阻攔鎮暴警察，也有人站在噴水車前，不讓噴水車繼續前進。

暗夜裡，我的全身已經濕透了，似乎所有的人都在狂奔、吶喊。喝喝的肅殺之氣一陣一陣地翻騰，根本分不清楚那是警察前進的喊聲，噴水柱的水聲，群眾的怒吼聲，我的呼喊，或者只是風聲。

我看到一個頭部被石塊擊中，流著血的警察被抬送了出去。我看到一個手部受傷的民眾雖然流血，可是仍然拿著棍棒繼續攻擊鎮暴警察……

強力水柱噴得水花四濺，紙鶴也被從地上揚起，白花花地在空中翻飛。瞇著眼睛看滿天飛揚的紙鶴，不知怎地，我竟想起泰戈爾的《漂鳥集》裡面的詩：

夏天的漂鳥，到我窗前唱歌，旋即翩然而去……

跟隨著人潮不斷地後退，一個鎮暴警察追上我，在我頭部以及肩膀側面一個重擊，把我擊倒在地上。很奇怪，那個重擊一點也不痛，我感覺到似乎有人試圖抓住我，可是我立刻又從地上爬了起來，掙脫那個束縛，繼續往後跑。我不停地跑著，總覺得這情景似曾相識。後來我想起這一幕正是幾天前我曾經作過的那個夢，夢中我抱著自己快要斷氣的軀體，死命地往前跑。各種獸類發出巨大的吼聲在身後緊追，禿鷹也在天空盤旋著。四周是會不斷擴大的監獄，我就在監獄裡面跑著，一切都變成了慢動作似的速度，我又喘又累，鬍子愈長愈長，皺紋也愈長愈深……

又有一個學生被拖到教育部圍牆裡面的角落，警察拿著警棍在他身上毆打。一切都著魔似的發了狂，只有交通號誌還優閒地變換著顏色，彷彿什麼事都沒有發生似的。

紙鶴飛呀飛地，夏天的漂鳥很快把我帶到了捷運站前那塊旅遊招牌，招牌上面穿著泳裝的漂亮女生，以及背景台東海岸，山巒、海水、藍天白雲。我不知道為什麼我會想起那面廣告看板，可是我就是沒辦法停下來。看板中呼之欲出的山巒、海水還有藍天白雲，是那麼地美好、真實，而在冬夜的現場裡，這些地獄般的真實，卻像夢境一般的遙遠……

七點三十五分左右，警方的部隊停止前進，噴水車也暫時不再噴水了。警方的擴音喇叭不停地廣播著：

「各位民眾，這個集會已被依法解散。我們即將展開第二波的強制驅離行動，請大家沿著忠孝東路的方向自行疏散，不要再做無謂的抵抗。」

儘管仍有少數的群眾在快車道上臨時堆出來的拒馬、路障前和警方對峙，不過情勢顯然已經無法對警方構成威脅了。拒馬後面稍遠的地方是宣傳車。仍然有許多不肯離去的群眾，慢慢地從宣傳車、樹幹後面走出來，又開始集結在宣傳車旁邊的快車道上。

迴身四顧，我已經看不到裘議員、朱委員、林委員還有謝委員了。除了艾莉、高偉琦外，那些不肯離去的大部分都是年輕的孩子——前幾天我第一次來時看到的老面孔。是我最先默默地坐了下來，彷彿有什麼默契似的，大家全在我身旁身體挨著身體坐了下來。又有更多的年輕人從不同的角落走了出來，就這樣，至少有幾百個孩子坐了下來，開始唱歌。

歌聲之中，老媽全身濕答答地跑到了我的面前。

「你爸爸已經帶著阿公、阿媽離開了，」老媽用哀求似的口氣說：「小傑，這裡結束了，我們回家吧。」

我搖搖頭。「還有這麼多人在這裡，我不能離開。」

「這已經不是我們的抗爭了，難道你看不出來嗎？」

「我知道，可是這一切是從我開始的，這是我自己的選擇，」我說：「媽，妳回去吧，我得把這件事做完。」

老媽定定地盯著我的眼睛，彷彿要把我看透似的。過了一會兒她說：「好吧，既然你這麼決定，」她歎了一口氣，「媽媽對你說過，我不會坐視這一切不管的。」

她轉身走到我的正前方，在更靠近鎮暴警察的地方，沉默地坐了下來。雖然有幾個家長試圖拉走他們的孩子，和違拗的孩子在現場拉扯，可是更多的家長就像老媽一樣，在孩子的外圍，安靜而堅決地坐下來。

「各位朋友，警方即將開始第二波的強制驅離，我再重複一遍，這個違法的集會已經被下令解散了，請大家自行往忠孝東路的方向疏散，不要再做無謂的抵抗了。」

警方的擴音喇叭不斷地廣播著。我們就這樣在廣播底下一遍又一遍地重複唱著「阮若打開心內的門窗」，彷彿這樣，我們可以堅持某種形式的對抗。或許風太濕冷，或許只是太過激動了，歌聲聽起來有些顫抖。不知不覺，大家的手全都緊緊地拉在一起。

艾莉就坐在我的身旁，她挑染過的頭髮已經乾了又濕，濕了又乾。風吹起她的頭髮，輕飄飄地拂過我的耳際。我想起我們認識那天晚上，我抱住她坐在高偉琦的摩托車上飛奔時，她的頭髮也是像這樣肆無忌憚地飄啊飄的……

「小傑？」艾莉問。

「嗯？」

「你會害怕嗎？」

我笑了笑，沒說什麼。「妳呢？」我反問她。

艾莉不知想著什麼，好久沒有說話。過了一會兒，她問：「開協調會那天，你們訓導處主任問你摩托車上那個人是你？結果你承認了，你還記得那件事嗎？」

「當然記得。怎麼了？」

「後來訓導主任又問你：你的爸爸媽媽知道你吃搖頭丸嗎？那時候我一直對著你搖頭。」

「我那時候有點愣住了，不知道該怎麼說才好。」

「雖然我搖頭要你否認，可是我的內心深處又很矛盾，很希望你不要否認。說真的，這幾天來，我只有在那個時刻曾經感到害怕……」

「為什麼？」

「或許在我的內心深處相信你是跟我不同的人吧。小傑，你很勇敢也很真誠，」艾莉說：「你很特別，我不希望最後你也變得跟我們所有的人一樣……」

「妳很好啊！」

艾莉搖著頭。「你記得我第一次逃學是因為老師說我偷了同學的錢，我很不高興嗎？」

「嗯。」

「如果我告訴你，」她說：「那些錢是我偷的，你會怎麼想？」

我真的嚇了一跳。「我不懂……如果錢是妳偷的，妳為什麼還會那麼生氣呢？」

「那時候我心裡想，就算事實真的是這樣，這也不公平。他們不應該在沒有任何證據的情況之下就一口咬定錢是我偷的啊！」

「噢！」

「我常常會想，如果我不偷那筆錢，或者是當時有勇氣承認錯誤，我的人生會不會不一樣？」

「或許吧。」就在那時候，我發現我的頸肩、頭部開始隱隱作痛。

「所以小傑，我相信你跟我們所有的人都不一樣，」艾莉停頓了一下，若有所思地說：「我不肯離開，就是因為我內心深處相信這樣的事情。你明白我的意思嗎？」

我沒說什麼，只是拉緊了艾莉的手。

路障前面的鎮暴部隊似乎已經重新集結完畢，準備好了隨時展開行動。不曉得是剛剛挨打、或者是昨天沒睡好的緣故，我的頭部愈來愈脹。我試著咬緊牙關，可是頭只是一下接著一下地抽痛。從我的方向看過去，路面上到處是濕答答的泥濘。被踩得扭曲、變形的紙鶴就泡在泥濘之中，風吹過來時，翅膀微微顫動，像極了垂死前的掙扎。

「各位朋友，這是警方最後一次廣播了，我們即將開始第二波的強制驅離，這個違法的集會已經被下令解散了，請大家自行疏散開來，不要再做無謂的抵抗了。」

廣播之後，大家的歌聲愈發的悲壯、淒涼了。

阮若打開心內的窗，就會看見青春的美夢。
雖然前途無希望，總會暫時消阮滿腹怨嘆。
青春美夢今何在？望你永遠在阮心內。
阮若打開心內的窗，就會看見青春的美夢……

不曉得為什麼，聽見大家唱著「看見青春的美夢」的歌聲時，我忽然有一種說不出來的衝動。雖然我頭脹得幾乎要爆炸開來，可是我仍然掙脫了艾莉的手，沿著宣傳車側面的梯子爬上了車頂。當我爬上車頂時，我發現歌聲停了下來，包括靜坐的群眾、鎮暴的警察，全都抬起頭看著我。

我拿起了麥克風，不顧一切地叫嚷著：「不要再打了！不要再打了！」我當時想說其實是聖經上的故事，「那時候，大家抓到了一個行淫的女子，要用石頭打她。耶穌就直起腰來，對他們說，你們中間誰是沒有罪的，就可以用石頭打她。」

你們中間誰是沒有罪的，就可以用石頭打她。

那時候我千真萬確那樣想著，可是當我把話繼續說下去時，我卻發現自己著魔似的說著沈韋曾經說過的話：

「當我們不再保有孩子的純真時，青春、歡笑、自由與想望也就遠離了，我們彼此責怪、相互憎恨、鬥爭、殺戮……直到我們徘徊在黑暗與荒蕪裡，直到無助的吶喊與哭泣淹沒了我們。我要明白地告訴每一個人，是我們的平庸、冷漠、虛偽、貪婪讓生命變成了一連串失去純真的過程，是我們在這個過程中親手種下死亡的種子……」

從車頂的高度望下去，所有的景物忽然都變小了，暗夜裡，街景像是個凌亂而空盪的舞台。我不知道我為什麼會說出那樣的話，更不知道有沒有人聽得懂到底我在說些什麼。我只覺得自己的頭痛愈來愈厲害。不知道我看錯還是怎麼地，眼前的景象開始出現了複影，一切開始旋轉……

似乎是有人看出了我不大對勁，爬上了車頂，接過我的麥克風。我不知道他又說了些什麼，後來大家又繼續唱歌了。

阮若打開心內的門，就會看見五彩的春光。
雖然春天無久長，總會暫時消阮滿腹辛酸。

春光春光今何在？望你永遠在阮心內。
阮若打開心內的門，就會看見五彩的春光……

車頂的風似乎比地面還要大很多，我注意到月亮原來就掛在只有車頂才能看見的天邊。我就站在車頂看著又圓又大的月亮，夜空浩瀚無垠，月光更是甜美，在一遍又一遍五彩春光的歌聲中，我彷彿看見了坐在教室外面上課的那些下午，彷彿看見了老媽走過空曠的操場去找校長，看到了我在ＰＵＢ跳舞的那個夜晚，看見了NIKE頭老闆的網咖，看見了彭老師一個人在空盪的教室裡為我上課……

就在那個時候，鎮暴警察指揮官再度下達了攻擊的命令。不知道為什麼，這次歌曲並沒有停下來。吶喊的聲音聽不見了，暴戾的聲音，哭泣、哀號的聲音也都聽不見了，只有五彩的春光和青春的美夢不斷地迴旋著。

一道水柱強力地噴上宣傳車的車頂，我試圖著抓住欄杆，可是並沒有抓住。噢，該死的頭痛，我心裡想著。我不記得我到底撞上了什麼東西，只一剎那，我就從車頂被沖落到地面上來。我試著爬起來，可是卻無能為力。我就這樣躺在地上，看著白花花的水柱煙火似的在夜空中灑落。天空又揚起了大大小小的紙鶴，像無限的希望與春光，泡沫似的在空中翻飛、墜落。

然後又是夏天的漂鳥來了。漂鳥帶著我越過千重山，萬重水，飛呀飛地飛進了那塊旅遊招牌裡面的海岸，山巒、海水、藍天白雲，以及穿著泳裝的漂亮女生。

我不記得夏天到底是多久以前的事情了？

似乎有些腳步聲奔跑過來，又奔跑了過去。我聽不清楚他們都在呼喊些什麼，也不確定是不是有人把泥濘的腳印留在了我的胸膛上。我只感覺到有人抱住了我，把我抬上了擔架，問我：「你還好嗎？」

我已經忘記我怎麼回答他的了。那時候我一心一意地想著，等這件事忙完以後，記得一定要找一個像那樣有山有水，有藍天白雲的地方去走走。

後來老媽也來了，急切地叫喚著我，我看到了急急忙忙在我面前奔跑而過的街景，我看到了救護車紅色的閃光，還聽到有人叫我放輕鬆不要亂動的聲音……

不曉得是夏天真的來了還是怎麼回事，陽光刺眼得讓人幾乎睜不開眼睛來。所有的景物都變得愈來愈光亮，我試著用手去遮住那些光線，可是一點用處都沒有。最初它們只是光點，漸漸聚攏在一起，像是曝光過度的那種高反差特效，後來連陰暗的部分也完全不見了，只剩下白花花的一片。

似乎是漂鳥又來了一次。

在那之後，我就完全失去了知覺。

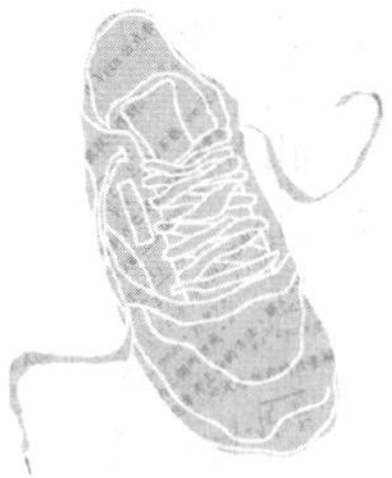

CHAPTER

-9-

我常常想，如果人與人之間，
在一起的目的都只是單純地為了了解彼此，
那該有多好。

等我真的去一個像廣告招牌那樣有山有水，又有藍天白雲的地方走走，已經是三個多月後的事情了。

三個多月來，發生了很多事情。

我昏迷後第三天才在醫院裡面醒過來。醒來時，我的腿部已經開完刀，打上了厚重的石膏。病房裡面滿滿都是花籃，以及慰問的卡片。

電視一再播出我從宣傳車頂被水柱沖翻下來的畫面。一個多禮拜之後的星期天，朱委員以及謝委員又發動了一次全民關心教育抗議遊行，這次經過申請的合法遊行一共吸引了將近一百五十個團體、七萬多名民眾參加。我並沒有參加這次遊行。一方面我還打著石膏住在醫院，一方面，對我來說，當我在車頂上說完那些話時，這整件事情，其實就已經告一個段落了。

宋部長在遊行之後的第二天下台。他們換掉了一個我只遠遠看過一次的部長，取而代之的是另外一個我不曉得他做了什麼，更不曉得他沒有做過什麼的教育部長。

雖然學校在我出院之後仍然歡迎我回去上課，可是回學校上課時，我可以很明顯地感受到這些同學，和那些與我一起坐在鎮暴警察面前唱著歌的人，其實並不一樣。回到學校第三天中午午休前，我突發奇想跑到講台上向大家宣布：

「雖然我不知道你們希望看到我離開還是留下？可是我希望你們能誠懇地告訴我，我一定會尊重你們的意見。」

我在紙上畫出了離開和留下的空格讓同學勾選。我一共發出了三十六張無記名的選票，回收三十二張。有六個人希望我留下來，不過卻有二十六個人希望我離開。事實或許有點殘酷，可是我心想這樣也好，於是我決定配合大家的意見，隔天起，沒再去上學。

我並沒有真的轉過去謝委員好心替我介紹的私立義廉中學。我說過，那整件事情在我說完話從車頂上跌下來那一刻就已結束了。而義廉中學顯然還屬於那件事的一部分，我一點也不想再掉回到那件事情裡。我在家裡待了三天，後來是郝老師幫我找了台北縣郊區的一所學校，讓我轉了進去。學校有點偏遠，現在我每天五點多就起床了，我先搭捷運，再轉公車到學校去上學。同學對我還算不錯，他們很多人甚至不曉得任何教育部前面抗爭的事情。

我變得愈來愈沉默，愈來愈不愛說話。偶爾我會想起沈韋，以及我曾聽他說過的那段話。不曉得為什麼，那段話我只聽過一次，可是很奇怪，我就是那麼清楚地記得那段話的每一字，每一句，甚至是沈韋的音調，和他說話時的樣子。

骨科醫師在第六個禮拜為我拆除了腿上的石膏。石膏拆除的那一剎那，我忽然想起沈韋——雖然我並不完全同意他那樣的做法，可是我想起沈韋其實是用他的死亡以及沉默，表達出了許多我用了那麼多話語根本無法表達的事。

那之後，我就開始不說話了。

艾莉和高偉琦都來看過我，可是我就只是聽著他們說，跟他們點頭，搖頭，或者是微笑。我其實很好，只是不想說話了。老媽很不放心，要我去看精神科醫師。為了讓她安心，每個禮拜我都去看精神科醫師的門診。

精神科醫師是個胖胖圓圓的傢伙，雖然他曾想盡各種辦法讓我開口說話，可是我就是不想說了。後來不曉得為什麼，變成了他說我聽。每次我去，他就開始跟我講他自己青少年時期叛逆的故事……我也不知道這樣看門診算是對還是不對。不過常常聽他說著故事，我的眼淚就流下來了。

受傷以後，我變得很愛哭，我也不知道為什麼。其實我並不是被他的故事感動，真的要追究的話反而是那個形式——我常常想，如果人與人之間，在一起的目的都只是單純地像這樣為了了解彼此，那該有多好。

總之，我真的回到一個像廣告招牌那樣有山有水，又有藍天白雲的地方走走，已經是三個多月以後的事情了。

艾莉得到學校允許，又開始回去上學了。高偉琦的老爸則替他申請好了美國的學校，準備送他出國讀書。這些似乎都是應該覺得開心的事情，於是星期六的下午，我們全聚在淡水河邊的一家咖啡廳喝下午茶，也算是為高偉琦送行。

一整個下午我們談了很多事情。一如往常，我仍然只聽不說。艾莉誓言這次回學校讀書，一定拿到畢業證書，高偉琦則不停地抱怨著英文是一個多麼令人頭痛的語言，早知道他應該把英文學好才對這類的話……聽他們興致勃勃地說著，我忽然有一種感覺，我們曾經那麼靠近，可是我們就要分開了。很快我們都會長大，變成和現在完全不一樣的人。

艾莉提議她可以免費為每個人的電腦設定線上視訊會議，只要接上寬頻，不管天涯海角我們仍然可以見面聊天。

「不用了吧，」高偉琦說：「小傑又不說話，裝了線上視訊會議，難道就看著他傻不隆咚地在那裡點頭，搖頭？」

「別這樣說嘛，人家小傑只是不想講話，他才不像你。小傑需要思考，你懂不懂？思考。」

我沒說什麼，只是微笑聽著。

「好吧，」高偉琦拿出了那張印有「天下宇宙第一酷斃無敵超人」頭銜的名片，在上面寫著不知什麼，然後發給我，「這是我新申請的e-mail信箱，哪天小傑又開口說話了，你們誰寫個e-mail通知我，我一定從美國打電話回來好好地聽個夠。」他又依樣畫葫蘆，也寫了一張交給艾莉。

艾莉看著那張名片，若有所思地說：「小傑很快又會開始說話的，」她喃喃地唸著：「到時候講個二、三個小時給你聽，讓你繳電話費繳到求饒。對吧，小傑？」

其實我也不曉得是不是這樣，可是我想都不想地就對艾莉點了點頭。

我們分手的時候已經接近黃昏了。看著觀音山，淡水河，看著粼粼波光上來來去去的船隻，還有遠方的出海口以及遠方的海面上遼闊的天空，我忽然很想單獨在河邊坐一會兒，於是揮了揮手示意他們先走。

一隻白色水鳥輕盈地翱翔在河面上，飛過來，又飛了過去。

是春天了吧？我告訴自己。河水緩緩地流動著。這一切，都讓我無可抑遏地憶起了那些在暗夜的空中裡翻飛的紙鶴、水柱、漂鳥，五彩春光的歌聲、捷運入口那個看板裡面的山巒、海水、藍天白雲，還有每次我看著看板時的心情，以及在那些心情之下發生的所有事……不知道為什麼，我想起我再也不是從前的那個謝政傑了，於是就這樣一個人坐在河邊足足哭了一個多小時。

等我從河邊站起來時，天色已經暗了下來。黑暗中，河水的流動已經看不到了，可是風微微的吹動仍可以感覺得到。就在那時候，我似乎感覺到，三個多月來，在我內在停止流動的時光，又開始運轉了起來。

我瞇著眼睛凝視對岸的燈火，以及河面上的倒影。飄搖閃爍的光點把蜿蜒的河岸妝點得宛如亮晶晶的鑽飾腰帶。

我就這樣安靜地走啊走，沿著河岸慢慢地走回捷運車站。

《不乖》的原因，《請問侯文詠》的原點，
侯文詠對生命的叩問、對夢想的追尋、對自我的探索！

我的天才夢【全新版】

這些年，我半推半就地做著我的天才大夢，仗著自以為是的天才做過一些事，有些我做成了，有些不免灰頭土臉。我以為如果我累積了更多的擁有，我就可以掌握答案，甚至趨近永恆。我曾經全心全意地相信這樣的信念，並且扮演著某種答案示範者的角色。直到成功、名氣、死亡、衰老、無常……一一與我擦身而過，讓我看穿了所謂的偉大的功勳以及意氣風發背後的虛幻，並且喚醒了我內在的不安。

更精確地說，我的天才夢，不過是一個天才妄想，幻夢破滅的故事罷了。不過，在夢幻破滅的盡處，我卻看到了一個又一個對生命的質疑與好奇。我重新舉手問著一個又一個的問題，每一瞬間的生命於是有了夢想，有了探索，有了一回又一回的想像與發現……

國家圖書館出版品預行編目資料

危險心靈【全新版】/ 侯文詠著.
--初版.--臺北市：皇冠文化. 2017. 01
面；公分（皇冠叢書；第4592種）

ISBN 978-957-33-3277-0(平裝)

857.7　　105023545

皇冠叢書第4592種
侯文詠作品 10
危險心靈【全新版】
作　　者—侯文詠
發 行 人—平　雲
出版發行—皇冠文化出版有限公司
台北市敦化北路 120 巷 50 號
電話◎02-27168888
郵撥帳號◎15261516號
皇冠出版社（香港）有限公司
香港銅鑼灣道 180 號百樂商業中心
19 字樓 1903 室
電話◎ 2529-1778　傳真◎ 2527-0904
總 編 輯—許婷婷
責任編輯—平　靜
美術設計—王瓊瑤
著作完成日期—2003年5月
全新版一刷日期—2017年1月
全新版六刷日期—2024年1月
法律顧問—王惠光律師

讀者服務傳真專線◎02-27150507
電腦編號◎ 010109
ISBN◎978-957-33-3277-0
Printed in Taiwan
本書定價◎新台幣350元/港幣117元